GAYscort Agency

♂

Notre Désir: Votre Plaisir

Owen

2

Ce livre est une fiction. Toute référence à des évènements historiques, des comportements de personnes ou des lieux réels serait utilisée de façon fictive. Les autres noms, personnages, lieux et évènements sont issus de l'imagination de l'auteure, et toute ressemblance avec des personnages vivants ou ayant existé serait totalement fortuite.

AVERTISSEMENTS AUX LECTEURS

Ce livre comporte des scènes érotiques explicites entre plusieurs hommes, pouvant heurter la sensibilité des jeunes lecteurs.

Âge minimum conseillé : 18 ans

© Marie HJ

Première édition, Marie HJ

Crédits photo : Adobe Stock © Friends Stock

ISBN : 9798638110079

Marque éditoriale : Marie HJ Private Romance

Owen

4

Playlist

* The son of the preacher man.

→ Dusty Springfield

* One More Try

→George Mickael

* Bitter Sweet Symphony

→The Verve

* Jesus To a Child

→George Mickael

* Father Figure

→George Mickael

* Purple Rain

→Prince

QR CODE PLAYLIST

Owen

MARIE HJ

Owen

Extrait de notre catalogue

OWEN

<u>Âge</u> : *31 ans*
<u>Taille</u> : *1,86*
<u>Yeux</u> : *À vous de le découvrir.*
<u>Cheveux</u> : *Un peu rebelles, en attente de vos bons soins.*

<u>Profession, Cursus</u> : *Boss de l'agence, pour vous servir. Diplôme supérieur en gestion d'entreprise.*
<u>Passion</u> : *Gérer vos désirs, sport en tout genre. Pour le reste, autant en discuter ensemble.*
<u>Limites imposées durant les rendez-vous</u> : *Les vôtres.*
<u>Disponibilités</u> : *Selon planning, le soir, la nuit, le week-end.*
<u>Allergies</u> : *Nope!*

<u>Vous accompagne</u> :
- *Repas officiels et publics (tenue correcte OK pour moi)*
- *Repas intimes etc (tenue incorrecte OK pour moi)*
- *Pour le reste, nous pouvons définir ensemble le champ des possibles.*

Owen

1. Lou

– Une nuit torride. Toi, moi et eux. Enfin, pas tout le monde non plus. Toi, ça sera suffisant je pense.

Jean-Luc laisse tomber la tasse qu'il s'apprêtait à remplir de café sur le comptoir.

Oui, il s'appelle Jean-Luc. Ses parents sont français. Personne n'est parfait. Cela dit, à part ce lourd fardeau, mon meilleur ami frôle vraiment de très près le : « garanti 100 % sans défaut ». D'où ma demande particulière, d'ailleurs.

– Tu te fous de moi ? Je suis hétéro, Lou ! se rebiffe-t-il en oubliant les oreilles de son client qui traînent un peu trop à mon goût.

– Et ? Je suis gay, on devrait bien trouver un entre-deux sympathique.

Mon ami et collègue secoue la tête en ramassant les dégâts occasionnés sur la vaisselle du café au sein duquel nous travaillons.

Son air fermé ne m'inspire rien qui vaille.

– Bon, OK, tranché-je. Une pipe et je serai comblé !

– N'importe quoi ! Et dois-je te rappeler que tu n'es pas gay, Lou ?

– Bien sûr que si ! je soutiens en encaissant le café à son client qui me lance un regard de plus en plus atterré.

– Merci, Monsieur, Jean-Luc vous apporte votre commande. Allez vous installer, je vous prie.

– Tu n'es pas gay tant que tu n'as pas testé !

– Si tu pars de ce principe, alors je peux considérer que tu es possiblement gay aussi, étant donné que tu n'as pas testé non plus ! Et puis, à quoi servent les potes si ce n'est à rendre ce genre de services ? Une pipe de rien du tout… Une pipounette…

Ce sera rapide, c'est une certitude. Je suis tellement en attente qu'un rien me ferait partir.

JL lève les yeux au ciel en déposant la commande du client sur un plateau.

– Une pipounette ? Que dalle ! Je ne suce personne, c'est un principe.

– Qu'est-ce que tu peux te montrer buté, parfois !

– T'as qu'à demander à Maurice, je suis certain qu'il se fera un plaisir immense de te rendre ce service.

Je retiens une nausée amère rien qu'à l'idée.

Maurice, c'est le chien que mes colocs, dont lui, m'ont offert l'année dernière pour mes vingt ans. C'est JL qui lui a trouvé son nom, forcément. Ce type est un fétichiste de tout ce qui a rapport à sa patrie d'origine. Même le chien est français, c'est dire !

Cela dit, je me demande s'il pratique le french kiss… Je parle de JL, bien entendu. Ça, je ne dirais pas non.

Non pas que je sois raide dingue du plus vieil ami que je puisse compter parmi mes proches. Simplement, je ne peux pas non plus ignorer sa plastique parfaite, ses lèvres incroyables et ses mains... J'imagine trop ce qu'elles pourraient faire de moi durant un certain moment opportun...

Son ricanement idiot me sort de mes pensées.

– Je ne suis pas désespéré au point de me taper un bouledogue français ! rétorqué-je en grimaçant. Non, mais tu me prends pour qui ?

– Pour un mec qui se cherche. Malheureusement pour toi, je ne suis pas une boussole, désolé. Cherche ailleurs.

– Atterré ! Je suis atterré par celui qui se prétend mon ami, mais qui refuse de m'offrir ce petit plaisir pour mon anniversaire. Je ne demande pas la lune, bordel !

– Ben, un peu quand même, chéri ! ne peut-il s'empêcher de répondre, hilare. Allez, Lou, j'ai une nana depuis trois semaines de toute manière. Et ça te servirait à quoi, franchement ?

Il en a de bonnes ! Vingt et un ans et toujours puceau. Enfin, presque. J'ai quand même joué à touche-pipi quelques fois dans les sanitaires du lycée avec Kevin. Mais, comment dire ? Kevin, quoi ! Rien que son nom fait pleurer. Et il porte parfaitement son patronyme, si je peux résumer ainsi le personnage. On n'est pas loin de la coupe mulet. Bref. Ce n'est pas le sujet.

Ou ça l'est un peu trop, c'est au choix.

JL me jette un regard un peu attristé, très compréhensif et un tantinet chaleureux. En gros, je suis pathétique. Pitoyable. Lamentable.

L'histoire de ma vie en quelque sorte.

Petit flash-back rapide. À peine âgé de douze ans, j'ai perdu mes parents. Au cours d'un voyage, ils se sont envolés pour un plus beau ciel. Les services sociaux m'ont alors assigné à résidence chez ma tante, une femme très âgée un peu vieux jeu. Donc, lorsque le démon de la bagatelle a commencé à me chatouiller, autant vous dire que je n'ai pas hésité à ne rien lui dévoiler, elle n'aurait pas compris. Ensuite, elle l'a compris malgré tout, mais n'a rien dit, compréhensive, sans doute pas assez armée pour s'embarquer dans des explications incroyables à ce sujet. Nous sommes donc restés dans cette situation, tout le monde savait, mais aucun de nous deux n'a jamais laissé paraître que c'était un fait établi. Elle faisait semblant de ne pas savoir et je feignais de ne pas savoir qu'elle savait. Enfin, bref. partant de ce principe, comme je suis plutôt du genre discret, et froussard, je n'ai jamais tenté de lui faire un gosse dans le dos en m'affichant avec des mecs.

Façon de parler, nous sommes bien d'accord, puisque des gosses, vu mes préférences sexuelles, je ne risque pas de lui en pondre.

Mais ce n'est pas le sujet. Donc, j'ai attendu sagement de partir à l'université pour enfin vivre pleinement mon statut de mec gay. Malheureusement, sur le campus, rien ne s'est passé comme prévu. Mon colocataire de dortoir était un homophobe notoire à gros biceps, inversement proportionnel à son cerveau de moule.

Bruce. Encore un qui portait admirablement son prénom. Cela dit, ses potes l'appelaient Brute, c'est bien aussi.

Pour autant, aussi dénué de profondeur intellectuelle qu'il pouvait l'être, je ne peux pas nier qu'il se servait admirablement de ses biceps et de ses poings, pour tout et n'importe quoi. De fait, mon objectif premier en arrivant dans cette chambre que nous partagions a vite évolué. De « perdre ma virginité », il est passé à « me faire oublier de Bruce ». Et bien entendu, il a décidé de se prendre d'affection pour moi. Il me collait, m'imposait ses soirées et ses potes, bref, j'étais pris au piège.

Et ce n'est que depuis un an, cinq mois et douze jours que je me suis sorti de cet enfer. Lorsque JL a proposé mon CV au proprio de ce café. Un job sympa, nourri et logé dans un appartement immense rempli de mecs, collègues, sympas et normaux. Et pour parfaire le tout, bien payé, ce qui permet d'alléger les frais à ma tante qui se saignait jusqu'à présent pour m'offrir ces études.

Tout aurait été parfait si, dans le lot, j'avais trouvé la cerise sur la pièce montée, j'ai nommé, un mec gay. Sur quatre colocs, l'espoir était permis, non ?

Bon voilà ! Non. Des hétéros. En couple pour la plupart, qui plus est. Des hétéros qui organisent des soirées et m'embarquent avec eux, comme chargés d'une mission divine, à savoir, prendre soin du petit Lou. Lou le timide quand il ne connaît pas les gens, Lou le mec qui rougit dès qu'on lui dit bonjour pour la première fois ou qu'on passe trop près de lui. Lou qui attire toujours la sympathie, certes, mais jamais le sexe.

J'ai donc, cette année, décidé de demander une orgie sexuelle à mes colocs. Autant dire que JL n'est que le premier à refuser, mais que les autres vont évidemment suivre son idée. Forcément.

Ils sont beaux les potes ! Jamais là quand on a réellement besoin.

Parce que j'ai besoin ! Comment attirer un mec à peu près potable lorsqu'on est puceau à vingt et un ans ? Franchement ?

Cas désespéré. Je me souviens que le curé du village de ma tante m'avait proposé un super job à l'entretien des espaces verts au sein du monastère. Moine Jardinier. Me marier avec un mec accroché à une croix depuis des siècles, adepte sans aucun doute d'un BDSM d'un autre temps.

Archi tentant… Je garde l'idée.

Juste au cas où.

Bref.

Ma vie, quoi ! Ou plutôt ma non-vie. Cela dit, notons tout de même que j'ai repris le sport il y a trois ans (enfin, commencé serait un mot plus exact) contraint et forcé, grâce à Bruce, qu'ensuite j'ai abandonné pour retrouver JL mon ami de longue date (qui refuse de planter son pieu dans mon postérieur en prétextant des raisons peu claires) et surtout, surtout, j'ai été élu employé du semestre par les clients, mon *latte* noisette étant reconnu comme le meilleur de la planète. C'est déjà énorme. Une gratification qui change tout, n'est-ce pas ?

Vierge ? Oui, mais je maîtrise les noisettes.

Bref.

Je jette un œil à mes collègues, maintenant regroupés au bout du comptoir, l'air soucieux et les regards pointés vers moi. Pour sûr, JL vient de leur faire part de mon idée cadeau. En considérant leurs grimaces, je suppose que j'ai ma réponse.

Bande d'ingrats.

Je tourne fièrement la tête, les ignorant, la porte du café s'ouvrant à quelques mètres de moi.

Et arrive ce moment, quotidien, durant lequel je ne réponds plus de rien. Et où je ne réponds plus à personne non plus. Même pas à lui. Owen. *THE* client.

Imaginez… *Attention ça brûle :* corps d'athlète moulé dans un tee-shirt qu'on penserait cousu sur lui. Short épousant son corps, mais pas trop. Un juste milieu entre « je montre » et « je cache ». Regard de braise vert clair. Cheveux constamment en bataille, ébouriffés par le vent, sans doute, une sexytude absolue, sans aucune espèce de doute possible. Barbe de trois jours parfaitement taillée. Des muscles en veux-tu, en voilà. Et surtout, surtout, le détail qui tue tout le monde, enfin moi, en particulier, Owen porte des mitaines… Le top du torride. J'imagine tout un tas de trucs chaque fois que je vois ses mains enveloppées de ces gants, laissant juste apparaître le bout de ses doigts…

Qu'on ne me demande pas pourquoi je scotche sur cet accessoire, mais voilà, c'est le cas, et pas qu'un peu ! Inévitablement, tous les matins, je m'imagine lui retirer ces trucs avec les dents, juché à quatre pattes sur le comptoir…

Parce que, oui, le type passe tous les matins après son petit jogging, et certainement ses tractions, d'où les mitaines, et malgré tout ça, il sent bon. Pas une goutte de sueur écœurante qui dégoulinerait d'on ne sait où. Mais un sourire impeccable, une voix qui fait bander et tout le reste aussi.

Bref, Dior et ses pubs incendiaires n'ont qu'à bien se tenir. Le mec qui a inventé la sexytude torride et absolue réside à New York et adore mon *latte* noisette (quand je dis qu'être pro des noisettes, ça sert !).

Seul souci, je ne lui ai jamais adressé la parole. J'en suis totalement incapable. J'ai trop peu confiance en mon self_–control. Suffit qu'il me réponde et je serais bien capable de m'allonger sur le comptoir en baissant mon jeans. Enfin, c'est peut-être un peu imagé, mais je ne sous-estime jamais ma propension à me rendre ridicule. Ce serait mal me connaître. Et je vis avec moi-même depuis vingt et un ans, je le rappelle. Je me connais sur le bout des doigts. Certaines parties plus que d'autres, d'ailleurs.

Vive mes doigts !

Bref.

Je fais abstraction du tremblement quotidien qui s'empare de mes membres, toujours à la même heure, celle à laquelle il pousse la porte, et trouve rapidement une occupation, histoire de ne pas attendre derrière la caisse en salivant plus que nécessaire.

Du coin de l'œil, je le vois entrer, les airpods coincés dans ses oreilles, en pleine conversation, visiblement. Contrairement à ses habitudes, il traverse le café pour s'asseoir sur une banquette au fond, certainement pour plus d'intimité.

Zut ! Mon self-control n'a qu'une durée limitée quand il s'agit de ce type, il faut bien le savoir.

– Lou ? Tu peux venir quelques instants ?

La voix de ma patronne derrière moi me fait sursauter.

– Non, ça ne va pas être possible. J'ai un *latte* qui va bientôt être commandé.

– Eh bien, Leny s'en chargera.

– Non !

– Lou ! Je dois passer commande des nouveaux uniformes, il ne manque que tes mensurations.

Je récupère mes neurones, quelque part au sol, pour réaliser que ce n'est pas une manière de m'adresser à ma boss. Elle sait se montrer cool, mais aussi sacrément acide quand elle n'obtient pas ce qu'elle veut.

– J'arrive !

Sourire satisfait, tournage de talons, et moi qui la suit en pestant… Et surtout en priant pour qu'Owen soit perdu dans une longue conversation et passera commande uniquement à mon retour. Et pas à JL ou à Leny. Parce qu'autant, pour moi, ils ne comptent visiblement pas goûter aux joies du sexe entre mecs, autant pour un Dieu comme Owen, je les crois capables de tout. Ce type séduirait n'importe qui. Même Maurice. J'en sais quelque chose.

– Lou ? On n'a pas toute la journée.

Nous sommes bien d'accord !

Je force un sourire à l'intention de ma boss qui m'attend, maintenant la porte de son bureau ouverte.

On se dépêche, *por favor*, Rita !

Owen

2. Owen

– Nina… Ce n'est pas une bonne idée !

– Quoi ? D'inviter mon frère à mon mariage ? C'est vrai, j'avoue que la démarche est osée et inédite, mais tu me connais, j'aime l'originalité !

Je ravale un rire amer en replaçant machinalement les sachets de sucre dans leur pot devant moi.

– Tu sais bien ce que je veux dire, Nina.

– Oui, non, franchement, je m'en moque de ton avis, Owen ! Tu es mon frère. Mon meilleur ami depuis toujours. Celui grâce à qui j'ai rencontré Jimmy. Je n'envisage pas une seule seconde ton absence ce jour-là !

– Je serai présent par la pensée, ma sœur.

– À d'autres ! Ramène tes fesses à mon foutu mariage, Owen, sinon je lance un contrat sur ta tête et tu viendras, de gré ou de force !

Ma sœur a définitivement trop regardé les films de De Niro… Je me demande si Jimmy a une réelle influence positive sur son état mental.

– Non, mais…

– Viens, c'est tout ! Et surtout, ne viens pas seul. Ce serait leur faire trop plaisir.

Ben voyons ! Je récupère un sachet de sucre pour le malmener entre mes doigts.

– Owen… Je veux que tu brilles devant eux. Tous nos amis t'attendent, tu es parti depuis tellement longtemps. Nous sommes tous derrière toi.

Pas exactement « tous ». Deux des invités me considèrent toujours comme un pauvre type. Et, même en prenant en compte l'affection immense que je porte à tous nos amis communs, le seul jugement qui m'importe, c'est bien celui de mes parents. Même si franchement, j'aimerais que ce ne soit pas le cas.

– Nina… Je ne veux pas transformer ton mariage en fiasco. Et je n'ai pas de mec.

– Si tu ne t'y présentes pas, ce serait de toute manière un flop. Comment veux-tu que je profite de cette journée si mon frère jumeau n'est pas présent ? Je veux que tu sois mon témoin. Je veux entendre ton discours absolument nul pendant le vin d'honneur. Je veux te voir rouler sous la table et embrasser nos amis. Et, pardon, mais il me semble quand même que tu diriges une agence d'escorts. Tu es certainement le mieux placé pour te dégoter un canon digne de ce nom pour faire le boulot.

– Et donc, je m'affiche avec un employé et je le fais rentrer dans nos petites querelles familiales ? Superbe idée, c'est vrai.

– Tu m'as dit la semaine dernière que GSA était une famille… Fais gaffe quand tu me mens, je suis née équipée d'un radar pour ce genre de choses. De toute manière, il n'y a pas moyen de trouver une excuse, Owen. Soit tu viens, soit j'annule. Et tu connais Jimmy. Si j'annule à cause de toi, tu risques de passer un moment douloureux. Tu tiens vraiment à tes deux bras ?

Je ricane malgré moi. Jimmy n'est effectivement pas un homme à prendre à la légère. C'est mon ancien partenaire de boxe. Un tantinet soupe au lait, le garçon.

– OK, je vois ce que je peux faire.

– Voilà ! Tu vois, quand tu veux ! Je t'envoie le dress code des témoins, ainsi que le nom de l'hôtel, pour que tu confirmes ta venue. Ce n'est pas celui dans lequel se déroulera le mariage, il est déjà complet, mais il est très bien également, tu verras. Je t'aime frérot. Merci…

Je l'aime tout autant. Malgré la distance et les années, ma jumelle reste la femme la plus importante de ma vie. Et, si j'efface le fait que nos parents seront bien évidemment présents à cette cérémonie, je meurs d'envie de faire tout ce qu'elle a dit. La retrouver, la mener jusqu'à la main de mon ami, la féliciter et picoler comme un zouave pour fêter tout ça.

Mais ils seront là… Et ça, ça change beaucoup de choses.

Quant à demander à l'un des gars de m'y accompagner… J'en ai déjà mal au crâne. Impossible de me décider à les faire entrer dans ma vie. De partager un lit avec eux. De jouer la comédie de l'amour transi…

J'ai toujours été bon à ça, ce n'est pas le problème, mais je l'ai trop fait et ça fait bien longtemps que je ne pratique plus ce genre d'activité, par choix, tout autant que par manque de temps. Ma fiche n'est d'ailleurs plus présente dans notre catalogue. Manager à plein temps. Ce qui me va très bien.

De plus, jouer les clients de mes propres employés me paraît beaucoup trop tordu. Vraiment.

Mon téléphone se met à vibrer devant mon nez, me rappelant un rendez-vous avec mon comptable dans une heure. Je suis à la bourre.

La logique voudrait que je ne passe pas par la case *latte* noisette, mais pour moi, cet instant, court et quotidien, est devenu incontournable. Déjà, parce que le nectar que l'on me sert ici côtoie clairement le domaine du divin, mais aussi, et surtout, parce que le jeune serveur, Lou, j'ai appris son prénom il y a peu, représente une bouffée d'oxygène dans mon emploi du temps.

Frais, naturel et faussement innocent.

Je passe ma vie avec des hommes sûrs d'eux. Beaux, de cette beauté classique trop évidente, un tantinet narcissiques et dont les préoccupations tournent autour des mêmes sujets. Le corps, la plastique et le fric. Et si d'aventure je croise des inconnus, alors arrive le moment où je suis jugé sur mon propre physique, essuyant les regards prédateurs et trop explicites aussi bien des hommes que des femmes.

Je ne devrais pas m'en plaindre, puisque ce culte de la beauté, j'en ai fait mon boulot. Un job très lucratif qui me passionne. Mais parfois, un peu de fraîcheur sincère au milieu des apparences rééquilibre les choses.

Et ce Lou me plaît pour ça. Je crois qu'il ne m'a jamais réellement regardé dans les yeux. Au début, je pensais qu'il me snobait, puis j'ai compris que la vérité était tout autre. Il n'ose pas. Il ne me considère pas comme un bout de viande, loin de là. C'est perturbant. Follement grisant. Au fil des jours, j'ai pris l'habitude de tenter quelques gestes, quelques paroles, pour arriver à réellement croiser son regard, mais il semble totalement déterminé, ou maladivement timide, et ne cède pas.

Aujourd'hui, ce qui a débuté il y a des mois comme un petit jeu est devenu mon impératif quotidien. Pas une obsession, mais presque.

Pour le moment, il gagne. Il persiste dans son semblant d'indifférence derrière lequel il semble se sentir protégé. Mais je n'ai pas dit mon dernier mot. Un jour, je percerai le secret qu'il cache derrière ses longs cils envoûtants et ses mèches brunes impertinentes.

Je suis patient. Même si le temps commence à devenir long et que je me retiens chaque jour un peu davantage de lui proposer tout de go de prendre sa pause en ma compagnie. Conscient que ce serveur se trouve aux antipodes des personnes que j'ai l'habitude de fréquenter, j'essaye de respecter sa manière de procéder. Et j'avoue qu'il me déroute. Je ne connais pas le mode d'emploi pour jeune serveur mignon dans sa bulle. Une première.

Intéressant.

Vraiment.

Seulement, pour pouvoir mettre en pratique mes petites stratégies ridicules, il existe quelques impondérables. Par exemple, la présence dudit serveur derrière le comptoir. Ce qui n'est pas le cas au moment où je me décide à passer ma commande. Ce qui a le don de pousser mon humeur un peu plus loin dans la morosité du jour.

Ma sœur, l'annonce de son mariage et son insistance pour que je reprenne le chemin de ma ville natale malgré la présence de mes géniteurs, puis maintenant lui qui disparaît, au moment où j'ai réellement besoin de sa potion magique à la noisette, saupoudrée d'une bonne dose de sourire timide et contenu, le tout relevé par ce léger tremblement adorable et charmant qu'adoptent ses doigts lorsqu'il pose ma tasse entre nous sur le comptoir…

Je m'accoude contre le zinc en le cherchant des yeux. Mais visiblement, il a réellement disparu. J'étais pourtant persuadé de l'avoir aperçu derrière cette foutue caisse enregistreuse en entrant.

Merde !

– Non, mais sérieusement, JL, je pense que ça va trop loin ! J'aime beaucoup Lou, mais je ne suis pas gay, moi !

Lou ? Gay ?

C'est plus fort que moi, je tends une oreille indiscrète vers les autres serveurs qui semblent évoquer un sujet qui m'intéresse.

Parce que oui, je me demande depuis le départ si ce Lou est gay. Les apparences auraient tendance à le confirmer, mais j'ai vu et supporté tellement de choses étranges dans mon métier que je ne me fie plus qu'à ce que l'on me confirme sans équivoque.

– Je sais bien Nath ! Mais moi je suis en couple. Et franchement, c'est quoi, une nuit avec Lou ? Il est mignon, sympa, et propre. Il se douche deux fois par jour. Très propre. Je suppose que c'est important, tu sais, pour…

– Je t'en prie, n'essaye même pas de continuer cette phrase, JL ! le coupe le fameux Nath en esquissant une grimace hilarante.

– Bon, OK, il a raison, évite les détails, c'est un peu prématuré, JL ! reconnaît un tout petit brun que je n'avais pas remarqué derrière eux. Mais, Nath, tu ne peux pas nier que Lou est un mec en or !

– Et il a une bite, Tyron ! Merde, ne me demandez pas ça, les gars !

Le type semble bien énervé, mais ses potes le toisent lourdement, comme si c'était lui le mec étrange. Je continue ma petite séance d'espionnage en tentant de garder mon sérieux.

– Une nuit, Nath !

– Non !

– C'est son anniversaire, quand même ! ajoute le rouquin, Leny, je crois. T'as vraiment pas de cœur ! C'est dégueulasse, je suis choqué !

– Leny, ne commence pas ! Ma dévotion en amitié a tout de même des limites !

– Très bien, alors Lou aura une déception incroyable pour son anniversaire. Je vais lui acheter un plug anal pour la peine.

– Prends-en trois, ne soyons pas mesquins…

– Les gars, n'essayez même pas de me culpabiliser. J'aime beaucoup Lou, mais voilà !

Le pauvre blondinet semble au bord des larmes.

OK, je pense comprendre le problème. Et, il se trouve que justement, j'ai une solution parfaite pour eux… De quoi me rendre mon sourire, égayer ma journée qui semblait mal partie, et surtout, peut-être, si j'ose me montrer optimiste, m'offrir enfin l'occasion de sonder beaucoup mieux ce petit mec craquant.

Je hèle la petite troupe en sortant mon portefeuille de ma poche.

– C'est possible d'avoir un *latte* noisette à emporter ?

Le plus grand d'entre eux, le beau mec par excellence, mais encore une fois trop parfait pour que je m'y arrête sérieusement me rejoint, un sourire commercial appliqué à ses lèvres.

– Bien sûr, Monsieur. Lou est occupé, mais je ne suis pas mauvais non plus dans l'exercice, me répond-il en attrapant une tasse en carton.

J'attends patiemment qu'il termine et pose ma commande devant mon nez pour déposer un billet sur le comptoir, ainsi que la carte de l'agence.

Il récupère le tout en fronçant les sourcils.

– J'ai cru comprendre que vous étiez à la recherche d'une solution que je pourrais éventuellement vous fournir, m'empressé-je de lui expliquer alors qu'il me rend ma monnaie que je ne compte pas récupérer.

– GSA ? Vous êtes cette salle de sport au bout de la rue ?

– Je n'en suis que le patron. Mais ce n'est pas qu'une salle de sport ! je lui réponds en lui adressant un clin d'œil.

– C'est inscrit Gay Sport Agency ? commente-t-il en me montrant ma propre carte.

– Retournez-la.

Il s'exécute, lit, mais n'ajoute rien.

– L'agence est en réalité une sorte de club, lui expliqué-je en rangeant mon portefeuille. La salle de sport en est l'enseigne principale, certes, mais notre réelle activité réside plutôt dans cette filiale. La Gay Scort Agency. Nous sommes escorts. Spécifiquement dédiés à la clientèle gay. Il m'a semblé entendre que c'est justement ce dont vous aviez besoin.

Il reste dubitatif un moment, relisant une nouvelle fois la carte qu'il tient toujours entre ses doigts.

– « Notre désir : Votre plaisir » ?

– Tout à fait. Nous sommes discrets, serviables, et surtout, nous proposons diverses formules, dont, une spéciale « anniversaires et découvertes ». Le mieux c'est que vous contactiez ce numéro. Stacy se fera un plaisir de vous présenter tout ça. Précisez-lui que vous venez de ma part, elle vous fera un tarif VIP.

– C'est sympa, répond-il, plongé dans ses pensées.

– Normal. Quand une personne réalise des *lattes* pareils, on lui doit tous les honneurs, n'est-ce pas ?

Je clos là la conversation en récupérant mon gobelet.

– Bonne fin de journée. À demain.

Inutile d'en rajouter. Plus serait trop et trahirait fortement mes intentions. Briefer Stacy me semble la seule chose importante à faire, pour qu'elle réintègre ma fiche dans le catalogue juste à l'attention de ce client, si toutefois ses amis décident de faire appel à nos services. Juste pour lui, je suis plus que prêt à reprendre mon ancien job.

Je retrouve le trottoir et le temps frais d'avril un sourire accroché aux lèvres. Peut-être que la journée n'est pas si désespérante que ça, finalement.

Owen

3. Lou

Arrivé au sommet des escaliers qui mènent à notre appartement, je pose lourdement Maurice sur ses fesses, en nage. Quatorze kilos à bout de bras, ça fait lourd.

La porte de la coloc s'ouvre alors que je tire mon chien, qui comme d'habitude se laisse glisser sur le postérieur jusqu'à ladite porte.

JL m'accueille avec un sourire et les bras grands ouverts.

– Joyeux anniversaire, mon Lou !

Accolade, bisou sur la joue, puis il récupère la laisse de Maurice qui subitement saute sur ses pattes pour regagner docilement le domicile bien aimé. Je ne réprime pas le chapelet d'insultes qui me vient à l'esprit à ce moment, ne manquant pas de faire marrer mon meilleur ami.

– Laisse tomber, c'est le patriotisme, ça, mon grand.

– Ouais, bien entendu. Bon, alors, vous m'avez prévu quoi ? Dois-je aller passer un jokestrap ? Me doucher à la lavande ?

– Bon sang, Lou ! réplique JL en grimaçant. La lavande ? Sérieusement ?

– Pour aguicher ton côté provençal, mon vieux ! expliqué-je en lui adressant un clin d'œil. Si tu veux, je peux même te cuisiner une bouillabaisse.

– Seigneur ! se contente-t-il de commenter en levant les yeux au ciel. Viens plutôt par là… On a trouvé le truc parfait…

– Si vous m'avez acheté des godes ou des plugs, je préviens, remballez tout de suite, j'ai déjà une sacrée collection !

– Tu vois, Leny, je t'avais dit, elle était nulle ton idée ! s'exclame Nath depuis la cuisine.

– J'avais proposé un plug anal, pas un gode, rétorque l'interpellé.

– C'est quoi la différence ? interroge Nath en apparaissant dans le salon, vêtu d'un tablier, une spatule à la main.

– Eh bien, je me suis renseigné. Le plug sert à te dilater l'orifice, alors que le gode c'est plus, genre…

– STOP ! je gémis en m'embourbant dans ma propre honte. Oubliez tout ça, allez m'acheter un poisson rouge et ce sera parfait ! Maurice, viens manger !

Finalement, exposer ainsi mes attentes sexuelles devant mes potes n'était franchement pas une bonne idée. Voilà que Leny se « renseigne », maintenant. Et que les pratiques intimes homosexuelles font l'objet d'un sujet d'intérêt collectif.

J'attends avec impatience le moment où ils vont me demander des rapports quotidiens sur mes branlettes et fantasmes. Je me suis fourré dans un beau pétrin. Et sans doute pour rien, bien entendu, puisqu'aucun ne voudra me tripoter l'asperge ce soir, c'est une certitude.

VDM !

Je récupère la laisse de mon chien, une nouvelle fois posé sur son fessier sans intention de bouger, et le tire en le faisant glisser jusqu'à la cuisine pour le nourrir sous les ricanements de mes colocs. Génial. J'ai juste envie de me planquer sous ma couette et de ne refaire surface que l'année prochaine…

Simplement, ce n'est pas aussi simple. Ils ont prévu quelque chose pour célébrer ce jour béni, par une bonne quantité de sorcières malfaisantes, qu'est celui de ma naissance. Impossible de disparaître.

Lorsque mon chien plonge son nez dans sa gamelle en oubliant complètement ma présence, et que je les rejoins dans le salon, un tas de paquets jonchent la table basse et un autre tas de sourires fleurissent sur leurs visages faussement innocents. Je m'attends au pire, inutile de le préciser.

Je m'assieds entre JL et Nath, redoutant la suite, prêt pour ma punition. Je prie simplement pour qu'ils n'aient pas dévalisé un sex shop en espérant que je fasse la démonstration par la suite.

Ils en seraient capables.

Un livre intitulé « mon chien mène ma vie et j'en suis fier ».

Un tablier « touche mon concombre, je te prie ».

Une boîte de biscuits français en miettes, provenant de la Maison du biscuit de Sortosville en Beaumont[1], un bled perdu en France, certifiés 100 % authentiques d'après JL.

Et… La cerise sur le gâteau, un bon pour une séance de sport dans le complexe Gay Sport Agency situé en bas de notre rue.

J'avoue que pour ce dernier point, je l'ai pris moyennement bien. OK, j'ai un peu laissé tomber les tractions depuis la rupture officielle de mon amitié incroyable avec Brute. Cependant, mes balades quotidiennes avec mon chien, qui, je le rappelle, refuse de marcher en ma présence, m'entretiennent pas mal, et ma vie bien remplie entre l'université et le boulot me garde également en bonne forme.

Bref, en attendant, me voilà face à une certaine Stacy qui ne cesse de sourire alors que je lui confie mon voucher « Anniversaire » en espérant que les quelques heures passent rapidement.

– Bon, alors… Oh ! Un spécial VIP ! Charmant ! Vos amis vous ont gâté ! commente-t-elle entre deux sourires.

Ouais, faut voir ! Je me permets un doute raisonnable sur le sujet. Ils se sont surtout lâchés sur la première idée qui traînait, à mon avis.

– Je vais vous faire visiter les lieux, afin que vous vous sentiez à l'aise parmi nous.

– Oui, enfin, bon… Montrez-moi le vélo elliptique, et ça ira !

---

[1] JL a du goût… Les meilleurs biscuits de la planète !

Elle se contente de ricaner en se levant de son siège d'un geste élégant.

– Veuillez me suivre, je vous prie.

Je ne vois pas trop bien ce qu'il y a de drôle, mais bon. Docile, contrairement à Maurice, je la suis en écoutant distraitement ses explications.

– Donc, ici nous avons le lounge. Nos adhérents, tout comme nos collaborateurs, s'y retrouvent souvent avant leurs rendez-vous. Cela permet de faciliter les premiers contacts. Ce sont les premiers pas qui coûtent, comme on dit.

– Ah ? C'est bien !

Un peu superflu à mon avis, mais bon.

– La salle de sport. Tous les agrès sont disponibles, à votre guise, pendant la durée de votre abonnement.

– Ah ? Parce que j'ai un abonnement ?

De mieux en mieux, il va falloir que je revienne, de surcroît. J'ai envie de dire *Youpi !*

– Tout à fait. À partir de votre premier rendez-vous, le forfait anniversaire vous garantit l'accès pendant un mois.

– Génial !

Bordel ! Un mois ! À raison de deux fois par semaine pour ne pas vexer les colocs, ça fait huit séances… Je vais mourir.

Ces mecs me détestent en définitive, je ne vois que ça.

– Vous acceptez les animaux ? demandé-je en passant devant un appareil de torture dont je ne veux même pas connaître l'utilité.

Je récolte bien entendu un coup d'œil soupçonneux de la part de Stacy.

– Non, mais en fait, je pense que ce bon cadeau serait plus utile pour Maurice, tenté-je de lui expliquer.

– Maurice ?

– Mon chien. Un Français.

Moment de solitude immense. Ma guide me toise d'un regard noir avant de s'offusquer.

– Monsieur, nous sommes une maison sérieuse ici ! Ce genre de pratique ne fait pas partie de notre catalogue !

OK, pas besoin de s'énerver non plus ! Je pensais, simplement, que ce serait drôle de poser Maurice sur un tapis de course pour le voir dégringoler à l'autre bout comme un demeuré.

Certaines personnes manquent cruellement de sens de l'humour ! Surtout elle !

– Et donc, voici la piscine, reprend-elle en ouvrant une nouvelle porte. Vous trouverez un espace Spa derrière la porte au fond, ainsi que les vestiaires.

Waouh ! Alors, franchement, je retire ce que j'ai déclaré précédemment. Une piscine. Remplie de beaux mecs. Et gays, je suppose, vu le nom de l'agence…

Si j'osais, j'irais chercher un maillot direct pour aller barboter avec les autochtones. Des muscles en veux-tu, en voilà. Peaux bronzées, mini mini maillots… J'en durcis déjà, juste devant le tableau et l'idée de plonger entre ces demi-dieux.

Mon air ahuri semble réjouir la tenancière.

– Nous vendons également des tenues de bain, si vous n'en avez pas avec vous…

Euh… Là, maintenant, tout de suite ?

– Non, euh… je pense que ce sera pour la prochaine fois, bafouillé-je ostensiblement.

Elle fronce les sourcils sans comprendre.

– Je crois que je risque de tourner en rond si je plonge maintenant, tenté-je de me justifier. Ce serait fâcheux.

Nouveau froncement de sourcils.

– J'ai le gouvernail un peu trop rigide ! déclaré-je en ricanant comme un abruti. Honteux, clairement de ma blague de bac à sable.

– Je vois ! rétorque-t-elle sans esquisser un sourire. Avec ce genre d'humour, je crois que vous allez trouver votre bonheur dans notre catalogue. D'ailleurs, étant donné que vous ne semblez pas partant pour une petite séance de détente, à cause de votre poutre directionnelle, je propose que nous passions de ce pas à la découverte du catalogue ?

– Co… comment ça ? Vous avez d'autres agrès à proposer ?

La femme se détend soudain, pose les mains sur ses hanches en penchant doucement la tête.

– Vous ne savez pas pourquoi vous êtes là, n'est-ce pas ?

– Euh… Faire du sport ? j'ose une réponse en montrant le sac sur mon dos.

– Pas tout à fait. Venez, je vais vous montrer.

Je la suis d'un pas décidé jusqu'au lounge, puis jusqu'à une alcôve intimiste équipée d'un bureau et d'un ordinateur dernier cri.

– Voilà ! déclare-t-elle fièrement en m'invitant à m'installer devant l'écran déjà allumé. Vos amis vous ont offert un rendez-vous avec l'un de nos escortmen, Monsieur. Il ne vous reste plus qu'à choisir celui qui vous semble le plus à même de vous faire passer une bonne soirée… Je vous laisse feuilleter notre catalogue.

Comment ? Qui me parle ? Un tremblement s'empare de ma tête, tandis qu'une sorte de sueur froide dévale désagréablement ma colonne (vertébrale, j'entends, mon autre colonne s'étant littéralement recroquevillée à l'intérieur de mes bourses en apprenant la nouvelle !)

Je me relève promptement, comme si ce bureau me brûlait les rétines, alors que Stacy s'est déjà presque volatilisée au fond du lounge, vers son bureau.

– Non, mais attendez, ce doit être une erreur ! la rappelé-je en criant presque pour la retenir. Je… je préfère pédaler, finalement. Même courir si vous préférez, je… On peut négocier ?

Je me cogne brutalement avec un mur qui entre dans la pièce au moment où je tente d'en sortir. Un mur portant une chemise bleu ciel à col ouvert et un pantalon Docker tombant parfaitement.

– Vous allez bien ? me demande le mur en me rattrapant par le coude.

Un mur qui parle, donc.

– Oui, oui, enfin, NON ! Stacy !

Je relève les yeux pour trouver la femme qui vient de m'abandonner lâchement, et tombe nez à nez avec les yeux du mur…

Merde…

Je reporte mon attention rapidement sur la moquette (très jolie au passage).

— Eh, mais nous nous connaissons ? s'étonne-t-il d'une voix charmante et sensuelle. Une voix que je connais trop bien pour m'être touché plus d'une fois à son simple souvenir. Lou, c'est bien ça ?

— Pardon ? Euh, non, pas du tout, je viens d'arriver en ville ! Dans l'État, même. J'habite une roulotte avec mon chien et je viens du Texas ! Je m'appelle Cliff !

On peut m'expliquer ce que je raconte ? Je lui sers son café tous les matins depuis presque un an et demi !

Le mur nommé Owen éclate de rire. J'ai envie de mourir. Mes joues entrent en pleine autocombustion, et sa main... Sa foutue main ne me lâche pas...

J'ai envie de pleurer et de retourner dans le ventre de ma mère pour recommencer ma vie depuis le départ ! Ce n'est pas possible autrement, il y a dû avoir une erreur, un défaut de fabrication à un moment donné. Je soupçonne même un échange à la naissance. J'ai droit à une seconde chance, merde !

— Il me semblait que vous étiez le pro de la noisette du café *At Home*, plus haut dans la rue ?

Hum... est-il possible de trouver situation plus embarrassante ? Non, je ne pense pas.

— Oui, enfin, je me débrouille ! Tant que je ne casse pas celles des autres...

Et le nominé pour la blague la moins drôle du siècle est : Moi. Juste moi. Cliff - Lou.

Sa main me relâche enfin, ou trop tôt, je ne saurais le dire.

– Bon, eh bien, bienvenue chez nous, j'espère que vous y trouverez votre bonheur. Vous avez besoin de conseils ? D'explications ?

Euh… Oui. L'issue de secours la plus proche ?

– Non, merci, ça ira.

Je recule, me cogne à un siège derrière moi, pivote en prenant grand soin de ne pas le regarder et repars d'où je suis venu avec précautions, afin de ne pas me prendre les pieds dans le tapis. Même s'il n'y en a pas, je suis encore capable de le faire…

Je l'entends traverser la pièce dans mon dos alors que je me réinstalle sur la chaise électrique qui m'est destinée, soulagé de ne plus sentir son regard sur moi et d'avoir parcouru la distance sans me montrer ridiculement débile.

Mais quel piège m'ont-ils tendu, ces espèces de demeurés ?

Ce n'est plus une question, mais un fait : Ils. Me. Haïssent !

Note pour moi-même : déménager rapidement avant qu'ils aient ma peau définitivement. Demain, je m'y mets. Au pire, j'appelle Bruce et je retourne au bercail. Après tout, il était cool ce type. Comparé à eux.

On comprend souvent la valeur de ce que l'on perd, une fois que l'on trouve pire. Je déclare que c'est le cas. J'ai trouvé bien pire.

Bref.

En tentant désespérément de reprendre mon calme, je m'installe devant le « catalogue », donc, pour choisir le grand chanceux qui gagnera l'immense honneur de se faire royalement chier pendant toute une soirée grâce à moi !

Je fais défiler la série de mecs torrides (aucun autre mot ne peut qualifier les photos qui se succèdent devant mes yeux… Tous des canons interplanétaires !) et en un temps record, je me retrouve mortifié… Devant ce genre de situation, à une époque, je faisais pipi dans mon slip de trouille. Eh bien là, c'est pire. Heureusement que j'ai un peu mûri depuis !

Au bout de quelques instants de vide cérébral absolu, je décide d'en finir, d'en trouver un, et de décliner le rendez-vous le moment venu.

Jordan, 27 ans, yeux bleus, 1,92 m, tout beau, tout musclé, aime les sports mécaniques et me faire plaisir.

Je ne sais pas conduire, je n'ai même pas de vélo. Next !

Louis, 33 ans, yeux marron et tout aussi beau que son copain, aime les soirées qui ne finissent jamais ET me faire plaisir.

Moi, j'aime bien dormir, et, qui plus est, j'ai vraiment envie d'une soirée qui se termine rapidement, tellement je sens que ce sera un supplice. Next !

Mathew, 25 ans, mais je n'aime pas ses doigts… Je zappe !

Genre, j'ai les moyens de me montrer difficile.

Solas… Ma ma mia, Solas… Voyez le type qui joue Avery dans Grey's Anatomy ? Bon, alors, oubliez-le parce que Solas, c'est le même, en mieux. Même si vous croyez que c'est impossible, moi je vous certifie que si, c'est possible. C'est Solas.

Donc, je zappe, beaucoup trop beau, le type. Je ne suis même pas digne d'essuyer ses semelles !

Next !

Le suivant…

Bordel de bordel…

OWEN ! Mon Dieu à moi ! Mon héros ! Monsieur Mitaines Sexy en personne est là, devant moi, chemise ouverte et son petit sourire en coin parfait illuminant toute la photo…

31 ans, le chef de cette agence… Études supérieures… Lui aussi veut mon plaisir…

Mon Dieu, mon Dieu…

Je reste figé sur cette fiche. Dix ans d'écart. Le mec possède son entreprise, un diplôme et surtout… Du fait de ce boulot, il doit être, genre, hyper extrêmement expérimenté…

Je me laisse tomber sur le dossier de ma chaise, dépité, au bord des larmes une nouvelle fois… Mon rêve qui s'éparpille doucement mais sûrement autour de moi, dans les vapeurs des déchets de moi-même, me plante douloureusement un pieu dans le cœur.

J'aurais préféré ne jamais savoir. Me taper Maurice, finalement. Maintenant, ma douce utopie n'a plus sa place…

– Vous avez besoin d'aide, Monsieur ?

La voix de Stacy m'aide à me reconnecter avec le présent… Un escort. Je dois choisir un escort…

– Euh, non, ça va aller, j'ai trouvé, Stacy ! Merci

Après tout…

Il faut vivre dangereusement, n'est-ce pas ?

Owen

4. Owen

– Je suis franchement désolé de vous faire faux bond, patron, mais Stanislas a décroché un bon job là-bas, et j'ai besoin de retourner dans ma région natale, vous comprenez ?

– Mm, mm.

Par-dessus l'épaule de mon barman, je discerne Lou, en pleine discussion avec Stacy. Il vient de faire son choix. Les dés sont jetés.

Je ne sais même pas où je vais pouvoir l'emmener. Et s'il me trouvait trop… banal ? Il n'avait pas l'air enchanté de me voir tout à l'heure, c'est le moins que l'on puisse dire.

Mon cœur se met à battre comme celui d'un ado en attente de son premier rencard.

Ridicule.

– Je vois à votre manque de réaction que je viens de vous décevoir, j'en suis désolé. Je ne cherche pas à noircir nos bonnes relations, sachez-le, mais comme dirait ma mère, ainsi va la vie, n'est-ce pas ?

– Mm mm…

Lou salue timidement ma secrétaire et sort de l'agence. Stacy en profite pour me jeter un regard amusé. Qui signifie ?

– Patron, vous m'écoutez ?

– Hein ?

Le regard inquiet de John me rappelle qu'il a sollicité un entretien pour une raison importante. Je n'ai rien écouté.

– Donc, nous disions ? Une augmentation, c'est ça ?

J'ai une chance sur deux pour que ce soit sa doléance. Les raisons importantes tournent toujours autour de ce sujet.

– Quoi ? Mais non, ce n'est pas une question d'argent ! Je suis toutefois touché que vous cherchiez à me garder parmi vous.

Qu'est-ce qu'il raconte ? S'il pouvait trouver une place ailleurs, j'en serais le premier ravi. Il est mignon et plein de bonne volonté, mais c'est un gaffeur hors pair et la personne la plus maladroite que je connaisse.

– Euh… Donc, oublions l'argent, voulez-vous ?

Je me rattrape aux branches en essayant de me souvenir de son discours.

– Je vous remercie de comprendre. J'ai calculé, mon préavis est encore de deux semaines, ce qui nous donne… la fin du mois ?

Préavis ?

– Ah, donc vous partez, c'est bien ça ?

Mon employé écarquille les yeux, perdu.

– Oui, enfin, je déménage à l'autre bout du pays, alors, forcément…

– Oui, forcément. Donc, bon, une prime. Je vous octroie une prime pour partir tout de suite !

Que je puisse me concentrer sur mon prochain rendez-vous. Il se barre ? OK, on ne va pas passer Noël là-dessus.

– Une prime ? Oh, je vois que vous tenez à moi, boss, je suis vraiment touché… Peut-être que si la rallonge est assez conséquente, je pourrais envisager une relation à distance, quelque temps…

Bon Sang !

– Mais non, partez vite. Très vite !

J'ai besoin de me concentrer.

– Je vous demande pardon ?

Je marque une pause. Je suis accessoirement en train de recevoir la démission d'un employé.

– Oui, donc, non ! déclaré-je en me redressant sur mon siège. Je vous donne cette prime pour vous remercier de vos bons et loyaux services. Et vous souhaiter bonne chance pour la suite. De plus, il vous restait des jours de congés à solder, donc, finissez votre semaine, c'est-à-dire ce soir puisque nous sommes samedi, et nous serons quittes. Je préviens Stacy concernant votre solde de tout compte.

– Oh ! Je ne sais comment vous remercier, patron, c'est vraiment généreux de votre part.

Me remercier ? En abrégeant les effusions, ce serait parfait.

– De rien, vous le méritez, John, rétorqué-je en me levant, pour lui faire comprendre que l'entretien est clos.

– Merci, merci… Si on me demande des recommandations vous concernant, je peux vous assurer que je ne tarirai pas d'éloges sur vous…

Je marque une pause, interdit.

– Sans vouloir vous contrarier, c'est plutôt à moi de donner mon avis sur vous… Enfin, dans un monde normal, ça se passe dans ce sens…

– Ah, oui ?

Bon, sérieusement, je veux bien être patient, mais là, ça va bien.

– Je dois vous laisser, John. Je passe discuter ce soir au bar avec vous. J'aurai plus de disponibilités.

– Ah, très bien ! Merci beaucoup Owen, travailler avec vous a réellement été un plaisir.

– Oui, oui.

Je le plante au milieu de mon bureau, trop impatient pour suivre les règles de base de politesse.

Stacy m'accueille avec un sourire embarrassé.

– Quoi ? je lui demande tout de go.

– C'est-à-dire, que… commence-t-elle en pianotant rêveusement sur son clavier.

– « C'est-à-dire que », quoi ? Il veut que je l'emmène dans une fête foraine ? Il a des demandes étranges ? Quoi ?

– Oh ! Non, il n'a mentionné aucune exigence quant au thème du rendez-vous. Il semble simple. Peut-être un tantinet étrange, mais simple.

Elle fronce le nez en retenant un rire nerveux.

– Bon, alors tout va bien !

– Oui, confirme-t-elle. Tout ira bien pour Alec, je pense ! Que voulait John ?

– Hein ? Mais qui est John ? explosé-je sans pouvoir me contenir. N'essaye pas de noyer le poisson, Stacy ! Pourquoi Alec ?

– John, c'est notre barman, Owen, et il sort à l'instant de ton bureau, pour rappel. Quant à Alec, c'est lui que ton client particulier a choisi. Je suis désolée, Owen !

– Alec ?

– C'est ça !

Alec, brun, jeune et pas du tout moi. L'opposé total, même. Je ne lui plais pas ! Même pas du tout.

– Et donc, pour John ?

– Mais arrête deux minutes avec John, c'est secondaire ! grogné-je en tournant son écran vers moi.

Effectivement, il a choisi Alec. Jamais je n'aurais pensé…

– Vous avez fait votre choix, Monsieur Ochbury ? me coupe ma secrétaire en accueillant un client revenant de l'espace catalogue.

– Oui, tout à fait. Oh, mais, il me semblerait bien que ce soit avec vous ! répond le client en me désignant du menton.

– Moi ? rétorqué-je froidement. Impossible, je ne fais pas partie de ce satané catalogue.

– Pourtant, ce Owen vous ressemblait fortement, insiste-t-il d'un air dédaigneux en sortant son portefeuille de sa veste pour régler à l'avance notre futur rendez-vous.

– Stacy, pourquoi est-ce que j'apparais encore dans ce foutu catalogue ?

Je n'arrive pas à me contenir, même devant un client. C'est sans doute la première fois que cela m'arrive, je dois l'avouer. Comme quoi, Lou a pris pas mal d'importance dans mon quotidien. Et je suis écœuré. Réellement. Alec ? Non, impossible.

– Je n'ai pas trouvé de temps pour vous en retirer, Monsieur le directeur, ironise Stacy en grimaçant, mal à l'aise face à mon manque de tact envers le client. Monsieur Ochtbury, il semblerait que nous ayons une déconvenue. Auriez-vous par hasard noté un second choix ?

– Oui, répond-il d'un air rêveur. Ce jeune Alec…

Décidément ! Lui, je le vire avant la fin de la journée !

Stacy ravale son rire en pianotant sur son ordinateur.

– Très bien, je vais noter tout cela. Nous disions donc, vendredi prochain ? Il est effectivement disponible…

J'abandonne la partie pour la laisser bosser, dépité. Il n'est peut-être que 16 heures, mais j'ai besoin d'une vodka d'urgence.

Je retrouve John au bar en tentant de faire le point.

– Si j'avais su que cela vous plongerait dans un tel état, patron, j'aurais repoussé mon départ !

Hein ? De quoi ce barman me parle-t-il, exactement ? Devant mon incompréhension, il s'empresse d'ajouter :

– Mon départ…

– Oh ! Non, non, c'est bien, ne vous en faites pas pour ça !

– Pour quoi ?

Je sursaute en entendant la voix... d'Alec. À moitié à poil, une serviette de bain enroulée à la taille, encore humide de partout, il nous rejoint pour s'accouder au comptoir.

– Alec, bordel, j'ai déjà dit : tenue correcte exigée dans l'espace lounge ! T'es viré, dégage !

Mon employé, et pote, éclate de rire en m'assénant une accolade amicale.

– Oh là ! Ta bonne humeur est contagieuse, fais gaffe ! J'étais juste venu chercher un soda. Et le lounge est vide à cette heure. Personne ne picole en plein après-midi !

Dit-il alors que John pose une double vodka devant mon nez.

– Oh ! On a un malaise, j'ai l'impression.

Il tire un tabouret et s'installe à mes côtés. Tout, sauf ça ! Je le déteste.

– Dégage, je souffle en portant mon verre à mes lèvres. Je viens de te dire que tu étais viré.

– Ouais, tu peux virer l'employé, mais pas le pote, désolé. Allez, raconte à papa...

– Tu pourrais être mon fils, crétin !

– Avoir un gosse à huit ans est peu probable, boss. Allez, raconte...

– Le patron est dépité parce que je viens de lui donner ma démission, explique John en posant une canette devant le nez du type qui m'énerve particulièrement aujourd'hui.

– Oh ! réplique-t-il en soulevant un sourcil amusé. Je comprends bien, oui.

Alec est totalement au courant que les talents de barman de John ne m'ont jamais convaincu et que je n'avais pas le cœur à le virer à cause de sa situation financière critique et de toute la bonne volonté qu'il mettait à la tâche. Il sait donc que mon humeur n'est absolument pas en rapport avec cette nouvelle semi-mauvaise. Voire bonne, soyons honnêtes. Il attend patiemment que notre futur ex-barman tourne les talons pour disparaître dans la réserve pour poser ses questions.

– Alors ? Tu m'expliques ? Et, pendant que j'y suis, tu as un autre candidat pour le poste ? Mon coloc est barman et vient d'être viré de son boulot. Il fera largement le job, voire plus.

– Tu t'en portes garant ? John m'avait été recommandé par Solas, et franchement…

– C'est mon pote d'enfance, alors oui. Lui, moi, c'est pareil. On a vécu dans le même foyer d'accueil. Démerde et pas feignant. Propose-lui un mois d'essai si ça t'arrange.

– Dis-lui de passer lundi matin.

– Cool ! Merci pour lui. Bon, alors, maintenant que ça, c'est fait… On parle de mon licenciement ? Qu'est-ce que j'ai encore foutu pour te mettre en rogne, exactement ?

Rien. C'est bien ça le problème. J'enrage contre lui alors que c'est moi qui pèche. Il ne m'a pas choisi, moi. Le fait que ce soit Alec qui récolte tous les suffrages n'est qu'une conséquence, rien d'autre.

Cela dit, je ne suis pas habitué à laisser la fatalité choisir. Loin de là.

– Alec, mon biquet… Tu as un rendez-vous demain soir.

– Ah ? répond-il d'un air blasé en reposant sa canette devant lui. Je ne savais pas.

– C'est nouveau.

– D'acc. Je ne vois pas le rapport avec ton humeur, mais OK. Tu ne veux réellement plus que je bosse pour toi ? s'inquiète-t-il en tentant de sonder mon regard.

– Non, rien à voir. En revanche, j'ai quelque chose à te demander.

– Vas-y ?

Owen

5. Lou

Peut-être aurais-je dû choisir Owen. Depuis hier soir, je suis partagé entre la fierté d'avoir su résister à l'appel évident de ma libido et le désespoir d'y avoir résisté, justement. Je sais que j'ai bien fait, j'en suis intimement convaincu. Parce qu'il aurait suffi que le rendez-vous se passe bien pour que cet homme parfait me marque à tout jamais de son sceau. Alors qu'il n'aurait réalisé que sa part du marché. Il serait reparti après et moi, je n'aurais pu que pleurer jusqu'à la fin de l'éternité. Je risquais trop gros à aller côtoyer le danger d'aussi près.

Contre mauvaise fortune, bon cœur, je tente de me préparer pour ce rendez-vous lorsque JL pousse ma porte pour jouer les curieux.

– Vous allez où déjà ?

– Bowling !

Mon ami fronce les sourcils, mécontent, visiblement.

– Sérieux ? Je croyais que cette agence chouchoutait ses clients ! J'aurais dû préciser qu'il te fallait le champagne et le foie gras, pas un bowling ridicule ! De la bière et un vieux poulet frit à manger avec les doigts, c'est ça le top du top ?

– Nous ne sommes pas en France, JL. Ici, les coutumes sont différentes…

– Merci, je suis au courant, j'ai un peu vécu la moitié de ma vie ici… Mais quand même !

– J'ai moi-même demandé quelque chose de tranquille ! tenté-je de tempérer mon ami qui semble prêt à aller faire un scandale à GSA.

– Ouais, alors une pizza sympa ! Mais un bowling ? Sérieusement, Lou !

Je m'extirpe de mon placard à fringues pour lui faire face.

– Ça me va, je te dis ! Déstresse, tu vas me mettre la pression, là !

Comme si j'avais besoin de ça.

– Bon, OK. Et tu vas porter quoi ? soupire-t-il en se laissant tomber sur mon lit.

– Justement, je ne sais pas.

Personnellement, j'opterais bien pour un scaphandre ou une combinaison de ski à cagoule incorporée, mais ça ferait limite, je crois.

Bon sang, tout ce que j'espère c'est que le temps passera vite. Très vite. Je suis déjà sous homéopathie depuis hier soir et je tourne à la verveine menthe, ce qui a le contre avantage de me rendre dépendant des toilettes comme jamais. Un bon début, avouons-le. J'aurais dû lui proposer un rencard dans des toilettes publiques, nous aurions gagné du temps.

– Ton jeans noir et ta chemise rose, tranche mon ami d'un ton affirmé.

– Ma chemise rose ? Non, elle ne me va pas au teint.

– Tu rigoles, il va craquer… Et puis, ce n'est pas comme si tu devais lui plaire, après tout ! Enfin, tu vois, quoi…

– Oui, je vois.

Et c'est d'ailleurs ce qui me dérange. Enfin, non, ça ne me dérange pas puisque je ne compte pas profiter des « extra » allant avec le package beau gosse à louer. Ce type, Alec, est vraiment beau. J'aurais l'impression qu'il me fait une faveur. De payer, justement, pour toucher. De le prendre pour un bout de viande qui n'a pas son mot à dire.

Je ne compte pas perdre ma virginité ce soir, c'est une certitude. C'est bien dommage, car je suis allé jouer les fouineurs sur le site de GSA et je sais pertinemment ce que leur a coûté ce cadeau. Ils se sont réellement ruinés pour moi.

Mais c'est contre mes principes. Je ne peux pas coucher comme ça. Moi, pour mon premier vrai orgasme, je rêve de complicité, de tendresse, de regards qui font des guilis… De rire aussi et de me sentir à l'aise. La configuration de ce rendez-vous n'est pas du tout en adéquation avec mes idéaux. Lorsque j'ai évoqué l'idée de coucher avec mes potes, j'avais une autre approche. Déjà, je n'y croyais pas trop, pour me montrer sincère, et puis j'imaginais un moment amusant, sans prise de tête… Bref, rien à voir avec un rendez-vous payé et arrangé.

Peut-être ai-je tort, peut-être devrais-je porter moins d'importance aux ressentis, au moins pour ma première fois. Malheureusement, la simple idée de me mettre tout nu devant Apollon en personne me donne envie de me jeter sous un bus, alors, imaginez le reste.

Ridicule. Je vais sembler ridicule, et encore, le mot est faible.

Je choisis mon jeans noir et le balance sur le lit puis quitte la pièce précipitamment, direction les toilettes, la vessie pleine et la nausée au bord des lèvres.

— Choisis le reste pour moi, je reviens !

Dans mon empressement, je trébuche sur Maurice couché en travers de mon chemin, me rattrape à la console de l'entrée en catastrophe, emportant le portemanteau au passage, et termine, je ne sais comment, la tête sur la cuvette tant recherchée…

Je sens mal cette soirée…

— Alors, paraît que tu fais du café dans la vie ?

J'ai mis la chemise rose finalement. JL est du genre insistant quand il s'y met.

— Mouais.

— C'est cool. Et tu mouds les grains, tout ça ?

Je crois que mon sweat bleu aurait été plus judicieux. Ce bowling est sordide. Il en existe au moins vingt en ville très sympa. Mais non. Ce type… « Alec », m'a convié dans une gargote sortie tout droit des années 90. Et je parle de la vétusté de l'endroit, pas du style. Parce que ça, le look rétro, je suis assez crédule et nul pour avoir pu accepter. J'évoque ici l'âge de tout ce qui compose ce bar miteux. Trois pistes défoncées, pas assez de boules pour les joueurs, des chaises en plastique cassées et le verre dans lequel repose ma bière (JL avait raison, nous tournons à la bière tiède et plate) comporte des traces de rouge à lèvres.

– Sinon, alors, tu aimes ça, jouer avec les boules ?

Seigneur ! Ce type est à vomir. Il ne s'est même pas rasé. Enfin, si, mais pas partout. Ça fait un effet bizarre, franchement.

Qu'on ne me demande pas comment s'est passée ma soirée, bon sang !

Ah, il n'est que 20 heures 03…

– Oui, j'aime bien, même si je ne suis pas pro…

Autant répondre, ça va aider à passer le temps.

– Le boulot d'escort, c'est sympa ? je fais même l'effort d'une question.

– Ouais ! répond-il tout content d'entendre ma voix. Tu sais, les clients, plus ils sont généreux, plus je le suis aussi… Moi, je maîtrise super bien les boules. Et les quilles aussi. T'as déjà testé les partouzes ?

Cette fois, j'en peux plus !

– Non, mais j'ai un chien qui s'appelle Maurice !

– Ah oui ? Il fait quoi comme trucs ?

Le pire, c'est qu'il ne rigole pas ! Ses propos semblent sérieux !

Trop, c'est trop !

Je me lève précipitamment, en sortant un billet de ma poche.

– Tiens, pour la future tournée et le taxi !

Oui, parce que ce type n'a pas de voiture ni de monnaie, il me l'a bien fait comprendre.

– Tu vas où ? m'interroge-t-il, les yeux écarquillés de surprise.

– J'ai oublié de sortir Maurice. Il va faire ses besoins partout et on va me virer de la coloc si je ne le fais pas. Désolé. Salut !

– Ah… Salut ! Je vais jouer tout seul avec ma quille, alors ! Dommage !

Euh, non, pas vraiment !

– Salut ! C'était sympa !

Je tourne les talons et me précipite vers la sortie avant qu'il ne décide de me proposer de m'accompagner. Je suis certain que ce mec est un psychopathe qui s'ignore.

6. Alec

Je hèle un taxi sur le parking en lançant un appel.

— Dixième rue, je vous prie, je demande au conducteur en m'installant sur l'un des sièges arrière.

Owen décroche au même moment.

— Déjà ?

— Ouaip !

— Dis-moi que ça s'est bien passé !

— Merveilleusement. Mais tu m'en dois une, boss ! Je n'arrive toujours pas à réaliser que je me suis montré en public dans cet état... Bordel, j'ai gardé mes claquettes et mes chaussettes !

Il me répond par un éclat de rire puis se calme subitement.

— Il était déçu ? Quelle tête faisait-il ? Pauvre Lou, nous y sommes peut-être allés un peu fort !

— Faut ce qu'il faut ! Tu sais bien, avec mon charme incroyable, si je ne mettais pas le paquet, nous courrions le risque qu'il me trouve à son goût...

Je ricane lourdement, seul. Apparemment, au sujet de ce type, le patron s'avère un peu soupe au lait.

– Eh, boss ! Qu'est-ce qu'il se passe avec ce mignon ? Tu nous caches un truc ?

– Si on te le demande, tu diras que tu n'en sais rien ! rétorque-t-il froidement. Et d'ailleurs, personne ne te demandera rien puisque cette petite soirée vient d'être effacée de ta vie. Si j'en entends parler par les gars, je te préviens…

– Eh ! je l'arrête en pleine montée de nerf. Ne te prends pas la tête pour ça. Si tu crois que j'ai envie que les autres sachent que je suis sorti habillé en beauf ! Je suis d'accord, on oublie !

– Nickel ! Pour ce soir, fais-toi plaisir. Sors et utilise la carte de la boîte. C'est cadeau !

– Waouh ! Trop bien ! Merci !

Je me laisse glisser sur mon siège, déjà en pleine tergiversation sur ce que je vais bien pouvoir faire de cette carte bancaire.

– Reste raisonnable, hein ?

– Bien entendu ! Je vais embarquer Tom, mon coloc, pour une petite virée nocturne. Eh, chef ?

– Oui ?

– Tu comptes faire quoi avec le petit mignon ?

– Eh bien, je vais me trouver dans l'obligation d'ouvrir un dossier de service après-vente.

– Un quoi ? On a ça, à GSA ?

– Maintenant, oui. C'est tout nouveau et très ciblé.

Mon boss éclate de rire, mais ne développe pas davantage.

– Bonne soirée, Alec, et merci.

– Yep ! À demain !

Je raccroche avant de me pencher sur le siège du conducteur.

– Vous me déposez à l'adresse, et vous attendez. J'en aurai pour dix minutes.

– Bien Monsieur !

Yep ! C'est bien payé de sortir fringué comme un zouave et dégoûter un mignon ! J'aime mon job.

Owen

7. Lou

– Et alors, cette soirée ? Lou a vu le loup ?

– Pas exactement, mais c'était vraiment bien.

J'appuie nerveusement sur le mixeur pour couper court à la conversation. Ma soirée d'hier, je l'ai terminée seul, dans un cinéma de quartier relativement éloigné de notre rue, pour ne pas risquer de croiser l'un de mes colocs. J'ai enchaîné les projections, j'ai visionné deux fois le même film d'action vraiment moyen à l'affiche en ce moment puis un thriller de seconde zone absolument abominable pour faire passer le temps et ne pas rentrer trop tôt.

Parce que si ça avait été le cas, ils auraient été déçus. Et je ne veux surtout pas que cela arrive. Ils avaient l'air tellement fiers de leur idée. Au moins, ce matin, lorsqu'ils ont remarqué mes cernes et ma fatigue, ils semblaient heureux. C'est le principal.

Quant à moi, je vais bien. Enfin, je tente de m'en persuader. J'évite de penser que le sort s'est encore vengé sur moi avec ce rendez-vous minable. Je refuse de réfléchir au fait que, quoi qu'il se passe, tout finit toujours mal quand je rentre dans l'équation.

J'essaye de ne pas analyser ces semblants de coups de pouce du destin, chaque fois davantage prometteurs, qui échouent toujours lamentablement si loin du but.

Qu'ai-je fait à l'univers pour ne jamais réussir à décoller mes semelles de ce lisier qu'est ma vie ? Tout autour de moi, les gens sont heureux. JL passe de fille en fille, mais c'est son choix et il gère comme il l'entend sa vie intime. Nath est célibataire, mais c'est de sa propre volonté, et son tableau de trophées ferait pâlir Casanova. Leny roucoule depuis des mois avec Anaïs, une jeune femme adorable et toujours souriante. Quant à Tyron, lui préfère le soccer et prend la vie comme elle vient.

Et moi… moi je stagne. Je passe mon temps à rêver d'un idéal qui me fout la trouille, je fantasme sur des utopies et récolte la misère. Je devrais m'y être habitué depuis le temps, et pourtant, ça fait toujours aussi mal.

Certes, je me doutais que la soirée ne serait pas idyllique. Mais pas dans ce sens ! J'imaginais passer quelques heures face à un homme sexy, qui ferait son job pour m'être agréable, et, d'une certaine manière, même si je trouvais ça pathétique d'en arriver à cette extrémité, je m'en réjouissais. Mon état déplorable est tel que je me serais contenté et réjoui d'être, pour une fois, le centre de l'attention de quelqu'un. Même si tout était fabriqué et tarifé.

Je ne récolte que ce que je mérite, finalement. Le narcissisme n'est pas une bonne chose, ma tante me l'a assez répété.

Tiens, en parlant d'elle, justement. Elle ne m'a pas contacté hier. Je suppose que j'aurai des nouvelles dans quelques jours, quand elle retrouvera la mémoire.

Je ne peux pas lui en vouloir, je suis le genre de personne qu'on oublie facilement. La preuve, mon grand ami Bruce avait noté mon prénom dans un coin de son bureau dans notre chambre pour ne pas se mélanger. Pendant les deux premiers mois, il m'appelait Louis.

Bref.

Perdu dans mes tergiversations, j'en oublie que je suis censé assurer le service au comptoir et me contente de broyer des noisettes pour au moins deux années complètes lorsqu'une voix m'interpelle derrière moi.

– Excusez-moi. Lou ? Cliff ?

Je me fige sous ce timbre tellement chaleureux que je connais par cœur.

Et lui, on en parle ? Je n'ai toujours pas digéré la déception qui m'a étouffé après ma découverte de ce qu'il était. Un homme, un vrai. Avec des responsabilités et une expérience du tonnerre. Cela dit, je n'avais pas forcément besoin d'un ordinateur pour me douter qu'il plaisait et savait plaire.

Je jette un œil autour de moi pour repérer JL, parti s'occuper d'un autre client en salle, malheureusement. Tous les autres étant partis en pause, je n'ai d'autre choix que de m'occuper d'Owen.

Je me retourne donc en tentant de sourire, mes yeux fixés sur le tiroir-caisse devant moi. Ce qui ne m'empêche pas de discerner son sourire ravageur et son regard profondément clair posé sur moi. Et ses mitaines. Et son tee-shirt sur mesure. Et ses cheveux en vrac.

Comme d'habitude, parce que je ne me résume qu'à un tas de muscles et de sens incapables de se tenir correctement, je fonds devant cet homme en oubliant que le surnom qui lui irait parfaitement me concernant serait « mission impossible ».

– Je me demande depuis samedi l'endroit où vous rangez votre roulotte tous les matins…

Je ne peux retenir un rire nerveux, mais ne trouve aucune réplique à lui servir. Au lieu de ça, j'attrape une tasse en m'éclaircissant la voix.

– Un *latte* ?

Il prend son temps pour répondre. Un temps infini et malaisant.

– Oui, un *latte* noisette, je vous prie, Lou.

Mon nom roule sur sa langue et glisse entre ses lèvres comme de la lave liquide et torride. Mon corps, faible amas de chair stupide, répond immédiatement à cet appel au plaisir en durcissant d'un peu partout, de ma nuque à mon membre qui ne se prive pas pour tester la solidité de ma braguette en un temps record.

Et pendant que je me bats contre cette nature qui m'empêche toute dignité en face de cet être parfait, il continue de parler, me faisant perdre toute notion de réalité.

– J'ai eu vent du fiasco d'hier soir, et je voulais m'excuser pour cette déconvenue. Je dois avouer que c'est la première fois que nous rencontrons ce problème. Alec traverse une phase un peu délicate et…

– C'était parfait ! je le coupe, honteux, encore une fois, d'être LE cas d'école, le mec à qui les trucs improbables arrivent, le boulet de l'histoire.

Je me retourne pour préparer sa boisson en prenant mon temps, pas pressé de lui faire face à nouveau. J'ai tellement honte de ce que je suis. Si je pouvais disparaître... Me liquéfier sur le lino sous mes pieds...

Malheureusement, au bout d'un certain temps, je suis obligé de déposer sa tasse entre nous, et donc, de me retourner.

Il en profite pour reprendre, comme si nous n'avions pas laissé le silence interrompre la discussion.

– Alec m'a expliqué lui-même que vous étiez parti vers 20 heures. Ce n'est pas ce que j'appelle la perfection. Je m'en veux beaucoup, d'autant plus qu'il s'agissait de votre anniversaire, il me semble.

Bon sang, quand va-t-il se décider à changer de sujet ? Je ne me sens franchement pas d'humeur à supporter cet échec, expliqué dans tous les sens par sa voix atrocement sensuelle.

Laisse-moi mourir en paix et tout seul, Owen ! Ce que tu appelles fiasco est une grande réussite sur l'échelle de mesure de Lou.

– Deux dollars vingt-cinq, s'il vous plaît ? je tente de changer de sujet, mais un coup d'œil devant sa tasse m'indique qu'il a déjà déposé son habituel billet de cinq dollars.

– GSA se glorifie d'avoir toujours satisfait ses clients, continue-t-il alors que j'encaisse son argent. Je ne peux pas rester sur un échec, comprenez-moi. J'aimerais que vous consentiez à nous laisser une seconde chance.

Je ne peux m'empêcher de tressaillir à cette annonce.

– Comment ça ?

Pitié, arrêtez le massacre et laissez-moi tranquille tous autant que vous êtes !

– Eh bien, accordez-nous un second rendez-vous ? Tous frais payés par l'agence, cela va de soi.

Mais non ! J'ai déjà donné !

– Je suis désolé, mais je crois qu'il est clair qu'Alec et moi sommes définitivement incompatibles, déclaré-je en fermant brutalement mon tiroir-caisse. Un second essai ne servirait à rien, sauf à nous faire perdre du temps, voire de l'argent.

– Je ne parle pas d'Alec ! rétorque-t-il vivement en posant sa main sur la mienne alors que je place sa monnaie entre nous. Je préfère m'assurer de cette mission moi-même !

Ses doigts… sur les miens. Le tissu doux de ses mitaines sur le dos de ma main… et cette déclaration. Mes jambes se mettent à flageoler et mon esprit disjoncte. Tellement que j'oublie qui il est et relève la tête afin de plonger mes yeux dans les siens pour déceler s'il blague ou non.

Parce que forcément, il blague. Ou alors, il est atteint d'une démence subite et très ciblée.

– Vous ?

Captant aussitôt mon regard pour ne plus le lâcher, il m'adresse un sourire terrassant avant de murmurer :

– Oui. Si vous voulez bien me faire cet honneur, bien entendu !

Bon sang !

– Owen, vous avez de la fièvre ? Vous vous droguez ?

Il éclate de rire, de ce rire chaleureux et irrésistible qui chatouille les parties les plus intimes de mon être, chaque fois.

– Non, je vais très bien, merci de vous en soucier. Alors ? Nous disons… vendredi soir ? Je passe vous prendre ou vous préférez me rejoindre en roulotte ?

Comment résister quand plus aucun neurone ne répond là-haut et que sa main n'a pas bougé de sa position sur la mienne, provoquant de drôles de sensations partout en moi.

– D'accord…

J'ai envie de ravaler ce mot. Tout de suite. Immédiatement. Malheureusement, il arrive jusqu'à ses oreilles bien trop vite.

Il sourit, satisfait.

Trop tard, je suis cuit.

Je veux pleurer…

– Super ! J'envisage une soirée calme et sympa. Mais rien à voir avec le Superstar Bowling, ne vous inquiétez pas. Dress code relax ?

– Euh… Oui ?

Je ne sais même pas s'il attend une réponse ou si c'est un ordre. Dans les deux cas, ça me va. Et après réflexion, il vaudrait presque mieux qu'il m'ordonne les choses parce qu'en sa présence, je me sens incapable d'organiser la moindre réflexion sensée…

– Parfait. Je passe vers 19 heures. Devant la porte, là ?

Je hoche la tête.

– Super ! Vivement vendredi ! De toute manière, on se revoit demain matin ! déclare-t-il en lâchant ma main pour saisir sa tasse et répondre à son téléphone de l'autre, me laissant là avec ma monnaie, comme tous les jours, ma langue traînant jusqu'au sol et mon érection touchant presque le plafond. Je parlais de gouvernail, l'autre jour ? Nous en sommes au mât de misaine...

8. Owen

La semaine la plus longue de ma vie. Et la plus courte aussi. Que choisir pour plaire à Lou et réussir à le dérider ? Tous les matins, il n'a rien esquissé de plus que son habituelle distance qu'il persiste à imposer entre nous. J'ai d'abord pensé à annuler, me disant que je cherchais en lui quelque chose qui n'existait pas.

Puis, j'ai imaginé, sans doute à tort, que justement, cet enfermement qu'il me réserve tout particulièrement pouvait traduire un intérêt qu'il n'oserait pas assumer. J'ai déduit cette supposition du fait qu'il parle. À ses collègues, déjà (il rit, même, et parfois beaucoup), mais également avec les autres clients de *At Home*. Pour résumer, il n'y a qu'à moi qu'il refuse tout contact. Ce qui est troublant, et peut-être rassurant.

Je ne comprends pas bien comment il fonctionne ni pourquoi il m'attire, mais c'est un fait que je ne peux plus renier. J'ai envie d'en savoir plus, de le percer à jour et… De lui faire des câlins. Plein de câlins.

Une première, pour moi. Cet homme titille quelque chose en moi dont je ne connaissais même pas l'existence. Impossible de le laisser passer. De toute manière, le vide affectif qui emplit ma vie depuis des siècles m'incite à persister dans ma démarche, attiré comme un aimant vers ce personnage qui m'intrigue et me déroute.

C'est pour cette raison que je gare ma voiture devant chez lui, au jour et à l'heure convenue, le cœur battant à tout rompre, les yeux rivés devant la porte du café devant laquelle il ne se trouve pas encore.

Une minute. Puis deux. Et cinq. J'imagine déjà le lapin monumental que je suis en train de me prendre, presque pas surpris que cela arrive. Je ne suis pas fin limier, il faut croire. Tellement désireux de voir autre chose derrière les apparences, j'ai dû m'emballer légèrement. L'absence de considération qu'il cultive envers moi ne doit sans doute se résumer qu'à ça : un réel désintérêt pour ma personne.

Peut-être même que mon job l'a fait fuir. Beaucoup de personnes nous assimilent à de vulgaires putains. Sans doute ont-ils raison, quelque part. Même si j'envisage les choses différemment. Nous offrons plus, tout simplement. De l'attention aux maris esseulés, du plaisir aux homos refoulés, des amis à ceux qui ont tant besoin de parler. Une assistance, également, à ceux qui ne savent pas se montrer en public seuls et préfèrent tenir une main solide lors de soirées…

Bref, malheureusement, je n'ai pas le pouvoir de changer les choses. S'il ne cautionne pas mon activité, rien ne sera possible. Et imaginer que ce soit le cas me fait royalement chier !

Mais la porte du café s'ouvre, et il apparaît. Je prends mon temps pour enfin le contempler. Pas derrière son comptoir ni caché sous son tablier informe. Lui. Juste lui. Un jeans sombre épousant ses cuisses très bien proportionnées. Un sweat large, faussement cool, qui laisse imaginer ce qu'il cache et dont la couleur fait ressortir le bleu clair de ses yeux, que je discerne enfin parfaitement, ses cheveux en vrac repoussés vers l'arrière, découvrant son visage harmonieux. Ses pommettes légèrement rosées, ses lèvres attirantes… Ce corps plein de promesses et de mystère…

Il me donne envie de…

Stop, Owen, on se calme !

Je replace mon début d'érection au fond de mon jeans en me décidant à sortir pour le rejoindre, incapable de décider de l'attitude que je dois adopter.

Pourquoi suis-je aussi dépourvu de mon assurance habituelle ? J'ai connu cette situation des centaines de fois au boulot.

Cependant je ne prends pas ce rendez-vous comme un simple job.

Alors qu'il l'est finalement. Un service après-vente auprès d'un homme dont je ne suis même pas le premier choix !

Ça change quelque peu la donne.

Il porte l'une de ses mains à ses lèvres pour les pincer nerveusement lorsqu'il m'aperçoit à quelques mètres de lui. Timide, il se cache derrière ce qu'il peut et son malaise en devient presque palpable. Je pourrais me sentir honteux de lui infliger ça, mais en réalité, je suis ravi de constater que mes suppositions étaient peut-être les bonnes.

Je traverse les quelques mètres qui nous séparent pour me planter devant lui, l'air sûr de moi. Impossible de trahir mon trouble. De nous deux, il en faut au moins un qui sache où il va, non ?

Même si c'est loin d'être le cas pour le moment.

Je hume malgré moi le parfum de son shampooing, aux agrumes visiblement. Encore une nouveauté. Mes autres rencards se baignaient dans des effluves lourds, luxueux et entêtants. Lui, il sent l'orange et le citron. Comme en harmonie avec ce qu'il représente… (je pourrais aussi déclarer qu'il me donne envie de boire son jus, mais nous n'en sommes pas là, malheureusement !).

Avant que je trouve l'opportunité de le saluer, il m'adresse un signe timide de la main, coupant court à quelque contact que ce soit.

– Je suis désolé pour le retard, j'avais un cours en ligne avec un prof absent. Les concours de fin d'année approchent et c'est important de… Enfin, voilà.

Donc il est étudiant. Merci, Lou, de me donner de quoi entamer une conversation.

– Aucune importance, je viens d'arriver. Et ce n'est pas comme si nous étions attendus.

– Ah ?

Surpris, il sonde le fond de mes yeux pour comprendre, sans doute, le planning de ce soir.

Bien entendu, je ne m'étends pas sur le sujet, préférant le laisser découvrir et analyser ses réactions.

– On y va ? je lui demande en ouvrant le coffre de ma voiture pour en sortir le vieux panier de Stacy qui a résisté au temps et à ma jeunesse.

– Où ? m'interroge-t-il, de plus en plus soupçonneux.

– Pas loin ! Je pensais que le temps serait un peu plus chaud, mais ça devrait le faire.

– Ah !

Je retiens un rire devant son air perdu, lui désigne la direction que nous devons prendre et nous nous engageons le long du trottoir.

✳✳

– Un piquenique ?

En déposant le panier sous un arbre sur l'herbe, je redresse la tête pour observer le visage de Lou, tentant de discerner si l'idée lui plaît ou non.

Les violoncelles commencent une nouvelle mélodie non loin de nous et attirent son attention. Les yeux perdus sur la formation de musiciens installés sous le kiosque, il esquisse un sourire sincère.

– Qu'est-ce qu'ils font ?

– Je pense qu'ils jouent de la musique ! je lui réponds en riant. J'espère que tu aimes le beurre de cacahuète. Stacy a tendance à me prendre pour son enfant, la plupart du temps.

– Stacy ? répète-t-il en se laissant tomber sur ses genoux, sur la couverture, à bonne distance de moi. Ce n'est pas vous qui avez préparé ce repas ?

– Franchement ? Ça valait mieux pour tout le monde ! plaisanté-je en ouvrant le panier entre nous. On peut peut-être se tutoyer, non ? Au moins pour ce soir ? Installe-toi, je gère…

Il hoche la tête en posant son dos contre le tronc d'arbre derrière lui, un peu plus à l'aise, mais loin de la détente totale.

– J'ai pris du champagne, annoncé-je en dégainant deux flûtes et une bouteille du panier aux merveilles. Je ne savais pas ce que tu buvais.

– Parfait ! murmure-t-il en observant chacun de mes gestes.

Je sens entre nous comme un malaise presque palpable. Lui, tellement distant, et moi incapable de déterminer la place que je dois prendre auprès de lui ce soir. Je nous sers deux verres puis laisse le silence et la musique de chambre combler l'embarras qui plane entre nous.

Contre toute attente, c'est lui qui ouvre la bouche le premier.

– Je n'arrive pas à croire que tout ceci se passe si près de chez moi et que je n'en soupçonnais même pas l'existence ! Pourquoi ces musiciens n'ont-ils pas fait de publicité ?

Je désigne les petits groupes de personnes disséminés autour de nous.

– Ils ont déjà leur public.

– Peu nombreux ! Ils méritent mieux que ça !

– Parfois, lorsqu'il fait plus chaud, les pelouses sont recouvertes de monde. Nous ne sommes qu'au début de la saison, lui expliqué-je en m'allongeant sur mon coude, les yeux rivés sur la troupe qui entame un nouvel air.

– Tu veux dire qu'ils jouent souvent ?

– Deux fois par mois, dès que la météo le permet.

– Oh… Je n'en savais rien ! s'étonne-t-il l'air déçu.

– Je viens ici depuis des années, ajouté-je pour ne pas laisser retomber le silence entre nous. Quand je suis arrivé à New York, certaines soirées me semblaient longues. J'ai arpenté les rues dans tous les sens, et un soir, j'ai atterri dans ce parc, et j'ai entendu cette musique. Je me suis assis sous l'arbre, là-bas. Jusqu'à ce qu'ils remballent. Depuis, je viens souvent. Enfin, ça faisait longtemps que je n'étais pas venu, pour être honnête. Tu as faim ?

– Non, merci…

Il laisse passer un temps, perdu dans ses pensées. Je respecte son silence, me laissant bercer par la musique, le calme du jardin, la brise légère encore fraîche du printemps.

– Alors, c'est comme ça un rendez-vous arrangé ? demande-t-il, hésitant. Enfin, je veux dire… J'ai potassé les dernières infos boursières ce midi afin de parer aux éventuels sujets de discussion…

Il ravale un rire nerveux, une couleur rosée s'emparant de ses joues.

– Ah oui ? Et donc, comment se porte le NASDAQ ? demandé-je, amusé.

– Il est en hausse ! répond-il avec fierté.

– Parfait ! Je ne sais pas trop quoi faire de cette info, mais je suis content, vraiment, de le savoir ! Merci infiniment !

Un doux sourire étire ses lèvres, et ses yeux, de plus en plus magnifiques, captent les miens. Nous restons là, immobiles et de nouveau silencieux, à nous contempler sans qu'il y ait besoin de plus.

– Je suis étudiant, se sent-il pourtant obligé de mentionner. Je ne connais rien à… la vie, je dirais. Je ne sais pas quoi te dire, en réalité.

Est-ce normal si là, maintenant, à cet instant précis, je n'ai plus qu'une idée en tête, impérieuse et presque douloureuse, celle de me rapprocher de lui pour envahir son espace. De le toucher. De le prendre dans mes bras pour lui faire comprendre qu'il n'a pas à se sentir menacé de quoi que ce soit. Que je suis dans son camp.

Enfin, s'il veut bien m'y accueillir.

Mais, au lieu de ça, je ne trouve qu'un mot à lui répondre :

– Baseball !

– Je te demande pardon ?

– Mon sport favori ! Même si je ne suis pas sportif. La première fois que Stacy m'a emmené à un match, j'ai crié comme un dément, sifflé, et tout le bazar… Mais en fait, je n'y comprenais rien. Depuis, j'ai un peu avancé, mais je suis loin d'être un expert…

Il ricane un moment puis reprend son sérieux.

– Stacy c'est… ta mère ? demande-t-il avec précautions, de peur d'aller trop loin dans les confidences.

– Non. C'était ma voisine. Mes parents vivent en Angleterre, avec toute ma famille. Dont, ma sœur jumelle, Nina. Je connais Stacy depuis huit ans, c'est une bonne amie. Et elle se révèle une incroyable faiseuse de sandwichs au beurre de cacahuète.

– Tu es anglais ? Je n'avais pas reconnu l'accent ! Même si ta voix possède un timbre particulier. Ton pays ne te manque pas trop ? Et moi non plus je ne comprends rien au Baseball. Peut-être que si j'assistais à un match…

Je note l'info précieusement en lui resservant de quoi se désaltérer. J'aime sa voix et la manière dont il parle. Je suppose qu'il n'est pas de la région, il parle différemment des New Yorkais.

– Oui, Anglais. Et toi, étudiant ? Quelle branche ? Tu es venu à NY pour les études ?

– Entre autres. La littérature. Je suis un grand rêveur, il paraît. Et je crois que ma tante en a eu marre de moi, au bout de tant d'années ! Elle m'a envoyé loin de chez elle. Le plus loin possible !

– C'est ta tante qui t'a élevé ?

Il hoche la tête avant de plonger son regard dans le panier devant nous.

– Oui. Elle n'a jamais su préparer des sandwichs au beurre de cacahuète, elle !

– Quelle malchance ! Attends, goûte ceux de Stacy…

Je ne pense pas m'avancer beaucoup si je déclare que cette soirée a été géniale. Finalement, je n'ai pas appris grand-chose sur Lou. Mais je connais une infinité de détails. La manière dont il sourit, la nuance que prennent ses iris lorsqu'il oublie de se méfier de moi, les petites taches plus foncées qui constellent le bleu si clair…

Je sais également qu'il aime la littérature anglaise et française, mais déteste Victor Hugo. Qu'il habite en coloc au-dessus du *At Home*, et que son chien s'appelle Maurice.

Et ce dont je suis encore plus conscient, au-delà de ces détails, c'est de la fin de notre soirée qui arrive beaucoup trop vite à mon goût. J'aurais pu l'embrasser. Je suis certain qu'il se serait laissé faire si j'avais insisté. Après tout, je pense savoir m'y prendre suffisamment à ce sujet. Mais, étrangement, je ne trouvais pas l'idée lumineuse. Plutôt prématurée. Simplement, maintenant, alors que je fourre le panier vide de Stacy dans mon coffre, j'ai envie de goûter aux lèvres de l'homme à mes côtés qui m'attire beaucoup trop.

Je referme mon coffre le cœur battant à tout rompre, en ne sachant plus quoi faire.

À quelques mètres de moi, il reste immobile, se triturant les doigts nerveusement. J'aimerais poser ma main entre les siennes et l'attirer contre moi. Toucher sa peau, effleurer ses lèvres. M'enivrer de son parfum d'agrumes et le garder contre moi encore un moment.

Simplement… je me sens perdu. Désarmé. Je suis effrayé à l'idée de faire mal les choses. J'ai envie qu'il en ait envie lui-même, pas d'user de subterfuge pour provoquer un rapprochement superficiel et sans profondeur.

Il s'est montré à l'écoute et détendu, certes, mais pas entreprenant ni trop ouvert. Le doute sur ses véritables attentes reste envisageable.

– Eh bien, commence-t-il d'une voix si faible que je peine à l'entendre. C'était vraiment sympa ! Je m'attendais à parler politique ou management autour d'une table dans un endroit intimidant.

– Je suis désolé ! m'exclamé-je, comprenant qu'il attendait autre chose. Je pensais que tu préférerais quelque chose de…

– Oui ! Non ! C'était très bien ! me coupe-t-il nerveusement. Justement, j'ai… beaucoup aimé.

Malgré la pénombre, j'arrive à discerner ses joues s'empourprant significativement. Et son regard... ce regard au fond duquel crépite une nouvelle flamme. Ses traits se tendent, ténébreux et plus attirants que jamais. Mon corps comprend ce que le sien demande, et il me faut beaucoup de self-control pour me retenir de tendre le bras, de poser ma main sur sa nuque pour l'attirer à moi.

La tension naissante au bas de mon ventre n'a pas le même attrait qu'habituellement. Le désir, mélangé à l'appréhension, provoque une sensation différente. Plus douloureuse et en même temps plus réelle. Tout n'est pas gagné. Il ne m'a pas choisi, contrairement aux autres hommes que j'ai accompagnés dans de multiples plans escorts. Il n'est pas non plus explicite dans ses attentes. Ce qu'il veut, je n'en sais rien. Je ne décrypte rien, ou presque. D'une certaine manière, il représente le danger.

Depuis combien de temps n'ai-je pas ressenti ce défi ? Cette incertitude quant à la finalité d'une rencontre ? Cette absence d'assurance quant à la situation me perturbe autant qu'elle me plaît.

Alors, parce que je ne vois pas d'autre choix possible, parce que j'aime qu'il ne soit pas une évidence et que surtout, je n'en sois pas une pour lui, visiblement, je fais tourner ma clé dans ma main, et décide que...

– J'ai passé une excellente soirée également. Merci. Bonne nuit, et à demain.

Une lueur de surprise, ou de satisfaction, bref, je n'arrive toujours pas à comprendre ses pensées, traverse ses pupilles rapidement pour laisser place à un regard plus neutre.

– Oui. Bonne nuit.

Un murmure.

Une voix douce et chaleureuse au milieu de la nuit.

Un souffle qui, je le sais déjà, restera gravé dans mon cerveau jusqu'à ce que je rejoigne mon lit, au minimum.

Nous échangeons un sourire et je le quitte avant qu'il ajoute quoi que ce soit.

Peut-être que j'aurais aimé plus, c'est même une certitude Mais en réalité, il me donne autre chose que je n'attendais pas. Que peut-être, même, je n'ai jamais connu.

Un petit crépitement sensuel sous ma peau. Un sourire au fond du cœur. Une angoisse douloureusement addictive à l'âme. Le désir de le revoir en tête à tête. La hantise que cela ne soit jamais le cas.

Je démarre et quitte ma place de parking sans le quitter des yeux depuis mon rétroviseur. Je laisse la distance s'étirer entre nous alors qu'il ne bouge pas, le regard fixé à mon véhicule. Lorsqu'enfin je tourne à la première intersection, même si le contact visuel est rompu, j'ai l'impression que ce nouveau lien, fragile, que nous avons tissé ne s'est pas rompu, lui. J'accélère, un sourire béat accroché aux lèvres et la ferme intention de le harceler pour un prochain rendez-vous ancrée dans mon esprit.

9. Lou

– Alors ?

Jean-Luc… Rien ne lui échappe. En tout cas, c'est ce qu'il aimerait.

– Rien !

Donc, là, j'annonce qu'il ne va pas aimer cette réponse.

– Ben si !

D'un geste autoritaire il m'arrache des mains le double expresso que je viens de préparer pour le poser distraitement devant le nez du client.

– C'était quoi ton rendez-vous d'hier soir ? Tu vas aussi m'expliquer ce que signifie ce sourire à moitié niais que tu affiches depuis ce matin.

– Nous *sommes* ce matin, je te signale. Donc depuis tout de suite, donc, jamais.

Mon ami fronce les sourcils devant ma logique plus que contestable.

– Tu te fous de moi ?

– Un peu, je réponds en encaissant le client qui ne s'attarde pas au comptoir.

En réalité, je ne voulais pas révéler à mes colocs que mon rendez-vous avec Alec s'était tellement mal passé que le big boss de l'agence en est arrivé à me proposer un rendez-vous « seconde chance » en se mettant lui-même en jeu.

Ça, c'était avant ce fameux rendez-vous.

À présent, la donne a un peu changé, car je suis en mesure d'annoncer que j'ai passé une très bonne soirée. Et encore, le mot est faible. C'était génial.

Bon, certes, je n'ai toujours pas vu le loup, mais peu importe. J'aurais été incapable de quoi que ce soit de toute manière. J'étais fan du client Owen, je suis totalement sous le charme de l'escort Owen. J'ai tout aimé. Chaque seconde.

Je sais que c'était son job, et que, donc, il n'y avait rien de réellement intime entre nous. Que je devrais au contraire entrer dans une phase dépressive incroyable, mais pour le moment, ça n'arrive pas. Le bien-être que j'ai ressenti à le découvrir bouillonne encore en moi. Pouvoir observer ses yeux verts incroyables sans retenue, sentir son corps d'athlète si près du mien... J'ai même découvert une petite fossette sur sa joue quand il rit. Un rictus bien particulier lorsqu'il se concentre sur une idée avant de l'énoncer. Et ses cheveux, châtain clair... Ils semblent tellement doux. Un appel au viol (il a franchement de la chance que je ne sache pas comment faire pour violer quelqu'un !).

Je crois que ce qui accentue ma bonne humeur, c'est aussi que je suis vraiment heureux de ne pas m'être trompé sur lui. Je suis certain qu'il est parfait. Et en plus, je le revois ce matin, forcément… Cette perspective fait crépiter au fond de moi un petit brasier qui me fait perdre la tête. Rien n'est plus euphorisant qu'un cœur qui sait pour qui il bat.

Et je refuse de redescendre dans cette réalité qui m'attend, juste là, tout près, et qui me fera réaliser que tout ceci n'est qu'une utopie.

Je comprends mieux l'expression ivre de bonheur. Je suis totalement bourré ! D'où le sourire niais précédemment annoncé par JL.

– Bon, Lou, ça va cinq minutes tes cachotteries ! s'énerve-t-il d'ailleurs, alors que je l'avais presque oublié, tellement bien au milieu de mon petit monde.

– OK ! je soupire, vaincu. Tu vois qui est Owen ? Le client qui vient tous les matins, avec des mitaines.

– Euh, oui, je vois bien, ce type ne loupe pas un jour pour ses *lattes*. Et donc ?

– Et donc, il faut que je t'avoue que je suis totalement raide dingue de lui depuis le premier *latte* que je lui ai servi. Soit, depuis presque un an et demi.

JL examine mon visage pour s'assurer que je suis sérieux.

– Un an et demi ? Et tu n'as rien dit ? Je veux dire, à lui, déjà, ou au pire, à moi ?

– Non ! Ce mec est trop beau, tu m'imagines, moi, parler à… lui ? m'esclaffé-je comme si c'était la meilleure blague de l'année.

– Ben quoi ? Je ne vois pas ce qu'il y a de marrant… Regarde, là, je te parle. Tu trouves ça drôle ?

Ce type a un véritable don pour devenir un abruti fini quand il s'y met.

– Peu importe ! Tu savais qu'il était également le patron de Gay Scort Agency ?

– Euh… oui ! répond-il, un peu embarrassé. En réalité c'est lui-même qui nous a donné sa carte, pour ton cadeau. Nath ne voulait pas coucher avec toi !

J'interromps toute affaire en cours à cette nouvelle.

– Tu peux répéter ?

Mon ami hausse les épaules comme si sa déclaration ultra importante n'en était pas une. Il ne réalise pas, que, hypothétiquement, si je veux bien oublier toute logique évidente, je pourrais supposer que le beau gosse dont je suis raide dingue aurait, possiblement, donné sa carte de visite pour que, éventuellement, je le choisisse pour passer du temps avec lui. Ce qui signifierait que nous partageons une idylle incroyable et unique, qu'il m'aime et que bientôt il me demandera de porter ses bébés. Peut-être même que nous adopterons d'autres Maurice et que nous organiserons des tournois de bouledogues sur tapis de course et que nous ferons fortune avec cette nouvelle forme de tournoi innovante et géniale.

J'arrêterais mes études pour me consacrer à nettoyer notre appartement en plein Manhattan et repasser ses chemises, que je froisserais ensuite en lui retirant précipitamment pour lécher ses pectoraux, la peau bronzée de son ventre, son pénis flamboyant et lourd, soyeux sous mes papilles, pendant qu'il crisperait ses doigts dans mes cheveux en me déclarant que je le rends fou… Je deviendrais un roi de la fellation, et il me défoncerait allégrement le…

– Ben oui ! On galérait pour convaincre Nath, et lui il attendait pour passer commande. Je ne vois pas ce qui…

Il est dingue ? Comment ne pas voir ÇA ?

– TU VEUX DIRE QU'IL VOUS A DONNÉ SA CARTE POUR QUE JE SOIS SON CLIENT ?

– Oui ? Pourquoi cries-tu ?

– MAIS PARCE QUE C'EST GÉNIAL ! T'ES NUL, OU QUOI ?

Rita sort de l'arrière-boutique en trombe.

– Quoi ? Qu'est-ce qui se passe ici ? On nous attaque ?

Nous sursautons sous la surprise de la voir arriver sur nous en mode ninja.

– Non, Rita, tout va bien ! lui répond calmement JL. Lou est simplement amoureux !

Bon sang ! Merci pour la discrétion !

– QUOI ? se met-elle à hurler. De qui ? Pourquoi suis-je toujours la dernière informée ? Tu te protèges, au moins ? C'est un bon parti ?

Et voilà ! Heureusement qu'à part un illustre inconnu au fond de la salle, aucun client n'est présent pendant cette comédie ! Pourquoi crie-t-elle ? Ma patronne est folle.

– On se calme ! je lui explique d'un air faussement nonchalant. Il n'y a rien à dire, j'ai juste passé un bon moment avec lui hier, pas de quoi fouetter un chat !

Un bon moment qui va tout droit nous emmener devant monsieur le maire et des fellations géniales… C'est cool la vie, non ?

– Oh ! Tout ce vacarme pour un rendez-vous ? Qu'est-ce que ça va être quand tu vas voir le loup ?

Elle semble dépitée. Je jette un regard de tueur à JL qui m'a lâchement vendu à la planète entière. Oui, parce que Rita est une superhéroïne. Quand elle sort de son rôle de patronne, elle se transforme en commère de compétition. Dans moins d'une heure, les autres seront informés de la grande nouvelle, dans 24 heures, la ville entière connaîtra ma taille de slip et dans une semaine, le président lui-même organisera une allocution télévisuelle pour m'assurer de sa joie concernant mon futur mariage.

La clochette de la porte se met à sonner, nous interrompant dans cette discussion tellement incroyable et pas du tout embarrassante. Mon cœur se met à battre à tout rompre, l'heure de mon rendez-vous quotidien avec mon bien-aimé approchant à grands pas.

Nous nous tournons tous comme un seul homme vers le nouveau venu. Ce n'est que M. Prescott.

M. Prescott ?

Mon prof de lettres modernes me salue d'un geste grandiloquent, un sourire accroché aux lèvres.

– Bonjour la compagnie !

JL se met à grogner discrètement derrière moi.

– Ouais, ben salut ! Je ne supporte pas ce type !

– Il semble fourbe, ajoute Rita d'un ton belliqueux.

– Je ne vois pas pourquoi, franchement !

M. Prescott est un bon prof qui m'a pris plus ou moins en affection cette année. Il m'aide, passe souvent me voir ici et me propose souvent des cours du soir gratuits. Il me suit, vraiment, et franchement, c'est la première fois que quelqu'un prend le temps de s'inquiéter de mon avenir et s'investit autant pour moi.

Je les laisse à leurs médisances ingrates pour aller le saluer comme il se doit pendant qu'il s'installe sur un tabouret au bout du comptoir.

– Que nous vaut le plaisir de cette visite ? lui demandé-je en lui serrant la main.

– Déjà, j'avais envie d'un *latte* noisette… préparé par le garçon le plus doué du pays pour effectuer cette tâche ! Ensuite, j'ai une excellente nouvelle, Lou. Je ne devrais pas te l'annoncer, mais, voilà, je t'ai toujours considéré comme mon petit préféré, je ne peux le cacher plus longtemps. Alors, ça te donne droit à de petits passe-droits.

JL me rejoint, les sourcils toujours froncés.

– Son préféré, hein ? me souffle-t-il à l'oreille, d'un ton désapprobateur. Pff !

Je ne prends pas en compte sa remarque et préfère me concentrer sur mon éminent prof de littérature.

– Quelle nouvelle ?

Il prend son air le plus sérieux en croisant les mains devant lui.

– Eh bien, nous avons reçu la liste des candidats acceptés par la LSNYC pour l'année prochaine. En avant-première, tu la recevras officiellement la semaine prochaine.

Mon sang se fige dans mes veines, ou plutôt, non, c'est l'inverse…

– Déjà ?

– Oui, le choix leur a paru évident pour cette année, ils ont jugé bon d'écourter la période de sélection.

Rita s'avance vers nous, suspicieuse.

– De quoi parlons-nous ?

– De la prestigieuse *Literature School Of New York City*[2]. Lou a passé les multiples sélections le mois dernier. Et… il a été reçu ! Lou, ils te veulent dans leurs rangs ! Je suis tellement fier de toi !

Le regard de mon prof brille de fierté, certes, et d'autre chose que j'ai du mal à discerner. Mais peu importe… Cette journée vient de passer en tête dans la liste des meilleures journées de ma vie ! Il manquerait plus que je gagne à la loterie !

J'ai envie de pleurer !

– Vous êtes sérieux ? lui demandé-je, incrédule.

– Lou, je ne me permettrais pas de te faire une fausse joie pareille ! Bien entendu que je suis sérieux !

Alors qu'il était parti ranger la réserve de grains robusta, JL, poussé par sa curiosité maladive, nous rejoint, un sourire incrusté sur les lèvres.

– Alors c'est bon ? Mon pote va devenir journaliste ? C'est génial !

– Et pourquoi n'étais-je pas informée de ce concours ? m'interroge ma patronne, le regard furieux. Décidément, Lou, tu files un mauvais coton ! Cela dit, je suis tellement heureuse pour toi ! Champagne !

– Rita, il est à peine 8 heures du matin ! tenté-je de la tempérer timidement, ravi, en réalité, de leur joie désintéressée.

---

[2] NDA : Nom totalement fictif, mais ça fait classe, non ?

– Et ? Y a pas d'heure pour être heureux ! Bon, nous allons attendre la pause de midi. Mais tu ne vas pas y échapper, mon grand !

– Attendez quand même, intervient M. Prescott... Il reste une étape !

Il essuie le regard noir de ma patronne et se sent obligé de lui expliquer la suite, ce qui m'arrange bien, je n'ai pas envie de me noyer dans les explications... pour le moment, je virevolte entre de petits nuages arc-en-ciel tous moelleux, incapable d'autre chose que de gazouiller des cui-cui.

Donc, là, je ne suis plus ivre de bonheur, mais complètement shooté à une joie intense en béton armé. J'hésite à me lancer dans une série d'entrechats à travers le café...

Mais bon, mon prof de lettres est quand même présent dans la pièce. Un peu de tenue ne serait pas superflue.

– L'école coûte un certain prix, explique-t-il en remontant ses lunettes sur son nez (pour un peu, je le trouverais presque séduisant, le vieux bonhomme de quarante-trois ans, dommage qu'il ne soit pas Owen, et même très loin de l'être... non, en fait, il est moche). Lou doit réussir à obtenir les bourses universitaires pour pouvoir mener son projet à bien. Cela dit, il y est presque. Le dernier examen se déroule vendredi, et il s'agit de ma matière. Et, vu la qualité de son travail depuis le début de l'année, je n'ai aucun doute sur sa future note.

Rita se tourne vers moi, fière, elle aussi, de son petit poulain... Je vais hennir, à défaut de danser.

– C'est vrai ? Mais quand comptais-tu m'expliquer tout ça ?

– Je ne voulais pas m'avancer. Rien ne disait que je serais accepté au concours de LSNYC. Il n'était pas simple. J'avais plus d'un doute !

– Mon jeune ami, il va falloir un jour que tu réalises l'or que tu as entre les doigts. Ta plume est incroyable, et ton esprit d'analyse force le respect, me déclare mon prof.

Je baisse la tête, embarrassé par le trop-plein de compliments qui déferlent sur moi sans prévenir… Je ne vais pas survivre à cette journée si ça continue.

– D'ailleurs, je propose que tu viennes réviser avec moi cette semaine, reprend-il. Cela te permettrait peut-être de gagner un peu de confiance en toi pour ce dernier examen. On est toujours meilleur lorsqu'on aborde une étape dans un état d'esprit détendu et serein.

– Vous feriez ça ?

– Je te le propose depuis le début de l'année, me rappelle-t-il en plongeant son regard dans le mien.

– C'est vrai !

Je n'ai jamais accepté. Un tête à tête avec lui ne m'a jamais semblé judicieux. Je ne suis pas fan des moments intimistes avec les gens que je ne connais pas. Enfin, j'ai quelques exceptions, quand même. Une en particulier.

– Tu devrais accepter, Lou, insiste Rita. Je peux demander à JL de te remplacer cette semaine, sur tes soirées.

– Oh ! s'exclame mon ami. Et pourquoi moi ?

– Parce que tu aimes Lou, et que tu peux bien faire ça pour lui ! rétorque-t-elle fermement.

– Non ! Je ne suis pas d'accord ! conteste-t-il avec autant de fermeté. Lou n'a pas besoin de cours particuliers de toute manière ! C'est un écrivain accompli ! Il connaît mon point de vue sur le reste.

Le reste étant, je suppose, son opinion concernant Prescott. J'hésite, parce que JL a ce petit don bien à lui de sentir les intentions des gens. Un vautour arrive et il le détecte instantanément. Ce qui n'est pas le cas de Rita.

— Tu n'as pas le choix, le frenchy, s'entête-t-elle. C'est ça où je te colle la corvée de poubelles jusqu'à la fin de l'année, tout comme les pires horaires qui soient !

JL émet un gémissement à fendre l'âme avant de soupirer lourdement.

— C'est dégueulasse d'user de votre statut de super ninja pour nous imposer les choses. Mais soit !

— Parfait ! s'enthousiasme mon prof en se frottant les mains. Nous pouvons travailler sur le campus, ou peut-être… chez moi. Ce serait plus intimiste, je pense…

— Dans ce cas, je vous accompagne, ajoute d'un ton sans équivoque ma patronne. Je chaperonne !

J'ai envie de rire de mes deux chiens de garde improvisés. Maurice bis et Mauricette. Ils feraient bien de lui en apprendre, d'ailleurs, à mon Maurice qui doit sans doute encore pioncer en ronflant sous ma couette à l'heure qu'il est.

— Sur le campus, ce sera parfait, je modère tout le monde en tranchant. Merci Monsieur Prescott pour votre offre.

J'avoue que je ne suis pas forcément à l'aise avec la future proximité de cet homme pendant nos heures de travail. Mais pour pouvoir intégrer cette école, je ferais (presque) n'importe quoi. J'en rêve depuis que je suis gosse, et si j'ai quitté ma tante pour la grosse pomme, si elle s'est saignée pendant longtemps pour m'offrir cette chance de réaliser mon rêve, c'est bien pour aller au bout de ce rêve.

Je ne suis peut-être pas bon à grand-chose, à part le *latte* noisette, mais ça, je sais que j'en ai les capacités.

– Parfait. Faisons comme ça, alors ! tranche le professeur d'un air moins jovial qu'à son arrivée.

J'avoue que mes gardes du corps s'avèrent un peu malpolis. Voire carrément offensants, avec leurs suspicions malsaines. Mais bon, ils représentent ce qui ressemble le plus à une famille pour moi, donc, ils ont tous les droits. De plus, je ne pense pas réellement avoir besoin de cours renforcés. C'est un plus, mais pas un incontournable.

La clochette de la porte retentit à nouveau dans le café. Cette fois sur LA personne que j'attendais.

Ô joie, ô bonheur absolu…

Qu'est-ce qu'il est beau dans son petit ensemble de sport noir profond ! Tout moulant, tout rayonnant, magnifique, incroyable, prends-moi dans tes bras, bébé, et roule-moi le plus beau french kiss de l'histoire du french kiss… Étends-moi sur le comptoir pour me grimper et me faire hurler… Je t'aime et j'ai envie de pleurer…

Bon, je crois que j'ai besoin d'une bonne douche, genre, douche de l'Antarctique, iceberg y compris…

Je me reprends en urgence, très peu confiant en ma propre personne.

Cette fois, je le contemple. J'ose lever les yeux et je percute les siens. Il passe une main nonchalante (avec mitaines) dans ses cheveux et m'adresse un sourire incendiaire…

Chut, Lou, tout doux… Tranquille, jolie pâquerette !

Je vous ai dit que j'avais envie de hennir ?

Sans m'en rendre compte, j'avance vers lui, oubliant tout le reste de la smala qui m'entourait. Prof y compris. Nos regards ne se quittent plus et je jubile tellement. Depuis cette nuit, j'étouffe l'appréhension de ce moment, et je me rends compte que j'ai bien fait… Tout est parfait. PARFAIT !

P

A

R

F

A

I

T

….

Cui-cui !

Bref…

– Bonjour, Lou… tu as l'air en pleine forme, murmure-t-il dès que j'arrive en face de lui.

– Oui effectivement. C'est une très belle journée !

Sourire, frissons stupides qui décident de se balader sur ma peau sans raison apparente. Enfin, si, mais pourquoi maintenant ?

– Tu m'en vois ravi ! J'espère que la soirée d'hier n'y est pas étrangère ?

Une lueur d'inquiétude passe dans ses iris…

Verts.

J'ai dit qu'ils étaient verts ? Le plus magnifique des verts qui puissent exister.

Bon, je ne me connaissais pas « réellement heureux », et je crois que le bonheur me rend particulièrement stupide. Et cucul. Une calamité ambulante je suis.

– Oui, oui, tout à fait… Beaucoup. Un peu… Enfin, ça dépend… Et toi ?

Il laisse échapper un rire de surprise devant ma réponse qui ne veut rien dire, mais se donne quand même le mal de me répondre.

– Parfaitement satisfait.

J'hésite entre pleurer ou éjaculer. Lequel serait le moins ridicule ?

Si je considère que je me trouve sur mon lieu de travail, en public, devant lui…

Pleurer n'est pas une bonne solution…

– Owen ?

Mon prof me sort de mon petit nuage en s'adressant à lui (oui, c'est assez clair étant donné qu'il l'a nommé, me direz-vous).

– Oh. Charles ! grince mon (futur) homme, d'une voix sèche et tranchante. Je ne savais pas que vous résidiez dans le quartier.

– Ce n'est pas le cas, rétorque tout autant froidement Prescott. Je suis simplement venu rendre visite à mon meilleur élève.

– Oui ! intervient JL avec empressement. Lou est accepté dans une grande école de journalisme, il est vraiment très doué. Une pépite qu'il ne faut pas laisser filer, je vous l'assure. Une pure merveille. Je l'aime. Enfin, je partage, aussi, sans problème, voyez ?

Non, mais, il nous fait quoi, là ?

Je baisse la tête, honteux. Voilà pourquoi j'hésitais à le mettre dans la confidence de mes amourettes de midinette. Je savais qu'il tenterait de m'aider en foutant le bordel avec ses grands pieds…

– Oui, je vois très bien, lui répond Owen d'un ton affable. Et je ne compte pas le laisser filer, comme vous dites. Lou, ça te dirait de fêter ça ? Un prochain soir ?

– Oh, oui, il en serait ravi. Je note. L'heure ? L'endroit ?

– Non, mais ça va aller, non ? je grogne à l'intention de JL.

– Oh, oh ! s'esclaffe Rita. Je viens de comprendre ! Seigneur Dieu, comment ai-je pu louper ça !

Et voilà.

Génial !

Et du Paradis, Lucifer chuta jusqu'à l'enfer ! Appelez-moi Luci !

– Il me reste un examen. Je ne serai pas disponible avant vendredi, je juge bon d'expliquer, avant que les deux cerbères de la porte décident aussi pour moi de la couleur de mon caleçon.

– Parfait, alors ce sera vendredi.

– D'accord ! je m'empresse d'accepter en poussant discrètement mon ami contre ma patronne pour qu'ils déguerpissent.

Mon professeur en profite pour se lever et prendre froidement congé.

– Je dois partir. Je te dis à lundi, Lou. 17 heures dans mon bureau, décrète-t-il fermement, les yeux rivés sur Owen qui ne le remarque même pas, en pleine lecture de notre carte de desserts.

– Très bien, Monsieur, j'y serai. Bon week-end.

– À toi aussi. Pense à te reposer.

Il n'a même pas pris son *latte* !?

Franchement, je m'en moque pas mal.

Il tourne les talons et quitte le café. Je reporte mon attention vers Owen, parce que quelque chose m'interpelle.

– Vous vous connaissez ?

– Possible, répond-il en posant le menu sur le comptoir. J'ai envie de goûter aux pancakes, pour une fois. J'ai faim. Je peux avoir un *latte*, également ?

– Bien entendu ! Rita, des pancakes, merci !

Ma patronne lève un sourcil peu amène, absolument pas ravie de quitter le comptoir et le spectacle insoutenablement incroyable qu'Owen et moi semblons lui offrir.

Mais c'est son job ! Tenir la cuisine jusqu'à ce que Nath la relaye à 10 heures. Ce n'est pas moi qui établis les plannings. Désolé, patronne !

Elle gronde lourdement en posant son torchon sur son épaule et se décide à s'effacer, sans manquer de glisser plus ou moins discrètement ses recommandations à l'oreille de JL :

– Si tu ne me racontes pas la moindre parole ensuite, tu es viré.

Bon sang !

Owen

10. Owen

Avant, je prenais ma commande et j'allais m'installer dans un coin de la salle pour observer ce qui s'y passe. Mais depuis presque une semaine, j'ai oublié cette option. Littéralement.

Tous les matins, je m'installe au comptoir, et j'observe toujours autant, mais cette fois de près. Parfois, nous discutons, parfois non. Il n'a pas toujours le temps. Pas important. Tout ce que j'attends, finalement, c'est vendredi, c'est-à-dire demain.

Et l'attente ne me paraît pas longue ni ennuyeuse. Bien au contraire. C'est tout nouveau pour moi. Je ne suis pas vraiment habitué au romantisme. Enfin, au vrai romantisme. Celui qui vient de moi.

Oui, je sais charmer. Je suis également un pro pour faire grimper les tensions. Champion pour désinhiber au besoin. J'excelle quand il s'agit de prendre les choses en main et de faire passer de bons moments à mes partenaires. Ou devrais-je dire à mes clients.

Mais, envisager l'autre comme une vraie personne. Découvrir ce qu'elle est réellement, au-delà de son statut de client, ce qu'elle désire dans la vie réelle, pas simplement l'espace d'une nuit. Apprendre à la connaître, aimer ce que je découvre, en souhaiter plus, et pas que du charnel… C'est nouveau, c'est grisant, et totalement addictif.

Je me prends à aimer cette approche d'une relation, attendre ces petits rendez-vous de quelques minutes comme s'ils étaient ma raison de vivre. Espérer qu'il me regarde, supplier le ciel qu'il ait le temps de m'adresser la parole. Et angoisser pour cet examen qu'il passe demain. Parce que oui, au-delà de mes petites préoccupations, je veux qu'il réussisse. Qu'il obtienne cette chance qu'il mérite tant. Lou est un personnage solaire et fragile. On ne peut qu'espérer le meilleur pour lui.

Il repasse devant moi en soupirant, en prise avec un client un peu indécis. Discrètement, il lève les yeux au ciel en encaissant enfin la commande incroyable de l'homme resté en bout de comptoir.

– C'est pas trop tôt ! Il tombe mal, je suis un peu à bout de patience, en ce moment, commente-t-il en s'adressant à moi.

– Les révisions se passent bien ?

J'avoue que je ne suis pas fan à l'idée qu'il passe son temps avec Charles. Mais son attitude face à lui samedi était sans équivoque, ce qui me rassure totalement. Je ne connais pas grand-chose de lui, mais le peu me suffit pour savoir que c'est un homme qui sait mener sa barque.

La preuve. Orphelin, il a malgré tout suivi ses rêves, a atterri au milieu de nulle part sans aucune aide à part celle d'une tante dont il ne parle pas beaucoup. Il gagne sa vie, réussit brillamment ses études, d'après ce que j'ai compris, et s'est entouré d'une sorte de seconde famille, sa patronne et ses collègues qui semblent prendre soin de lui et l'aimer beaucoup.

Je n'ai donc pas à m'inquiéter de Charles. Il saura le gérer. Mais je garde malgré tout, autant que je le peux, la situation à l'œil. Je connais le personnage. Pas très scrupuleux dans ses manières d'agir. Et… manque de chance pour lui, à présent je sais qu'il est prof à l'université. Cette information change beaucoup de choses. En mieux.

– Oui, ça va. Simplement, M. Prescott se montre réellement exigeant et chaque soir, nous terminons de plus en plus tard. Hier soir, il a même commandé à manger. Tout ce que je désirais, moi, c'était rentrer et me coucher. Maurice me boude depuis trois jours en plus, parce que ce sont les gars qui le sortent, je n'ai plus le temps. Hier, nous avons fait chambre à part. Il a préféré dormir dans le canapé.

– Tu es réellement certain que tu parles de ton chien ? plaisanté-je, une pointe de jalousie ridicule titillant mon ego.

J'ai presque envie de préciser qu'à la place de son Maurice, je ne dormirais certainement pas sur son canapé. Si je m'appelais Maurice, je glisserais au milieu de la nuit sous sa couette et je m'emparerais de son corps sans même le réveiller. Je ramperais depuis ses pieds en caressant ses mollets, puis ses cuisses avec mes lèvres. Je prendrais le temps d'effleurer chaque centimètre de sa peau, chaque muscle pour me repaître de tout ce qui le compose. Je humerais son parfum subtil qui me hante toutes les nuits. Je lécherais son membre par-dessus son caleçon, ou peut-être qu'il n'en porte pas et dans ce cas…

Bon sang, je bande rien qu'à l'idée !

Quoi qu'il en soit, je ne m'y arrêterais pas pour autant et me forcerais à remonter sur ses abdos pour mordiller sa peau, jusqu'à ses tétons que je titillerais pour sentir son corps se cambrer sous le mien. Je dégusterais ses gémissements, m'enivrerais des frémissements de son épiderme. Me collerais à lui pour fusionner, pour le faire mien, pour ressentir, partager, me gorger de son propre plaisir afin de guider le mien. Et j'embrasserais ses lèvres, les mordillerais, avalerais son souffle et ses soupirs. J'ondulerais pour le faire durcir. Dégusterais son visage comme une offrande qu'il me dédierait…

OK ! Stop, Owen ! Quelle bonne idée de fantasmer en public dans un short un peu trop près du corps. Je bande comme un abruti !

Oui, je pourrais lui dire tout ça, j'en suis même à deux doigts, mais c'est inutile. Je ne dois pas être très subtil dans mon attitude, car il se met à rougir violemment avant d'aller rendre sa monnaie à son client, puis revient, hésitant, jusqu'à moi.

– Il est l'heure que je quitte mon poste. J'ai un cours dans une heure et je dois passer par le bureau de Prescott pour lui rendre deux exercices qu'il m'a donnés en partant hier.

Il s'excuse presque de m'abandonner. Oui, il peut largement s'excuser, mais pas pour ça. Plus parce qu'il me fait languir beaucoup trop et que je commence à ne plus me satisfaire de mes pauvres fantasmes et de ma main.

Mon téléphone se met à sonner entre nous. Ma sœur.

– Pas de soucis, je rétorque en attrapant l'objet de torture qui vibre dans tous les sens sur le comptoir. C'est ma sœur, j'en ai pour la matinée ! Bonne journée.

– Merci, à toi aussi ! me répond-il alors que je laisse tomber cinq dollars devant lui en me levant pour rejoindre la rue.

– Oui, ma sœur chérie ?

– T'étais où ?

Oups, j'ai peut-être, éventuellement, oublié de lui répondre quelques fois cette semaine. Je sais déjà ce qu'elle a à me dire, et comme je n'ai pas de réponse à lui donner…

Qu'est-ce que je disais ? Déjà une heure de communication. J'ai eu le temps de rentrer à l'agence, de mettre à jour ma compta et de vérifier les stocks du bar et nous en sommes encore à la couleur des fleurs du chemin de table.

– Tu vois, si je choisis blanc, sur une nappe blanche, ça ne ressortira pas. Mais crème, ça jurera. Jimmy m'a proposé rose pâle, mais franchement, pour un boxeur, rose pâle, je trouve ça peu approprié ridicule… Help, Owen !

Normalement, ce rôle, celui de souffre-douleur concernant des sujets ridicules, devrait être assuré par notre chère génitrice. Dans une famille normale.

Malheureusement, ce n'est pas exactement ce que nous sommes. Rien n'est normal chez les Connely.

– Les tiges et le feuillage suffiront pour trancher. Prends blanc. De toute manière, c'est ce que tu souhaites. Du blanc. Alors fonce sur cette couleur.

– Oui, tu as raison… Du coup, mon bouquet, blanc aussi ?

– Oui, c'est préférable.

– D'accord. Oh, Owen, tu ne peux pas te libérer avant ? supplie-t-elle en pleurnichant. J'ai réellement besoin de toi, ici.

– Nina, tu sais que j'aimerais beaucoup, mais comme déjà, tu as décidé de te marier aussi rapidement qu'une envie d'aller aux toilettes en pleine gastro ! Je vais faire mon possible pour arriver en avance, cependant j'ai quand même quelques impératifs ici. Un nouveau barman, principalement, et Stacy m'avait demandé quelques jours la semaine prochaine pour se rendre dans l'Iowa chez sa mère.

Et, j'ai un rendez-vous demain soir.

Et je n'ai toujours personne pour jouer le rôle de cavalier.

Et, je ne suis pas réellement impatient de me retrouver face aux autres Connely de l'équipe.

– Oui, mais justement, organiser un mariage en si peu de temps, c'est compliqué. Surtout que mes congés ne peuvent commencer que la semaine prochaine. Et ta nièce n'a pas compris qu'elle n'était pas seule sur Terre, tu vois, elle n'arrête pas de me faire des caprices incroyables. Et Jimmy, lui, il cède tout ! Elle voulait une robe rose pour le mariage, maintenant c'est bleu, et je prévois que finalement, elle voudra s'habiller en tutu ! Elle a joué le rôle d'une mariée lors de son dernier gala, nous avons gardé le costume. Un très joli tutu, cela dit !

– Oui, j'ai vu les photos.

Épuisé par cette conversation et, avouons-le par ma sœur branchée sur du 10 000 volts, je sors de mon bureau pour faire les cent pas dans l'espace lounge, puis dans la zone de remise en forme. Rêveusement, j'observe Tom, mon nouveau barman-homme à tout faire qui nettoie la piscine.

Je suis content qu'Alec me l'ait adressé. Cet homme convient parfaitement pour ce boulot, même si au début, je me suis montré réticent, du fait de ses tatouages multiples. Lorsqu'il est habillé en marcel et short comme maintenant, je ne vois que ça et ce point déroge un peu au côté select que je tiens à garder pour GSA. Mais le soir, il revêt une chemise et ça lui va bien. Quelques clients m'ont même demandé s'il faisait partie du catalogue. C'est plutôt bon signe.

– Owen, tu m'écoutes ?

– Pas vraiment !

– Ouais, c'est bien ce que je pensais ! Bon, tu ne vaux pas mieux que Jimmy, finalement. Je vais te laisser, j'ai besoin de pleurer, là !

– Nina ! Si ce mariage représente trop de stress pour toi, reporte-le !

– JAMAIS ! rugit-elle, comme si je venais de m'attaquer à la prunelle de ses yeux. Rien ni personne ne m'empêchera de me marier, tu m'entends ? Même pas Jimmy ! Je marcherai sur la tête du curé s'il le faut ! Vaille que vaille, il m'épousera, ce sera génial et nous serons heureux ! Je lui fais la peau s'il n'est pas heureux ! Je ne lui laisse pas le choix, bordel ! Et ces maudites fleurs, je les emmerde ! Le traiteur aussi, d'ailleurs ! Tous des cons !

Ça y est ! Elle a atteint le point de non-retour. Folle à lier !

– D'accord. Mais avant de tuer tout le monde, tu vas te prendre une pause et t'accorder une journée Spa, OK ? Je te l'offre. Je te réserve ça tout à l'heure. Coiffeur, massage et détente. Tu ne vas pas survivre, sinon. Et interdiction de parler mariage pendant toute la durée du traitement.

– Oh, ça va ! Je ne vois pas ce qu'un Spa pourrait bien faire dans le choix du format des menus et du plan de table.

– Ça a plutôt un rapport avec la sécurité nationale à ce stade, ma sœur ! Si tu ne prends pas ce temps pour toi, j'annule mon vol.

– Mais…

– Pas de mais ! Réserve ton samedi, tu reçois ton voucher dans une petite heure. En attendant, va fumer un joint.

– Ah, ah ! Très drôle !

– Bon, je te laisse cette fois. Bises sœurette, et pense à prendre tes petites pilules roses !

Je raccroche alors que Stacy arrive à son bureau et pose son sac lourdement devant son PC d'un air épuisé (il n'est que 10 heures du matin, ça commence bien).

– Salut ! J'en ai marre, tu le sais, ça ?

Parfois, on me demande pourquoi je suis gay. La réponse sous mes yeux. Les femmes ont cette particularité de toujours trimballer un tas de soucis derrière elles. C'est incroyable. Parce que, de surcroît, souvent, elles se prennent la tête et embrouillent tout le monde sur des sujets totalement dénués d'intérêts.

– Que se passe-t-il ? je réponds poliment en regagnant mon bureau.

Malheureusement, elle me suit pour vider sur moi son ras-le-bol.

– Paolo ! Voilà le problème ! Je viens d'apprendre que mon cher mari a invité la moitié de l'immeuble pour je ne sais quelle raison. Vingt-trois invités ! Demain soir ! Tu réalises ?

– Euh, non !

J'ai envie de rire. Paolo aime tout le monde. Très facile d'accès, il suffit de lui sourire pour devenir son meilleur ami. Ce type est plus populaire à New York que la reine mère en Angleterre !

– Ben t'es bien le seul ! Je ne connais pas les trois-quarts des invités en plus ! Tu veux venir ? Qu'au moins je puisse discuter avec quelqu'un de normal ?

– Non, malheureusement, demain je suis pris.

Ma secrétaire fronce les sourcils, oubliant subitement la catastrophe interplanétaire qu'elle vient de m'annoncer.

– Comment ça ? Tu as pris un rendez-vous ce matin ? Je croyais avoir retiré ta fiche du catalogue.

– C'est exact, lui confirmé-je en m'installant derrière mon écran. Il s'agit d'une sortie privée.

– Tu peux répéter ?

Elle se laisse tomber sur le fauteuil en face de mon bureau, réellement secouée par la nouvelle.

– Un rencard. Hors agence. Il me semble que c'est permis, non ?

– Oui, oui, bien entendu, c'est simplement que tu ne m'as pas habitué à ça ! Comment s'appelle-t-il ? Je le connais ?

Après la secrétaire, je demande la mère poule. Stacy est réellement multifonction. Sans doute parce qu'elle n'a jamais pu avoir d'enfant elle-même.

– Je pense que cela ne te regarde pas…

Non, surtout, je ne veux pas que ça la regarde. Lou, c'est mon petit jardin secret. Juste à moi.

– Attends, attends…

Pensive, elle se met visiblement à analyser certaines choses, l'index posé sur ses lèvres…

Et merde ! J'en ai trop dit !

– Ça a un rapport avec le rendez-vous de la semaine dernière ? Mais oui, bien entendu. Le petit mignon, comme l'appelle Alec ! Tu m'as demandé de te remettre dans le catalogue ! Oh ! Il t'attire ! Je suis surprise, vraiment ! Mais en même temps je dois admettre que tu as bon goût. Ce jeune homme semble… différent. Un peu bizarre avec les animaux, mais, bon… nous en avons vu de pires. Alors, j'ai bon ? Raconte ! Quand Paolo va savoir ça !

Les femmes… Des ennemies de l'intimité en puissance. Un jour, un homme sensé créera un pays dans lequel seuls les hommes auront le droit de citer. Un paradis, sans problème de tutu ou de couleur de fleurs.

Sans mère poule étouffante. Juste des mecs entre eux, et tout ira merveilleusement bien, dans le meilleur des mondes.

– Donc, Alec avait raison, reprend-elle. Il m'a dit qu'il bossait au *At Home*. Je vais aller m'y chercher un café, je pense. Besoin d'un truc ?

Il fait quoi ce type génial avec son idée fabuleuse, là ? Ça devient urgent !

Owen

11. Lou

Terminé !

Je fourre avec empressement mon stylo dans mon sac avant de me lever en le passant sur mon épaule pour descendre quatre à quatre les marches de l'amphi, ma copie à la main. Prescott redresse la tête et m'adresse un sourire sincère en récupérant le document que je lui tends.

– Alors ? souffle-t-il pour ne pas déranger les quelques étudiants encore présents dans la salle.

– Je suis confiant !

Et c'est le cas, vraiment. Je me suis contenu pour ne pas continuer une heure de plus. Quant aux questions de connaissances générales, c'était cadeau.

– Parfait ! J'en suis ravi ! me répond-il en rangeant mes réponses dans un dossier. Dis-moi, Lou… Si tu as le temps de m'attendre… Peut-être pourrions-nous sortir ? Pour fêter ça ?

Euh… Non, sans façon.

– Je suis désolé, Monsieur, mais j'ai déjà quelque chose de prévu ce soir, et avant cela, je dois…

– Owen ? me coupe-t-il en grimaçant.

J'ai besoin de quelques secondes pour me souvenir qu'il était présent au *At Home* lors de l'invitation d'Owen, effectivement. Inutile de mentir, de toute manière, je n'en vois pas l'intérêt.

– C'est ça !

– Tu sais, Lou, commence-t-il en secouant la tête de dépit, je crois qu'il est de mon devoir de te prévenir que cet homme n'est pas bon pour toi. Déjà, il est trop âgé, ensuite… Tu as bien d'autres possibilités pour séduire. Faire appel à un escort, c'est… dégradant, pour un jeune homme comme toi !

Ses propos m'irritent aussitôt. Déjà parce que je ne vois pas à quel moment je lui ai demandé son avis, ensuite parce que considérer que fréquenter Owen est « dégradant » m'agace. Il ferait mieux de se regarder dans un miroir, lui.

De plus :

– Owen ne passe pas la soirée avec moi en tant qu'escort.

Enfin, j'espère… Et s'il me demandait de payer à la fin du rendez-vous ?

Non.

Si ?

Non ! Ça n'a rien à voir. Si c'était le cas, il ne resterait pas attablé au comptoir tous les matins.

– Un escort reste un escort, Lou. Tu es jeune et il le sait. Les relations intimes sont un moyen comme un autre pour lui d'arriver à son but…

Depuis quand un prof de lettre se permet-il de donner des conseils non demandés à ses élèves ? OK, il s'est montré sympa et aidant, mais ça ne lui donne pas tous les droits.

Je suis heureux. Je viens de terminer mon dernier examen et je suis quasi certain d'obtenir ces bourses pour LSNYC… Et ce soir, je compte bien fêter ça dans une soirée parfaite ! Et lui, il vient coller le doute au fond de mon cerveau !

C'est déloyal.

– Je préfère m'en assurer par moi-même. De toute manière, j'ai du mal à envisager un quelconque « but » dans sa démarche. Je suis étudiant, je n'ai pas une thune de côté et je ne connais personne d'influent. Cependant, quoi qu'il en soit, je vous remercie de votre sollicitude. Bon week-end, Monsieur Prescott !

Je n'attends pas sa réponse et tourne les talons en essayant d'oublier ses mots.

Mais la réalité me rattrape au fil de mes pas dans les couloirs. De la même manière que je chuterais de mon nuage, j'atterris en pleins doutes, perdu dans les intentions d'Owen.

Parce que finalement… Que peut me vouloir un homme comme lui ? Tout nous sépare. L'âge, la situation professionnelle, le physique, le quotidien…

Est-ce possible qu'il tente une manœuvre adroite pour me prendre dans ses filets, me rendre dépendant, et ensuite, me faire payer pour obtenir d'autres rendez-vous ?

Je suis loin d'être expérimenté dans le domaine des relations intimes, et je tiens tellement à lui que la peur de me planter emprisonne mon palpitant au point où j'ai du mal à retrouver mon souffle.

C'est stupide, vraiment. Prescott ne sait rien.

Mais il m'a vraiment aidé pour l'école et les concours… Pourquoi me mentirait-il en insérant un doute en moi, sans raison valable ? De plus, il connaît Owen, c'est indéniable.

Mon téléphone m'annonce un appel de JL, auquel je réponds en urgence, à la limite de la crise d'angoisse.

– Hello ? Alors, cet exam ?

– Hein ? Euh, oui, bien. C'est bon, normalement.

Je trouve un banc au soleil et m'y installe pour reprendre mon souffle et retrouver mes idées.

– C'est quoi ta voix ? Quelque chose ne va pas ?

Dois-je lui en parler ?

Oui, bon sang ! Oui, je veux en parler ! JL a de l'expérience lui ! Assez pour deux.

– Tu crois qu'Owen se fout de moi ?

Le simple fait de prononcer ces mots me brise le cœur et me donne envie d'aller me réfugier sous ma couette. Si c'est le cas, je vais mourir de tristesse, c'est une certitude.

Je réalise que je n'ai placé aucune armure entre nous. Aucune mesure de précaution élémentaire. Il m'a souri, m'a offert un piquenique et j'ai tout lâché, tout oublié. Juste comme ça !

– Pourquoi ferait-il ça ? Je ne comprends pas la question, désolé.

– Parce que… Il est escort. C'est son job ! Peut-être qu'il est menacé de dépôt le bilan et qu'il tente de gagner des clients, comme ça, tu vois ?

– Oui, je vois. T'as raison, c'est louche. Je pense qu'une fois que tu auras été harponné, il te droguera et te revendra aux enchères en Afghanistan. J'ai entendu dire que les pucelles valaient un prix d'or, là-bas !

– Il ne sait pas que je suis puceau ! rétorqué-je sans même analyser ses paroles.

– Nous voilà sauvés ! Non, mais franchement, Lou, tu entends ce que tu dis ? Et, pardon, mais je ne comprends pas comment nous sommes partis ce matin d'un « vivement ce soir, fais-moi penser à me parfumer les bijoux à l'orange », à « ce mec en veut à mon immense fortune personnelle », que, excuse-moi de te le rappeler, tu n'as pas !

– Prescott a insinué que…

– Ton prof est un pervers, Lou ! Des deux, je peux te dire que je porterais ma confiance sur l'escort ! J'aime Owen. L'autre, chaque fois que je le croise, j'ai envie de déféquer sur un trottoir !

– Ah ?

Mon ami ronchonne à l'autre bout du téléphone sans que je ne comprenne rien.

– Tu as sans doute raison.

– Bien évidemment ! Mais tu sais quoi ? Je te connais par cœur, mec. Et je sais que ce doute va te poursuivre et peut-être te gâcher la soirée. Tu mérites mieux. Alors, à ta place, tu sais ce que je ferais ?

– Non ?

– J'irais crever l'abcès. En rentrant à l'appartement, va le voir. Passe par GSA. Et tu lui demandes.

J'explose nerveusement de rire.

– Ben oui, bien sûr ! C'est tellement simple ! Genre, je vais aller attaquer de front ce mec ? Puis-je te rappeler qu'il me fait tellement d'effet que je soupçonne parfois des dysfonctionnements érectiles chez moi ?

– Oui ! ricane-t-il. T'es vraiment atteint ! Ne te gâche pas le plaisir. Va lui demander ce qui le lie à Prescott, déjà. On saura, au moins, si l'autre ne lui en veut pas personnellement. Ce que je soupçonne. Sa réaction l'autre matin, lors de l'arrivée d'Owen, m'a semblé super louche. Et, comme je te l'ai dit, je fais beaucoup plus confiance à l'escort. Le prof pue !

– T'es le roi de l'insulte, toi ? me moqué-je, soulagé, encore une fois, d'avoir un meilleur ami comme lui.

– Je prends des cours. Bon, je dois te laisser. Tu fais ce que je t'ai dit, OK ? Sinon, tu risques de foutre en l'air ton rencard de ce soir.

– Et s'il le prend mal ?

– Ce type doit savoir l'image qu'implique son job. S'il ne comprend pas tes doutes, c'est qu'il est nul. Mais quelque chose me dit qu'il accueillera ta visite avec joie. Tiens-moi au courant par SMS, je rentre en cours.

– OK…

Je raccroche et tout le courage qu'il vient de m'envoyer s'échappe avec lui… Je me mets à trembler, à vouloir me débiner, à appréhender ce soir, à chercher des excuses.

Un SMS fait à nouveau vibrer mon téléphone.

Encore JL.

Le Français bizarre : Ne réfléchis pas. Lève-toi et marche, a dit Jésus... Et après, il a ajouté, sinon je te botte l'arrière-train ! Demain on passe à la parole suivante : Ceci est son corps ! Bouffe-le puis bois-le mon enfant... Jé était gay en fait ! @+

Ce type a un réel problème psychologique. En attendant, j'obéis. Je me lève et me dirige vers le métro, bien décidé à faire ce qu'il faut.

Mort de trouille !

Owen

12. Owen

– Mon rendez-vous avec Alec a été décalé. Je profite un peu de la piscine, de fait. Vous venez barboter avec moi, Owen ?

Je souris à mon plus ancien client qui s'apprête à plonger. Je ne peux m'empêcher de scruter son corps encore bien en forme pour son âge.

– Non, désolé, je dois partir tôt ce soir, et j'ai encore beaucoup de travail.

– Mon cher, ne vous laissez pas ensevelir par le boulot, conseil d'un vieux singe. Je revis depuis que je prends du temps pour moi. Si vous pouviez me prévenir dans une bonne heure, que je me remette en état avant mon rendez-vous.

Je m'apprête à lui certifier qu'il peut compter sur moi lorsque des éclats de voix me parviennent depuis l'accueil.

Stacy en prise avec un client, visiblement. Je prends congé de John, déjà dans l'eau, pour m'enquérir du problème.

Je n'en ai pas le temps. Je n'ai même pas ouvert la porte vitrée de l'espace piscine que j'aperçois un Lou énervé traverser le lounge, visiblement soucieux, Stacy sur les talons.

— Attendez, Owen est occupé, je vais l'appeler pour qu'il se libère, vocifère ma secrétaire.

— Vous venez de dire qu'il se trouvait à la piscine ! Je connais le chemin !

Aucune discrétion ! Les quelques grappes de clients et d'employés installés dans les alcôves du Lounge détournent leur attention vers eux.

J'ouvre la porte précipitamment à mon rencard du soir, légèrement troublé, en faisant signe à Stacy de laisser tomber.

Un coup d'œil rapide à John, déjà à l'autre bout du bassin, écouteurs sur les oreilles, me confirme que nous serons relativement tranquilles ici.

Lou se plante devant moi, tremblant, blême comme un cadavre, inquiétant.

— Lou ? Tu vas bien ? Ton examen s'est mal passé ?

Les yeux baissés, il se triture les mains nerveusement, incapable de me regarder droit dans les yeux.

— Je... Oui... Ça va l'examen... Je... Owen !

Il semble totalement bouleversé. Son corps est agité de secousses infimes et son désarroi est tel que je pourrais presque le palper.

— Oui ? Lou, que se passe-t-il ?

Il me fait carrément flipper ! Et en même temps, je le trouve encore plus beau que d'habitude. Échevelé, les traits sombres, les sourcils froncés, ombrageux…

Mais ce n'est pas le moment.

– Je… non, mais tu es escort, Owen. Je ne suis pas un client ! Enfin, je sais que si, mais plus maintenant ! Si ?

Est-ce normal si je ne comprends rien à sa tirade ?

– Mais je n'arrive pas à m'exprimer ! Merde ! Je ne veux pas que… Enfin, Owen, je croyais que… Et il a dit… Putain, je suis ridicule ! Je m'énerve, bon sang !

Il retire son sac à dos de son épaule et le balance au sol pour frapper dedans d'agacement.

– Attends ! me demande-t-il en tentant de prendre une grande inspiration. Il faut que je me calme, mais je n'y arrive pas… J'ai… c'est trop long… j'ai trop pensé au pire… je suis désolé… je suis ridicule…

Après la fureur, il passe à l'angoisse. J'ai presque peur qu'il me fasse une attaque. Il me terrorise à ne rien dire, comme ça ! De plus, je soupçonne chez lui une tendance aux crises d'angoisse. Il semble tellement nerveux parfois. Et je ne veux pas que ça arrive, bordel !

J'ai horreur de le voir comme ça, j'en ai mal pour lui.

Il tente de reprendre le contrôle, mais ses mains chevrotent, tout comme ses lèvres.

Je me sens tellement impuissant face à son état. Mais pas dénué de solutions.

J'attrape son bras sans réfléchir, le soulève pour l'emprisonner contre moi.

– Oh ! hurle-t-il sans comprendre, ses mains s'agrippant à mes épaules par réflexe. Owen, qu'est-ce que…

Je m'élance en deux pas et plonge au milieu de la piscine avec lui, notre arrivée brutale dans l'eau noyant son cri de surprise.

Ses bras s'enroulent autour de mon cou alors que nous touchons le fond. Je pousse pour nous faire revenir à la surface.

Il s'écarte sans me lâcher en toussant tout ce qu'il peut, partagé entre l'incompréhension et un rire nerveux. Mes mains retrouvent ses hanches pendant qu'il reprend son souffle.

Cette idée est de loin la plus stupide que j'ai eue depuis des années. Je ne réalise qu'à ce moment l'idiotie de ma réaction. Nous sommes habillés et absolument pas seuls. D'un autre côté, son corps contre le mien m'indique que ce n'est pas si dénué de sens que ça… J'adore le sentir contre moi.

Lou repousse ses mèches en arrière, les yeux écarquillés.

– Qu'est-ce qu'il s'est passé ? Pourquoi la piscine ?

J'arrive à toucher le sol pour nous stabiliser à la surface.

– J'ai cru que tu allais faire un malaise.

– Si ça avait été le cas, tu n'aurais fait qu'amplifier le problème, me fait-il remarquer, à raison. Mais, en fait, ça fait du bien !

– Oui ?

Il hoche la tête, provocant la chute de l'une de ses mèches sur son front. Il semble effectivement beaucoup plus détendu. J'admire ses cils trempés, semblant encore plus longs comme ça. Son visage apaisé. Je le lâche d'une main pour repousser les cheveux qui lui barrent le regard.

– Alors, maintenant, tu peux peut-être m'expliquer ce qu'il t'arrive ?

– Oui, confirme-t-il en plaçant ses bras sur mes épaules pour se stabiliser. Dis-moi à quelle occasion tu as connu mon prof.

– Charles ? C'est Charles qui t'a mis dans cet état ?

J'aurais dû m'en douter ! J'aurais dû aller trouver ce connard pour le prévenir de ne pas toucher à Lou. Simplement, je ne pensais pas être en droit de le faire.

– Oui, et non. Il a laissé entendre des choses et je veux connaître ta version.

– Il a dit quoi ?

– Rien de grave. Dis-moi !

Son regard ne quitte plus le mien, et je comprends à la lueur décidée qui y crépite que je n'ai d'autre choix que de revenir sur cette vieille histoire.

– Il a été mon client pendant une bonne année, à l'époque où je prenais encore des rendez-vous. Je le voyais toutes les semaines. C'était aux débuts de l'agence et je ne pouvais pas refuser un si bon client. Cependant, il devenait beaucoup trop… attaché. Je l'ai compris trop tard et quand j'ai refusé de continuer avec lui, il a pété un câble. C'est un drôle de type, mais pas dans le bon sens. À l'époque il n'était pas sorti du placard et je doute que ce point ait changé depuis. Il se faisait passer pour un écrivain qui publiait sous un pseudo. Je ne savais pas qu'il était prof. Il ne s'assumait pas du tout en tant que gay. Quand j'ai mis fin à cette relation qu'il était le seul à envisager sérieusement, il a commencé à me menacer pour que j'accepte de continuer à le voir. Il me suivait et est même venu une ou deux fois me causer des problèmes lorsque je me trouvais avec d'autres clients. C'est Stacy et mon associé de l'époque qui ont finalement réussi à le raisonner en menaçant d'aller tout révéler à sa mère. À ce moment il vivait encore avec elle. C'est ce qu'il m'avait raconté en tout cas.

Il écarquille à nouveau les yeux en se mordant la lèvre, pensif. Sérieux. Atrocement sérieux.

– À quoi penses-tu, Lou ? Qu'est-ce qu'il t'a dit ?

– Tu… tu lui as fait croire que tu… ressentais des choses ? Tu… as fait comme avec moi ? me demande-t-il d'une voix si faible que je l'entends à peine.

– Lou, mais où vas-tu…

– Non pas que tu m'aies fait croire quoi que ce soit, hein ? se rattrape-t-il. Je sais que notre dernier rendez-vous était contractuel, que ça n'engage à rien. Simplement, tu m'as invité ce soir et je ne sais plus si je… enfin, qu'est-ce que c'est, Owen ?

Peut-il faire danser mon cœur plus fort qu'en ce moment ?

Je crois que c'est impossible. J'ai envie de m'emparer de ses lèvres humides, si tentantes. De lui expliquer par les gestes ce qui me calcine l'intérieur. Mais l'idée qu'il puisse le comprendre de la mauvaise manière me dissuade de me laisser aller.

Et je n'ai pas réellement envie de me donner en spectacle ici, au milieu de la piscine de GSA. Je ne doute pas que la moitié de mes gars ont l'œil collé à la vitre qui nous sépare du lounge. Sans parler de Stacy. Et, comme je l'ai déjà dit, Lou est mon secret à moi. Chaque instant, bon ou mauvais, nous appartient, juste à nous.

Alors, retenant mes pulsions comme je le peux, sans doute maladroitement, j'attrape ses jambes pour les enrouler à mes hanches et pose simplement un doigt sur ses lèvres.

– Tu n'es pas un client. Je t'ai invité parce que j'en ai envie.

– Pourquoi ? me demande-t-il effrontément.

– Je dois en expliquer les raisons ? Vraiment ? l'interrogé-je, un peu décontenancé. Sans doute parce que tu es différent.

– Différent ?

John passe derrière nous à cet instant. Peut-être qu'il est resté aux alentours depuis le début, je n'en sais rien. Le seul qui m'importe, c'est Lou.

– Oui, sans doute… Mais qu'est-ce que Charles t'a raconté, exactement ?

Il fronce les sourcils un moment avant de répondre.

– Rien. Je comprends mieux ses propos maintenant que je connais l'histoire. Donc, tu m'assures que tu… enfin, que je ne suis pas un client ?

– Tu payes quelque chose ?

– Euh… Non ?

– Donc, tu as ta réponse. C'était tellement urgent ?

Oui, parce que techniquement, nous nous voyons dans moins de deux heures. Il aurait pu, éventuellement, attendre. Mais il a préféré venir. C'est, à mon sens, une excellente nouvelle. Et si on ajoute notre position actuelle, lui, enroulé à moi aussi intimement, je pense réellement pouvoir en déduire que c'est très très bon signe.

– Je ne voulais pas passer la soirée à discuter de Prescott.

– C'est effectivement préférable.

Mes yeux surprennent une petite veine à la base de son cou, bien visible, battant contre sa peau. Je ne peux m'empêcher de me pencher pour la sentir sous mes lèvres. Un frisson sensuel traverse son corps pressé contre moi.

Dieu, si je ne me retenais pas… Mais il mérite définitivement que je fasse cet effort.

– Et si nous sortions de ce bouillon pour nous préparer à ce rendez-vous, justement ? murmuré-je contre sa peau frémissante.

Ses doigts glissent le long de ma nuque, chatouillant un peu trop adroitement mon désir.

– Ce serait intéressant.

Je ne peux me retenir de mordiller ce petit morceau de peau velouté encore quelques instants. Autour de mes hanches, ses muscles se tendent et contre mon ventre, je perçois son sexe durcir et pousser entre nos fringues trempées.

Le jour où je pourrai disposer de ce corps totalement, je prédis un long moment d'agonie pour chaque petit nerf mis à ma disposition… Je prendrai mon temps pour analyser chaque réaction. Pour faire vibrer tout ce qui me tombera sous la main. C'est-à-dire, tout ce qu'il est… J'en aurai pour la nuit. Peut-être même que j'y serai encore le matin… Je vais dévorer cet homme avec gourmandise jusqu'à ce qu'il ne reste plus rien de lui.

– Alors on y va ? gémis-je entre deux baisers.

– Oui… souffle-t-il en rejetant la tête sensiblement plus en arrière.

Mes bras se referment davantage pour l'approcher de moi…

Bordel, je vais partir en vrac…

– Owen ? Vous voulez que je vous apporte deux peignoirs ?

Stacy ! J'hésite entre la remercier ou la licencier pour cette initiative…

Je m'écarte à regret de l'homme fébrile entre mes bras, docile et résigné. J'ai prévu une soirée. Tenons-nous-en au plan initial.

Owen

13. Lou

– Je suis désolé ! Je t'avais prévenu que je n'étais pas au point sur ce sport !

– Mais quand même, rétorqué-je en retenant une crise de rire presque irrépressible devant la situation. L'équipe de la ville, c'est les Yankees ! Pas les City Grizzly !

Je me pince le nez devant son air penaud. Trop tard ! J'éclate de rire, alertant la dizaine de familles assises autour de nous sur les rangées du stade de quartier sur lesquelles nous sommes installés.

– Pff… Je ne serai jamais un vrai Américain !

Je lui tends les pop-corns qu'il a trouvé utile d'acheter pour faire passer son erreur.

Petit récapitulatif de la situation. Après notre plongeon dans cette piscine, j'ai enfilé un de ses joggings, je suis rentré chez moi, me suis fait alpaguer par Tyron qui s'étonnait de me voir rentrer trempé à l'appart, puis Nath est arrivé, et j'ai dû ré expliquer, avant de pouvoir sortir

Maurice, puis me doucher et m'habiller en quatrième vitesse.

Tout ça pour assister à un match de baseball qu'avait soigneusement sélectionné Owen. Et donc, nous voilà en plein match de deux équipes benjamines dans un quartier perdu de la ville. Pas du tout un truc national, loin de là. Et j'adore.

— Personnellement, je soutiens les Poussins Malins ! ALLEZ ! hurlé-je en levant ma main libre.

— T'es nul ! déclare-t-il en retirant sa casquette pour la planter sur ma tête, à l'envers. On se tire ! Mais je considère que ce n'est que partie remise. La prochaine fois…

— La prochaine fois, c'est moi qui t'invite ! Et non, on reste. Je vais t'expliquer les règles. Alors, tu vois, le truc en bois que le minot tient dans sa main, ça s'appelle une batte ! Et l'autre, celui qui se prépare à lancer, c'est une balle qu'il tient. Enfin, ne confonds pas avec son gant qui se trouve sur son autre main. Tu vois ?

Owen passe son bras autour de mon cou pour faire semblant de m'étrangler.

— Tu sais que tu le payeras, ça ?

— J'attends de voir ! je réponds, hilare, en me laissant entraîner contre son épaule.

Mon cœur bat comme un fou. Je plonge mon nez au creux de son cou, une folle idée d'y poser mes lèvres me titillant le cerveau. J'ai envie de goûter sa peau qui sent si bon. J'ai l'impression de toucher le paradis du doigt.

Après qu'il m'ait raconté l'histoire de Charles Prescott, je me suis senti détendu comme jamais. J'ai eu l'impression que la route devant moi ne comportait plus aucun obstacle. Que pour la première fois de ma vie, je pouvais affirmer être heureux.

C'est tellement rare qu'aucun nuage ne vienne assombrir mes petits bonheurs. Il a ce pouvoir. Quand il est là, j'ai l'impression que je deviens invincible. Que rien d'autre ne compte que le moment présent.

La nuit commence à tomber autour de nous. Le match se déroule et nous nous prenons au jeu, même si lui ne se remet pas de sa bourde. Je n'ose pas bouger, niché sous son bras, et de son côté, il ne se retire pas non plus.

L'appréhension de la suite, mélangée au bien être de me trouver contre lui et d'attendre plus, picote mes extrémités, tout autant que mon cœur qui ne sait plus où il habite… Mon esprit virevolte autant que cette balle balancée un peu n'importe où sur le terrain devant nous.

Puis les parents applaudissent, la fin arrive. Les Grizzlys et les Poussins disparaissent bientôt du terrain. Les lumières s'éteignent elles aussi, et nous n'avons toujours pas bougé, de peur sans doute que la magie disparaisse en même temps que ce match improbable. Bientôt, nous nous retrouvons seuls au milieu de la nuit.

J'ai tellement envie de glisser ma langue sur sa peau. De grimper sur ses genoux et…

Il tourne la tête vers moi, avec difficultés, car ma position ne lui facilite pas la tâche.

Tremblant de tout mon cœur, je le laisse se décaler légèrement en me redressant. Ses mains se posent sur mes joues et ses yeux au fond des miens.

– Je suis désolé, Lou, mais j'en ai besoin, souffle-t-il en se rapprochant.

– Qu'est-ce …

Il me coupe la parole en posant ses lèvres sur les miennes. Un baiser doux comme tout ce qu'il est. Comme ses doigts sur mes joues. Comme la couleur de ses yeux. Comme la manière dont il m'attire à califourchon sur ses genoux pour pouvoir intensifier notre échange.

Les yeux fermés, entouré de ses bras qu'il passe dans mon dos pour me presser fermement contre lui, je me mets à planer, à sourire en lui rendant son baiser.

Nos langues s'enlacent tendrement, tout comme nos corps tendus se rejoignent pour fondre l'un contre l'autre.

Mon sexe contre son ventre réagit brutalement, dur comme jamais, étouffé dans mon jeans trop serré pour qu'il puisse s'exprimer à sa guise. Sentir le sien, également bandé, me rassure quelque peu et me détend fortement, m'offrant la liberté de ne pas réfréner le plaisir qui s'empare de moi avec autant de force qu'un tsunami déferlant sur une plage.

C'est bon... Ce baiser se révèle merveilleux. Les mains d'Owen posées sur mon dos, ses lèvres tendres et affectueuses, son univers qui s'enroule autour de moi et me submerge. Mon cœur, fébrile, adopte une nouvelle cadence, celle de la volupté envoûtante dont il fait preuve...

Mes sens se mettent à clignoter, à m'alerter qu'ils arrivent à saturation, mais je m'en fiche. Je me perds contre lui, au centre de ce moment tellement bon qu'il en devient presque surréaliste. Je m'accroche à son tee-shirt pour ne pas chuter une nouvelle fois dans la réalité. Je me retiens à ce corps que j'ai tellement fantasmé.

Sa main descend le long de mon échine, ses doigts glissent sous ma ceinture pour effleurer le haut de mes fesses, et je m'embrase totalement. Je disjoncte. Je tremble. Je frémis. Une vague de chaleur me submerge lorsqu'il appuie contre mes reins pour me guider et frotter mon entrejambe contre son bas ventre.

Je laisse éclater un gémissement au milieu de notre baiser.

L'une de ses mains se pose sur ma mâchoire, il s'empare avec passion de ma bouche, et recommence ce petit mouvement qu'il m'impose. Il m'allume comme une satanée torche. Mon bassin s'adapte au rythme qu'il m'enjoint de prendre. Accroché à sa nuque, je reçois le baiser le plus torride de ma courte existence. Presque trop pour moi.

Il abandonne mes lèvres en rejetant ma tête en arrière pour embrasser ma joue, ma mâchoire, mon cou, sans arrêter de me faire danser contre lui. De plus en plus fort, de plus en plus sèchement.

J'ai l'impression que mon cerveau entre en éruption. Je ne comprends plus rien. Je me perds dans ce fantasme qui devient réalité et je me sens trop faible pour retenir le peu de raison à laquelle je m'accrochais encore.

Je soupire alors que ses dents s'attaquent à cet endroit qu'il a embrassé plus tôt dans la piscine, tout près de ma clavicule, et je bascule. Je ne gémis plus, je ronronne. Je râle presque de plaisir. Je me tends, me crispe, mon sexe pleure de désir et mes sens ne savent plus comment réagir.

Jusqu'à ce que…

Un orgasme m'attaque si brutalement que je n'ai pas le temps de lui échapper. Un univers velouté s'impose à moi, en moi, le long de mes muscles et autour de mon cœur. Je chute, je m'envole. Mon monde bascule et perd son sens. Un cri rauque que je reconnais à peine s'échappe de ma gorge pendant que je fonds dans ses bras, vidant cette tension incroyable au fond de mon caleçon...

Gluant... Stupeur... Retour fracassant de la réalité...

Nooooonnnnnn !!!! Je viens réellement d'éjaculer dans mon jeans !

Owen se fige, cherchant mes yeux des siens, surpris.

Et tout ce que je désire à présent, c'est mourir... Je viens de tout lâcher, comme un gamin de douze ans, dans les bras de cet homme de trente !

Après l'extase, l'effroi... Je ne pouvais pas paraître plus ridicule.

Un silence s'installe entre nous, le temps que je trouve la meilleure réaction à adopter face à ça.

Je me déteste !

J'avais prévu de me masturber sous la douche pour justement, parer ce genre de chose, mais dans la précipitation, j'ai oublié...

Je sens mes joues s'empourprer atrocement et son regard tenter de me sonder.

Mais j'ai tellement honte. Comment peut-il me considérer autrement que comme un pauvre gosse qui ne comprend rien à la vie après ça ? Un boulet. Un type qui tombera éperdument amoureux de lui juste en deux baisers. Un Charles Prescott en puissance, encore plus pitoyable.

Je recule de ses genoux pour me lever et attraper mon sac posé à nos pieds.

Je ne peux plus affronter ce regard. Tellement honte ! Je ne trouve même pas d'autre mot pour exprimer ce besoin de fuir pour disparaître de sa vue. De ses pensées. Du monde. De l'univers tout entier.

– Je… je dois y aller… Pardon, j'ai cru que je serais à la hauteur, mais ce n'est pas le cas. Désolé de t'avoir fait perdre ton temps.

Je n'attends pas plus et m'engage pour remonter l'unique allée du stade vers la sortie.

– Lou ! hèle-t-il derrière moi. Qu'est-ce qui se passe ?! Reviens !

Je passe la grille sans me retourner et m'engouffre dans la première bouche de métro que je trouve. Je choisis la destination opposée à notre quartier, pour qu'il ne vienne pas me chercher à l'appartement. Je m'installe à proximité d'une fenêtre, pose mon front contre la vitre, l'entrejambe collant, le cœur battant trop vite et la honte, encore et toujours, grossissant tellement en moi qu'elle me coupe le souffle et me pousse dans une sorte de trou noir, celui où m'attend la tristesse que je pensais loin de moi il y a encore un petit quart d'heure…

J'attrape mes airpods et les colle dans mes oreilles, poussant le son de *Son of the Preacher[3] man* à fond. J'essaye de chasser la noirceur. Sans résultat.

How well I remember
The look that was in his eyes
Stealin' kisses from me on the sly
Takin' time to make time
Tellin' me that he's all mine

---

[3] Interprète *Dusty Springfield*

(Je me souviens si bien le regard dans ses yeux,
volant en moi des baisers en catimini, prenant le temps
de prendre le temps, me disant qu'il est à moi...)

Pourquoi tout est tellement facile dans les films ou les chansons, ou encore chez les autres, mais jamais chez moi ?

14. Owen

La porte de l'appartement de Stacy s'ouvre alors que je passe devant, pensif, en mettant en route ma playlist spéciale pour mon petit tour du matin.

Je n'ai aucune motivation et réfléchis encore entre les deux options, à savoir, suivre mon planning quotidien avec tour du quartier puis crapa, avant de rejoindre *At Home*, ou, seconde possibilité plus tentante, faire l'impasse sur le sport pour me ruer sur un *latte* noisette et plus encore sur celui qui les prépare.

– Salut, boss ! me salue ma secrétaire, les cheveux encore en bataille sur le dessus de sa tête. Tu pars tôt ce matin.

– Possible.

– Tu es rentré tard, continue-t-elle en levant un sourcil amusé.

– Ce n'est pas ce que tu crois, je lui explique vaguement en attrapant une de mes chevilles pour étirer mes muscles.

– Et qu'est-ce que je dois croire ?

– Rien. Absolument rien ! craché-je, agacé par son insistance.

– D'accord, très bien ! Je voulais simplement t'alerter que je pense que tes chaussures sont foutues. La prochaine fois, avant de sauter dans de l'eau chlorée, pense à te déchausser ! Le cuir n'a pas aimé le traitement. Je tente de les sauver, mais ça va être compliqué.

Honnêtement, je m'en contrebalance de ces pompes. Ce qui est étonnant en soi, je voue un véritable culte à cet accessoire, généralement. Celles dont elle parle, par exemple, proviennent d'une petite boutique en Italie et m'ont coûté une petite fortune.

Demain, quand j'aurai dormi et que je me serai réconcilié avec Lou, je pleurerai sans doute sur le sort de ces pauvres pompes maltraitées injustement, mais pas ce matin.

Ce matin, je gamberge, tout autant que depuis son départ incompréhensible. J'ai essayé de le rattraper, mais il s'est volatilisé. Je suis donc allé l'attendre devant le café, puisque j'ai cru comprendre qu'il habitait l'immeuble, mais à 5 heures du matin il n'avait toujours pas refait surface. Alors je suis rentré, j'ai pris une douche et me suis préparé pour mon sport quotidien.

Et me voilà, ni frais ni dispo pour ma journée. Rien ne pourra avancer tant que je n'aurai pas le fin mot de l'histoire. Tout allait vraiment bien… Enfin, je l'ai supposé. Et puis, d'un coup, il s'est barré.

– Stacy ?

– Oui mon grand ?

– Tu crois que je suis trop vieux ? Que mon job dégoûte les gens normaux ?

Mon amie de longue date s'accoude à sa porte, le regard attendri.

– Trop vieux pour moi ? C'est certain ! Mais je suis un peu difficile comme cougar…

Je laisse un petit rire gratifier sa blague avant de soupirer et d'attraper mon autre cheville.

– Je ne parle pas de toi. J'ai bien compris que je ne serai jamais à la hauteur de Paolo.

Son mari mesurant un bon mètre soixante-dix, elle ne peut s'empêcher d'éclater d'un rire franc.

– C'est pas faux. Cet homme est un gigantesque nounours… Plus sérieusement, de quoi as-tu peur ? Nous parlons de ce petit mignon ?

– Lou ! je précise en posant les mains sur le mur à côté d'elle pour étirer ma jambe gauche en arrière. Il… il s'est barré. J'ai l'impression qu'il ne veut pas de moi. Mais je ne comprends pas, dans ce cas, la raison de sa venue à GSA deux heures avant notre rendez-vous. Tiens, au passage, merci pour le plan pourri du match de baseball… C'était un truc de quartier. J'ai clairement eu l'air d'un crétin.

– Oh ! Je pensais que l'important c'était plutôt le baiseball, désolée pour ça.

Je m'interromps dans mon échauffement pour lui jeter un regard torve pendant qu'elle ricane, ravie de son jeu de mots ridicule.

– Stacy, quand je t'ai rencontrée, j'ai pensé que tu étais ce genre de femme à fréquenter les églises et à connaître la Bible par cœur… Est-ce que GSA t'aurait dévergondée ?

– Oui ! J'entends parler de pénis le matin, de sodomie au déjeuner et de levrette à ma pause d'après-midi, et ça, tous les jours depuis des années… Ça marque une femme ce genre de choses. Cela dit, Alec m'a donné des petits conseils sympas… Paolo est content.

Bon Dieu ! J'ai créé un monstre !

– Mais ce n'est pas le sujet, reprend-elle plus sérieusement. Pour répondre à ta question, non, tu n'es pas trop vieux. Je dirais même qu'il serait temps que tu mûrisses sur certains points. Peut-être que tu l'effraies un peu ? Il me semble facilement impressionnable et tellement naïf. L'image que tu renvoies, toi, c'est celle d'un homme sûr de lui et parfait. Cet enfant doit se penser tout l'inverse de ça. Tu sais, tu en imposes quand on te rencontre. Ce ne doit pas être évident pour lui.

– Mais je l'ai emmené à un match ridicule ! Je l'ai fait plonger dans une piscine tout habillé ! Je me pose des centaines de questions quant à ce qu'il pense de moi, et la plupart du temps il me fait perdre mes moyens !

– Peut-être, mais lui ne sait pas tout ça… Écoute, Owen. Tu es habitué aux relations contractuelles. Où tout est fabriqué, payé, régulé. Cependant, dans la vraie vie, on se prend des gamelles. On perd le fil. Il faut savoir être patient, écouter l'autre, décrypter. Parfois ça passe, et parfois, eh bien, ça bloque. Je ne sais pas ce qu'il s'est passé hier soir, mais j'ai envie de te dire que c'est normal. Les faux pas sont monnaie courante dans une relation réelle. Et, prépare-toi parce que vous en connaîtrez pas mal si vous arrivez à construire quelque chose tous les deux.

Elle marque une pause, et moi aussi, perplexe.

– Et je maîtrise ça comment, moi ?

– Tu ne maîtrises pas, justement… Laisse-toi porter par ce que tu ressens et par ce que lui, désire.

– Et s'il ne me désire pas ? Si je lui semble chiant et nul ?

Elle retient un rire en se redressant pour attraper sa porte, dans l'intention de la fermer.

– Va courir, Owen ! m'ordonne-t-elle. Et ensuite, va prendre ton *latte*.

– Mais attends ! Tu ne réponds pas à ma question !

Elle marque une pause en soupirant.

– Qui peut te résister, objectivement ? Il a débarqué à GSA hier, tremblant comme une feuille, torturé par ses incertitudes, pour finir par un plongeon avec toi dans la piscine, tout habillé. Il ne s'est même pas plaint de ton traitement un peu cavalier. Il a même accepté un second rendez-vous. Et c'est un petit gars effrayé par son ombre. Crois-tu vraiment qu'il s'infligerait de telles épreuves s'il ne ressentait aucune attirance ? Ce genre de personne se connaît et se protège, sauf quand le jeu en vaut la chandelle. Donc, s'il est venu à toi, c'est qu'il considère que ça vaut le coup. Va courir ! On se voit dans deux heures.

Sa porte me claque au nez, pendant que son discours fait son chemin dans mes réflexions et me conforte dans l'idée d'aller le trouver immédiatement.

– Il a pris une semaine de repos.

La patronne du *At Home* me jette un regard désolé en essuyant une tasse.

Désolé ? Et moi donc. J'ai besoin de le voir, de comprendre.

– Peut-être pourriez-vous l'appeler pour le prévenir que j'aimerais lui parler ?

Elle secoue une nouvelle fois la tête fermement.

– Il n'est pas ici.

– Comment ça ?

Je commence clairement à paniquer.

– Il est allé s'installer quelques jours chez son ancien colocataire avec Maurice. Il rentre vendredi.

Je ne comprends plus rien. De dépit, je me laisse tomber sur un tabouret pendant qu'elle dépose devant moi un *latte* noisette.

– Vous savez, reprend-elle, hésitante. Lou est un gamin qui s'est construit tout seul.

– Je sais, rétorqué-je en attrapant la cuillère qu'elle me tend.

– Non, vous ne savez pas ! déclare-t-elle en posant une serviette devant moi. Vous pensez sans doute qu'il vous en veut pour ce qui s'est passé, hier soir.

Je marque une pause, perplexe.

– Mais justement, je ne sais pas ce que j'ai bien pu faire hier soir. Pourquoi me fuit-il ?

Au point où j'en suis, évoquer ma vie intime avec une étrangère ne me dérange même plus.

– Si vous ne savez pas, ce n'est pas à moi de vous en informer.

Attends… Hier soir, avant qu'il parte, nous nous sommes simplement embrassés. Certes, je me suis peut-être montré entreprenant, mais il a eu l'air d'aimer ça, puisque…

– Il ne s'agit pas de vous, Owen, ajoute-t-elle plus doucement. Il s'agit de lui. Uniquement de lui. De son ego. Il a tellement peur de se montrer en dessous de tout. Vous savez…

Bon sang ! Il a eu un orgasme. Je n'étais pas certain, et après son départ précipité, j'ai rejeté l'idée. Mais d'après ses dires, je ne vois que cette probabilité.

– Mais pourquoi ?

L'Espagnole pince les lèvres d'un air revêche.

– D'après vous ?

J'essaye de me souvenir s'il m'est arrivé la même chose. Si je me suis déjà senti désarmé, peut-être ridicule face à un partenaire… Et oui, forcément que cela m'est arrivé. Ma seconde fois avec un mec. J'avoue que je me suis senti en dessous de tout.

– Écoutez, reprend-elle d'un ton décidé. Vous, votre job, c'est ce domaine. Mais pas lui. Et ça lui pose un réel problème.

– C'est ridicule.

– Sans doute. Cependant, c'est votre opinion, et il semble loin de la partager. Ou si, plutôt, il est presque trop conscient du ridicule de la situation, mais pas dans le même sens que vous.

– Donnez-moi son numéro de téléphone, que je lui explique… Enfin, je ne veux pas mettre une croix sur Lou pour une raison pareille…

Au contraire, c'est tellement touchant... Et troublant. Une envie de plus en plus forte d'aller le récupérer pour le recouvrir d'attentions me tord le ventre par anticipation... Si j'arrive à lire entre les lignes, je comprends qu'il n'a connu aucun mec avant moi...

Un frisson de désir me perturbe les sens en me parcourant de part en part.

– Non. Je ne divulgue pas ce genre d'informations confidentielles. S'il ne vous l'a pas donné, c'est qu'il avait ses raisons.

– Oui, par exemple le fait que ni lui ni moi n'y avons pensé jusqu'à présent puisque nous savions où nous trouver, ce qui n'est plus le cas.

– Je ne saurais trop vous conseiller de lui laisser du temps. Vous, vous n'avez que peu de rôles dans ce problème. Il doit se pardonner à lui-même et se sentir capable d'affronter ce qu'il croit être une faiblesse de sa part. Patientez. Ne l'acculez pas avec votre insistance. Je lui dirai que vous êtes passé, ne vous en faites pas.

– Je dois lui parler, au contraire ! Pour le rassurer !

– Je lui expliquerai ! rétorque-t-elle en se refermant comme une huître.

Génial. Un client s'avance vers elle pour passer commande et elle m'abandonne à mes réflexions. C'est ce moment que choisit le français pour se rapprocher et se pencher vers moi.

– Faut excuser Rita. Son Lou, c'est quelque chose ! Elle serait capable de mordre, estimez-vous heureux qu'elle se soit contenue. Lorsque nous avons évoqué le sujet ce matin, lors de l'ouverture, elle grognait littéralement. Je comprends votre inquiétude. Il m'a raconté à moi aussi.

D'accord… Y a-t-il une personne dans ce café qui ne soit pas informée de ce petit moment intime que nous avons partagé hier au stade ?

Cela dit, je me sens dans mon élément. Cette Rita ressemble beaucoup à Stacy, quant à ce Français, Alec n'a rien à lui envier niveau commérages. Et je suppose que s'ils prennent autant soin de Lou, c'est parce qu'ils veulent le protéger. Donc, ça me va.

– Si vous le désirez, je peux vous donner de ses nouvelles quand j'en reçois ? Ce serait mieux que rien, non ?

– Très bonne idée. Pouvez-vous également lui communiquer mon numéro ? Au cas où ?

Il hoche la tête en récupérant son téléphone au fond de sa poche.

Ce n'est pas du tout ce que j'attendais en me rendant dans ce café, et le goût amer de la frustration reste au fond de ma gorge. Cependant, un petit quelque chose de positif ressort de tout ça. Enfin deux.

Déjà, Lou ne m'a pas zappé à cause d'une déception quelconque envers moi, mais plutôt pour des raisons inverses. Et même si je ne comprends pas exactement la démarche, cela me semble bon signe.

Ensuite, j'ai un allié. De la même manière, étant donné que ce type semble bien le connaître, je suppose qu'il est son ami, donc s'il tente de ne pas me rayer de la vie de son pote, c'est que je ne suis pas totalement en disgrâce.

Enfin, ma conclusion est la suivante : s'il a besoin de temps, alors je le laisserai le prendre.

Owen

15. Lou

Je me lève sur la pointe des pieds pour tenter d'apercevoir les résultats du dernier examen déterminant pour l'obtention de la bourse pour l'année prochaine. Malheureusement, je suis trop loin, trop petit, et ces crétins squattent devant en se racontant leurs petites vies.

– T'as un problème Louis ?

– Non ! grogné-je sans porter plus d'attention que ça à Bruce qui pose sa main sur mon épaule.

– Ben si, y a un problème. Attends ! Viens-là, demi-portion !

Sans prévenir, il me soulève par la taille pour me jeter sur son épaule comme un sac de patates et se met à vociférer de manière plus que distincte.

– Barrez-vous les gnomes, mon pote Louis a besoin de voir ses notes !

– Non, mais, Brute ! Repose-moi, c'est ridicule !

Il fonce littéralement dans le tas, sans écouter mes revendications.

Le chemin s'ouvre devant nous et en deux secondes, il me repose devant le tableau d'affichage déserté, subitement.

– La prochaine fois, tu demandes, microbe !

– Oui, merci, grommelé-je en replaçant mon tee-shirt correctement.

– Bon, t'es où ? Tiens, regarde, c'est marrant, y a un type qui s'appelle presque comme toi ! Lou Collins ! C'est ton cousin ?

– C'est moi, Brute ! Je m'appelle Lou ! L.O.U. ! Lou !

– Ça m'étonnerait, le type se coltine un C-… Toi tu ne te pètes que des A !

Mon sang se fige brutalement.

– Arrête de dire n'importe quoi ! C – ? Tu t'es trompé de ligne ?

– Nope ! Le crétin a merdé ! Je te trouve pas, en revanche.

Je le pousse de mon chemin pour vérifier ses dires. Et je constate que malheureusement, il a raison.

– C'est impossible !

Pas C- ! Un B, au pire, j'aurais pu l'envisager. Mais pas moins !

Comme si cette semaine n'était pas déjà super pourrie, voilà que mon avenir s'évapore devant mes yeux, aussi simplement que ça !

– Il a dû se tromper, ce n'est pas possible !

– Qui ? Ce Lou ?

Une semaine que je me coltine Bruce et ses réflexions agaçantes. Il a de la chance de faire le double de carrure que moi. Je prends sur moi.

– Non ! Prescott ! Je dois aller le trouver ! C'est impossible !

Je contourne mon colocataire pour entrer dans le bâtiment et grimper les marches quatre à quatre, Bruce sur mes talons.

– Je reste, au cas où ça tourne en baston ! précise-t-il d'un air sérieux.

– Non, mais c'est un prof, Brute ! Nous allons nous retenir de nous filer des coups de pieds ! tenté-je de le dissuader en longeant le couloir jusqu'au bureau de mon prof.

– Je reste quand même ! T'as pris des biceps en une semaine, ça monte à la tête ces trucs-là !

Oui parce que j'ai repris la gonflette, contraint et forcé, aussi. Je pensais que ça me ferait du bien, oublier un peu mon pathétisme, mais pas du tout.

– Tu restes à la porte !

– Yep !

Je frappe et entre dans le bureau que je connais très bien maintenant, pour y avoir travaillé je ne sais combien d'heures la semaine dernière… Tout ça pour récolter un :

– C- ? Non, mais vous êtes sûr de vous, là ?

Assis à son bureau, Prescott retire ses lunettes calmement en se calant contre le dossier de son fauteuil.

– Un problème, Lou ?

– C- ?

Je ne sais plus dire que ça ! Des larmes amères s'agglutinent au fond de ma gorge, irritant tout ce qui s'y trouve et me coupant la voix.

– Oui, effectivement, confirme-t-il. Je dois avouer que ton analyse m'a extrêmement déçu ! Je te croyais plus affûté que ça. Comme quoi, tout le monde se trompe, au moins une fois dans sa vie…

– Comment ça : « déçu » ? éructé-je. J'ai consulté les corrections que vous avez mises en ligne et je suis totalement dans les clous !

– Tu as confondu le modernisme et la génération perdue[4], ce sont pourtant deux pensées et deux idéaux bien distincts ! C'est la base de mon cours de cette année.

– Je n'ai rien confondu du tout ! rétorqué-je en haussant la voix ! La question demandait de comparer l'après-guerre avec la Beat génération ! C'est ce que j'ai fait !

– Il fallait en choisir un seul ! répond-il toujours aussi calmement.

– Ce n'était pas précisé !

– C'est que tu as mal lu la question. C'est quand même la base, il me semble.

– La base, c'est, à mon sens, les connaissances !

Je sens que je suis en train de perdre toute ma retenue ! C'est sans doute une bonne idée que Brute soit resté dans les parages, parce que, quitte à perdre ma bourse, autant que ce soit pour une raison valable ! Une énorme envie de lui faire bouffer sa cravate commence à prendre le pas sur ma bonne éducation.

---

[4] Mouvements littéraires US du début du siècle.

– Donc tu comptes m'apprendre mon métier, c'est bien ça ? Il fallait penser à tout ça avant, Monsieur Collins !

– Que voulez-vous dire, exactement ?

– Je veux dire que tu as choisi ton camp. Je t'ai tendu une main, et nous aurions pu faire des miracles, mais tu as préféré me tourner le dos dès que tu n'as plus eu besoin de moi ! C'est ton choix.

– Je vous demande pardon ? lui demandé-je en me penchant sur son bureau. Alors il s'agit de ça ? Owen ?

– Je t'ai prévenu que cet homme n'était pas sérieux, et sans doute une mauvaise influence. On ne peut briguer une école sérieuse et renommée comme la LSNYC en faisant n'importe quoi dans sa vie privée. Tu n'avais pas l'aura de toute manière !

– Vous vous foutez de moi ? Mais on vous demandait de juger un simple travail ! Pas mes choix de vie !

– Ce que j'ai fait ! Bon, à présent jeune homme, je te rappelle que le règlement de cette université ne te permet pas de venir contester une notation d'examen. Je pense avoir déjà été compréhensif en te donnant les raisons de cette dernière, donc, nous en avons fini sur ce sujet.

– Parfait ! craché-je en balançant un dossier traînant sous mes mains au sol. Alors je vais en référer aux services administratifs ! J'ai droit à cette bourse ! Je n'ai pas fait de hors sujet !

– Tu peux toujours tenter. Mais je te rappelle que je suis l'un des professeurs les mieux notés de cette université. Crois-tu vraiment que tu feras le poids face à moi ? Penses-tu également qu'un scandale aidera ton avenir ? Je te laisse réfléchir à ça… en attendant, je te prierais de sortir de mon bureau.

Que l'on est faible face à l'injustice ! Je ne suis qu'un petit étudiant, et lui un incroyable enfoiré…

Je ne sais même pas quoi ajouter. Les barrages que j'avais imposés à mes larmes se fissurent dangereusement devant ce regard froid qui ne cède pas de terrain face à ma détresse.

– Espèce de connard !

Je tourne les talons pour sortir de la pièce d'un pas mesurément calme, claque la porte et échoue dans les bras de Bruce, le prenant par surprise. Désespérément, je m'accroche à lui pour ne pas m'écrouler. Mon rêve. Mon unique but dans la vie vient de disparaître à cause d'un enfoiré. Après m'être tourné en ridicule devant le seul mec qui m'a jamais fait vibrer, je perds des années d'études et le peu de confiance que j'avais encore en moi. La seule chose dans laquelle je me croyais bon.

– Eh, Berlingot ! murmure Bruce, ne sachant pas quoi faire de moi. Ça va aller, mec ! Tu… tu veux du PQ pour te moucher ?

Je secoue la tête en reniflant contre son tee-shirt. Ses mains se posent maladroitement dans mon dos.

– Bon… Alors, on ne panique pas. Je vais… On va appeler Will, il va venir nous chercher. Je crois qu'il est temps que tu ailles rejoindre ton pote le frenchy ! Je sais pas faire des câlins, moi. Lui, il me semble avoir des petits côtés efféminés, il va sans doute te cuisiner une tarte aux fraises et te préparer du chocolat chaud. T'as envie de chocolat chaud, Vermisseau ?

Je me redresse en reniflant une nouvelle fois. Oui, je veux JL. Je tente un sourire à ma Brute préférée toute penaude et lui dépose un petit bisou sur la joue.

– Merci !

– Ouais, OK… T'as vraiment confondu les potes ! grogne-t-il en essuyant sa joue. Je suis nul pour ces trucs de gonzesses, moi. On va aller récupérer tes fringues et ton chien et après on te conduira chez machin.

Il attrape mes épaules affectueusement pour me guider jusqu'au rez-de-chaussée.

J'avais mal jugé Bruce. Lorsque j'ai débarqué dans notre ancienne chambre la semaine dernière, il m'a ouvert sa porte sans rien demander. Puis il m'a pris sous son aile, comme si j'étais simplement parti en vacances un an et demi. Il m'a remis au sport et a partagé avec moi ses boissons énergétiques très mauvaises pour la santé. Je ne dirais pas qu'il a réussi à effacer l'absence d'Owen dans mon quotidien, mais il a suffisamment occupé mon emploi du temps pour que j'aie moins l'occasion d'y penser. Même si imaginer ne pas penser à Owen est pure utopie me concernant.

Et là, il me couve comme il peut, touché par les larmes de perdant qui coulent le long de mes joues sans discontinuer.

Will arrive avec son van en moins de temps qu'il n'en faut pour le dire.

Owen

158

16. Owen

– Nous n'avons plus de touillettes !

– Je te demande pardon ?

Je me demande pourquoi j'ai accordé ces foutus congés à Stacy maintenant ! Bon, certes, lorsqu'elle m'a demandé, je ne savais pas que je me trouverais dans un état de nerf effroyable pile à ce moment ! Mais quand même.

J'ai vraiment des idées totalement connes parfois.

– Des touillettes ! Pour les cocktails !

– Eh bien, prends des pailles ! Stacy en commandera en rentrant.

– Et pourquoi pas des parapluies en papier, pendant qu'on y est ! Je ne sers pas des cocktails rose bonbon, chef !

Je jette un regard sans équivoque à mon nouveau barman qui ne semble pas comprendre que ce n'est vraiment pas le moment de me faire chier.

– Bon ! tranche Tigan qui bulle au comptoir depuis deux heures à cause d'un rendez-vous annulé à la dernière minute. Je vais aller acheter des touillettes ! Tom, va bosser plus loin, le boss va sans doute te démonter la tête à coup de pelle si tu t'avises de lui répondre une nouvelle fois comme ça ! Et toi, boss, va plonger dans la pataugeoire là-bas, ça ne te fera pas de mal ! T'as une sale tronche depuis une semaine, tu vas faire fuir les clients ! On se démerde très bien ici, c'est calme. Dégage !

– T'es viré, Tig ! craché-je en attrapant mon téléphone sur le zinc.

– Ah ouais ? s'exclame Tom, pas encore aguerri à mes coups de nerfs.

– T'inquiète, le calme Tig en riant. Il me vire en moyenne une fois par mois. Ça le défoule !

– Mouais ! Fais attention quand même, j'ai reçu de nouveaux formulaires de mise à pied tout neufs, et j'ai une énorme envie de les tester !

Je range mon téléphone dans ma poche et quitte la pièce en essuyant les rires de mon connard d'employé qui me connaît un peu trop à mon goût !

Bordel, mais depuis quand plus personne ne craint son patron ? Le monde tourne à l'envers, c'est pas croyable !

Bon, OK, on l'aura compris, nous sommes vendredi et toujours pas de revirement de situation concernant Lou. Ce statu quo commence à légèrement me porter sur le système. Très léger !

Mon téléphone se met à vibrer au fond de ma poche.

Si jamais il me demande des sous-verres, je lui fais bouffer ses putains de shakers un par un !

Je réponds sans me soucier de l'appelant.

– Allô, je rugis, littéralement. Quoi encore ?

– Owen ?

Ce n'est pas la voix de Tom ni de Tig.

– Oui ?

– C'est Jean-Luc.

– Qui ça ?

Encore un chieur qui vient porter une réclamation quelconque ! Pourquoi ai-je transféré les appels de l'accueil sur mon portable, moi, exactement ?

Ah oui ! Madame Stacy se fait dorer la pilule quelque part à l'autre bout du pays, c'est vrai.

– Jean-Luc ! L'ami de Lou.

Oh ! Merde ! Je me laisse tomber sur mon fauteuil, mon irritation de la semaine laissant immédiatement place à un stress incroyable.

– Oui, je vois. Et ? Des nouvelles ?

– Ouais, et pas des bonnes. Il a perdu sa bourse. Je ne comprends rien à ce qu'il dit, mais d'après ce que j'ai compris, c'est à cause de vous. Vous pouvez m'expliquer ?

Qu'est-ce que j'ai encore fait ?

– Absolument pas, non ! Où est-il ?

Lou a perdu sa bourse, et avec ça, ses rêves. C'est tout ce que je comprends.

– Son pote Bruce l'a raccompagné ici, mais en ce moment, il est parti promener Maurice, il avait besoin d'air. C'est pour ça que j'en profite pour vous appeler. J'aimerais avoir des explications. Si vous avez fait un sale coup, je vous promets que…

– Je n'ai rien fait ! Vous me prenez pour qui ? Je n'ai rien fait et je ne comprends pas plus que vous. J'arrive !

– Non, ce n'est pas une bonne idée, il n'est pas…

Je lui raccroche au nez et attrape les clés de la boîte avant de me rendre à nouveau au lounge, de slalomer entre les clients afin de retrouver et d'investiguer Tig qui glande toujours devant un verre.

– Tu ne devais pas acheter les parapluies en papier ?

– Des touillettes, chef !

– Peu importe !

Je clos la discussion que je vois poindre en lui lançant les clés.

– Tu fermes ce soir. Le moindre problème et t'es viré.

– Ouais, comme d'hab !

– C'est ça ! Salut !

Les deux me saluent en retour, mais je suis déjà loin.

17. Lou

Je renifle lourdement en cherchant mes clés devant la porte de l'immeuble.

Maurice, toujours assis sur son postérieur, lève la tête en gémissant.

– Oui, on rentre. Je te sors pour que tu marches, mais finalement, c'est moi qui marche et toi tu glisses ! Ça va bien !

Pour toute réponse, il se met à bâiller ! Super !

– Lou ?

Je sursaute au son de cette voix, venue de nulle part, comme un rêve qui viendrait me percuter durement. Mais en tournant la tête en direction de cette voix toujours aussi suave et enveloppante, j'aperçois réellement Owen, sortant de la pénombre régnant dans la ruelle.

– Owen ? Qu'est-ce que tu fais là ?

Sans un mot, il se dirige vers moi, ne s'arrête pas lorsqu'il atteint la distance de rigueur entre deux personnes, mais fond sur moi, attrape mes joues et pose ses lèvres sur les miennes en m'acculant contre le mur derrière moi.

J'en lâche la laisse de Maurice de surprise et m'agrippe aux épaules rassurantes de celui qui trône au sommet de mes fantasmes, de mes pensées et de mes craintes. De ma tristesse aussi.

Il sent bon, et retrouver son étreinte apaise aussitôt une partie de mon âme meurtrie. Je n'aurais pas cru que cela soit possible. Me sentir contre lui suffit à alléger mes maux, quels qu'ils soient.

Mon corps se love aussitôt contre le sien. C'est incroyable comme Owen me donne chaud dès que nous entrons en contact. Je sens son torse haleter contre le mien, ses mains chercher ma peau, ses lèvres épouser les miennes dans un accord trop parfait, ne me laissant aucune chance de lui résister.

J'avais pourtant décidé de ne pas m'entêter, de ne pas me laisser aller à croire des choses impossibles et illusoires. Mais sa présence, ses attentions, effacent instantanément toutes mes bonnes résolutions et je ne trouve plus rien de valide pour le repousser.

Je réalise même que j'ai besoin de ses bras protecteurs. Juste un moment, un infime instant. Lui voler sa force et son assurance pour émerger de ce trou noir dans lequel je m'enfonce depuis la semaine dernière.

Il caresse mes cheveux en rompant notre baiser, picorant encore un peu mes lèvres, son regard cherchant le mien.

– J'ai appris pour ta bourse, murmure-t-il dans un souffle. Je suis tellement désolé, Lou.

L'évocation de ma tragédie personnelle, par ses propres lèvres, me rappelle le minable que je suis par rapport à lui. Je le repousse vivement, me sentant à nouveau ridiculement pathétique et insignifiant.

– Je vais bien, je réussis à articuler je ne sais trop comment.

– Non, je ne pense pas, non ! réplique-t-il d'un ton sec. Explique-moi ce qu'il s'est passé !

– Il s'est passé que ton ancien amant n'a pas apprécié que je le plante pour te retrouver la semaine dernière ! lui annoncé-je abruptement, irrité par son ton un peu trop dirigiste à mon goût. Tu aurais dû me prévenir dès le début que tu avais eu des problèmes avec lui, j'aurais peut-être agi différemment avec lui !

– Différemment comment ? s'enquit-il en fronçant les sourcils.

– Comme ne pas lui apprendre que je refusais de dîner en sa compagnie pour passer la soirée avec toi, par exemple !

– Il t'a viré du programme des bourses pour ça ?

– Non, il ne m'a pas viré ! Il m'a simplement attribué une note au-dessous de ce que mon travail valait, et bien entendu, au-dessous du seuil acceptable pour l'obtention de l'aide dont j'ai besoin pour intégrer mon école. C'est fini ! Jamais je n'irai là-bas ! À cause d'un stupide rendez-vous !

Je récupère la laisse de Maurice au sol en fouillant dans mes poches pour trouver ces maudites clés.

– C'est bon, Owen ! déclaré-je, épuisé. J'en ai vu d'autres. Merci d'être venu, mais ça ne sert à rien !

Il ne semble pas le voir de cette manière. D'un geste, il attrape les clés alors que je les trouve et les glisse dans la poche arrière de son jeans.

– Non, ce n'est pas bon, Lou ! Il n'a aucun droit de s'attribuer un tel pouvoir !

– Mais si ! Il détient ce pouvoir, comme tu dis. Et il ne s'est pas privé pour l'exercer !

– Non ! Il corrige, c'est tout ce qu'on lui demande ! s'entête-t-il. Si tu mérites cette bourse, tu dois l'obtenir !

– Ben voyons ! je ne peux m'empêcher de ricaner. Tout t'a peut-être toujours souri, à toi, mais moi, ma vie ne se résume qu'en défaites. Crois-tu que je vais m'acharner et me battre pour un combat perdu d'avance ? Si je porte plainte ou si je remonte le cas à l'administration, il gagnera ! De plus, le dossier de financement doit être remis à LSNYC la semaine prochaine, dernier délai. Même si j'entame une quelconque procédure contre lui, ce sera trop tard. Laisse tomber.

– Non ! Et pour ta gouverne, même si ce n'est pas le sujet du soir, sache que je ne laisse pas non plus tomber ce que nous avons commencé entre les Ours bruns et les Piou-piou !

Je ne peux m'empêcher d'éclater d'un rire nerveux.

– Tu devrais vraiment arrêter le Baseball ! C'étaient les Grizzlys et les Poussins Malins !

– Peu importe ! Tu vas devoir m'expliquer.

Nos yeux se trouvent dans la semi-obscurité et n'arrivent plus à se lâcher. Mon cœur se met à battre trop fort et mes membres flageolent sous son évidente détermination à en découdre.

De toute manière, au point où nous en sommes.

– J'ai peur… C'est tout.

Je ne comptais pas laisser tomber une telle info de cette manière, mais mon cerveau a décidé de ne pas s'embarrasser de figure de style, visiblement. Ses yeux s'écarquillent sous la surprise.

Apparemment, j'ai dit quelque chose d'étonnant.

– De moi ?

Je hoche la tête timidement, réalisant que sans doute, je m'enfonce dans mon ridicule. Après l'éjaculateur précoce, le froussard… Et j'oublie le loser aussi… Beau tableau de chasse.

– Enfin, Lou… Tu n'as pas à avoir peur de moi ! tente-t-il de me rassurer en posant ses mains sur mes épaules.

Cette fois, je sursaute, mal à l'aise d'apparaître tel que je suis réellement face à cet homme tellement parfait.

– Je ne suis rien ! j'arrive à lui expliquer, la gorge nouée par cet aveu. Un étudiant qui vient de perdre tout espoir de devenir quelqu'un. Le seul trophée que je ne brandirai jamais sera sans doute celui du champion de l'année du *latte* noisette ! Ma vie n'est pas parsemée de luxe et de beaux mecs à mes pieds. Je ne suis pas non plus beau moi-même, et je n'ai même pas d'histoire passionnante à raconter. Je n'ai plus de parents et ma tante est une croyante pratiquante qui ne vit plus vraiment dans le même monde que nous. J'ai grandi dans la crainte que le Seigneur pète un jour une durite et décide d'anéantir l'humanité tout entière sur un coup de tête. Je ne peux rien t'offrir, rien t'apprendre et rien te promettre.

Il me fixe pendant que je réalise que je viens réellement de lui dépeindre un tableau presque flippant de ma pauvre existence.

J'ai vraiment avoué ces trucs ? Devant lui ? À lui ?

Bon Dieu, Lou ! Comme si ta journée n'était pas déjà assez merdique !

Sans prévenir, il se met à rire. Fort. Comme un dément. Ce qui a le don de me vexer encore davantage ! Je tire d'un coup sec la laisse de mon chien d'apparat en grommelant.

– Au moins, j'aurai eu le mérite de te faire marrer. Bonne soirée, Owen !

Il attrape mon bras pour m'empêcher de partir.

– Non, Lou… Tu ne comprends pas que c'est justement pour tout ça que tu me plais ? Si j'avais cherché un mec comme moi, je ne serais même pas sorti de GSA ! J'ai tout ce qu'il faut à disposition, là-bas. Mais malheureusement, ces types ne me font ni chaud ni froid. Le mec qui me fait frémir, crois-le ou non, c'est un homme qui prépare le *latte* comme personne et qui adore me faire tourner en bourrique pour aucune raison !

– Mais j'ai mes raisons ! Je te plais ?

J'oscille entre l'agacement et l'euphorie. Je lui plais, il a dit ! Je suis certain d'avoir bien entendu, hein !

– Oui, tu me plais ! Tu as oublié de mentionner que tu avais du mal à décoder les signes élémentaires chez un mec, dans la longue description de tes défauts.

Je grimace avec amertume.

– T'as raison ! Ou pas ! essayé-je de me reprendre, parce que, encore une fois, je ne crois pas en ce destin qui me fait croire que quelque chose de bien est en train de m'arriver. J'ai… j'ai besoin de temps, Owen. Si demain je me décide à te croire et à plonger, parce que c'est ce que je ferai, sans nul doute, j'ai peur de me ramasser. Et franchement, je n'en ai pas envie… Tu sais, à force de tomber, je crois que je n'ai plus le courage de me relever…

Il ferme les paupières d'un air désemparé. Vraiment. Puis les rouvre en souriant mystérieusement.

– Écoute. Je crois que j'ai quelque chose à te proposer. Quelque chose qui peut t'aider. Vraiment. Je peux t'offrir un verre ? Je connais un petit pub discret et tranquille non loin d'ici.

J'hésite un instant.

– Non, je… Maurice…

– Maurice est invité ! déclare-t-il en attrapant la laisse entre mes mains. Viens, Maurice !

Mon chien ne bouge pas, mais lui adresse un gémissement. Forcément, c'est Maurice !

– Ah, je ne t'ai pas dit, ce chien prend ses pattes pour des accessoires de déco. Pas du tout pour des trucs qui lui permettent d'avancer. Il faut soit le porter, soit le tirer.

Owen me lance un regard surpris puis se penche vers mon chien.

– Maurice, on marche !

Et, sous mes yeux ébahis, mon chien saute sur ses pattes pour trottiner joyeusement autour de lui…

– Espèce de traître ! Chien d'abruti !

Owen laisse échapper un rire et, sans m'attendre, se dirige hors de ma ruelle et s'engage sur l'avenue… Suivi par Maurice qui ne se pose même pas la question de ma présence ou non… Super ce chien, vraiment ! Dire que je l'adore plus que tout et que lui se fiche éperdument de ma petite personne !

✳✳

Le pub, que je ne connaissais même pas, est effectivement très calme pour un vendredi soir. Et très « gay ». Le patron pousse un cri de ravissement lorsqu'il aperçoit Maurice et fait le tour de son comptoir pour l'accueillir, lui, pendant qu'Owen nous trouve une table dans un angle, éloignée des quelques clients qui peuplent l'espace.

– Installe-toi. Tu veux boire quelque chose ?

– Euh… Comme toi…

À la lumière des lieux, je me retrouve subjugué par la prestance de cet homme qui prend soin de moi. La douceur de ses prunelles posées sur ma petite personne. Son look chemise ouverte négligemment, manches roulées sur ses avant-bras, pantalon un peu trop saillant, torse imposant, cheveux impertinents et ensorcelants, sourire +++… Véritablement à tomber !

C'est plus fort que moi, je n'arrive pas à imaginer que lui, un homme sorti tout droit d'un conte de fées porno et homo (et sans doute hétéro également parce qu'il doit plaire aussi aux femmes, c'est évident), puisse s'intéresser à moi.

Il s'installe en face de moi après avoir déposé nos bières sur la table entre nous.

– Vieille habitude. Pub, bière… toute ma culture ! m'explique-t-il en souriant.

– Ah !

Oui, je sais, j'aurais pu trouver mieux comme réponse, mais bon. J'avoue que je suis un peu intrigué par cette solution qu'il m'a annoncée en me volant mon chien.

– Tu voulais me dire ? demandé-je sans attendre, impatient et mal à l'aise de ne pas tout comprendre.

Je sais aussi que j'ai les cheveux en bataille, les yeux rouges et que mon sweat est celui que je porte quand je sors les poubelles. Pas vraiment glamour. Et pas non plus les meilleures conditions pour un tête-à-tête improvisé.

– Oui. Alors, voilà. Je me sens effectivement un peu coupable d'avoir joué un rôle malgré moi dans cette déconvenue avec Charles. J'ai besoin de savoir combien coûte cette fameuse inscription dans cette école.

– Oh ! Non ! refusé-je en devinant son intention. Je veux dire… Si tu comptes m'avancer l'argent, c'est non ! Je ne pourrais jamais te rembourser une telle somme ! Ma tante m'a toujours conseillé de ne jamais contracter de dettes et je m'y tiens !

– Et c'est tout à ton honneur. Mais je ne compte pas te prêter cet argent, rassure-toi ! Tout dépend du montant, cela dit…

– Explique-toi ? demandé-je, quelque peu décontenancé par le mystère qu'il laisse planer.

En tripotant nerveusement son verre, il mordille sa lèvre inférieure, pensif, puis se lance.

– Alors voilà. Je dois me rendre au mariage de ma sœur dans deux semaines. Enfin, elle se marie dans deux semaines, et je lui ai promis d'arriver le plus tôt possible. J'ai envisagé un départ pour l'Angleterre dans une semaine, à peu près.

– Tu veux que je tienne GSA ? Que je nettoie la piscine en ton absence ?

– Non ! éclate-t-il de rire malgré lui. Je veux que tu viennes avec moi ! Je n'ai pas de cavalier, et il m'est inconcevable d'arriver seul.

Il déconne.

Complètement.

Et quel est le rapport avec moi et mon problème d'argent ? Comme si des vacances allaient changer quoi que ce soit ? Et moi ? Avec lui ?

– N'importe quoi ! je lâche avant de m'enfiler la moitié de ma pinte de blonde d'une traite.

– Pourquoi « n'importe quoi » ? s'étonne-t-il sincèrement.

– Enfin, Owen ! Ouvre les yeux... Si tu as besoin de quelqu'un pour te tenir compagnie et faire bonne figure, tu as l'embarras du choix ! Même Maurice ferait mieux l'affaire que moi !

Il jette un coup d'œil à mon chien que le tenancier du pub a juché carrément sur le comptoir pour mieux lui gratouiller la tête.

– Je t'ai déjà expliqué que les mecs avec qui je bosse ne m'intéressaient pas ! reprend-il sèchement, presque en colère. J'aimerais assez que tu arrêtes de penser à ma place !

– Pourquoi moi ? répété-je, incrédule.

– Parce qu'il n'y a que toi que j'ai envie d'emmener là-bas ! Comment faut-il que je te l'explique, Lou !

– D'accord, et quel est le rapport avec LSNYC ?

– Eh bien… Je vais te payer pour ça ! Je t'embauche en tant qu'escort !

Je recrache la bière que je suis en train d'avaler pendant qu'il continue.

– Tu as peur, et même si je ne comprends pas pourquoi, je l'accepte. Je sais que tu refuseras de venir si je te demande de le faire en tant que mon mec pur et simple. Mais j'ai besoin de toi parce que ça ne peut être personne d'autre. Alors voilà le contrat que je compte te proposer. Juste de simples contacts en public. Deux chambres communicantes pour tromper l'ennemi, j'ai nommé ma famille dans son intégralité à l'exception de ma sœur et de Jimmy, son futur mari et accessoirement mon meilleur pote. Chacun son lit, tu ne seras obligé à rien, à part à me sourire et me prendre de temps en temps le bras pour donner le change.

J'ai envie de rire, franchement.

– Dis-moi, Owen, tu te drogues ?

– Non, je suis tout ce qu'il y a de plus sérieux ! Et ne crois pas que cet argent, je choisis une manière détournée de te l'offrir en te payant des vacances en prime. Les Connely sont des rapaces. Ce ne sera pas forcément agréable pour toi ni pour moi d'ailleurs. On essayera de te tourner contre moi, on te sourira en te cassant en public et j'en passe. Ou peut-être pas, cela dit. Si tu sais les amadouer, ils te laisseront tranquille. Mais c'est un vrai boulot, Lou. Et ça nous permettra peut-être de mieux nous connaître. Enfin, pour ce point, c'est un plus non contractuel, bien entendu. Jamais je ne te forcerai à quoi que ce soit. C'est presque purement commercial.

Il est donc sérieux. Totalement et irrévocablement sérieux. Il s'est d'ailleurs redressé sur sa chaise et le ton qu'il emploie s'avère effectivement posé et loin de celui auquel je suis habitué.

Dans ce cas…

— Et tu me proposes combien ?

— Le tarif habituel pour ce genre de prestation chez nous oscille entre cinq et huit mille Dollars, tout dépend des clauses du contrat.

Je manque de m'étouffer une nouvelle fois.

— Tu te fous de moi ?

— Va consulter nos tarifs en ligne si tu le souhaites. La journée complète est habituellement facturée mille dollars, mais au-delà de cinq jours, nous appliquons des tarifs préférentiels. Je compte avoir besoin de toi dix jours, environ, mais comme tous les frais, vêtements y compris, seront à ma charge, je pense que six mille dollars serait le tarif le plus adéquat. Mais, si tu as besoin de plus, tu as le droit de négocier.

Cette fois, c'est moi qui dois être drogué. Je plonge mon regard dans mon verre presque vide.

— Normalement le GHB, on l'utilise pour violer les gens… À quel moment vais-je perdre connaissance ? Tu saurais me dire ? Si tu peux prendre soin de Maurice quand je serai dans les vapes.

— Qu'est-ce que tu racontes ?

— Tu m'as drogué, c'est certain ! Parce que j'ai cru entendre que tu me proposais six mille dollars pour aller parader à ton bras au mariage de ta sœur, de l'autre côté de la planète, et tout ça avec des fringues toutes neuves...

– Je ne t'ai pas drogué, et tu as très bien entendu ! s'esclaffe-t-il, son regard redevenant plus doux et caressant, comme je l'aime tant. Alors ? Qu'en penses-tu ?

– Je ne suis pas ce genre d'homme ! Non, enfin, je veux dire...

Pourquoi cette phrase ? Parce que j'ai toujours trouvé ça hyper classe dans les films ? Certes. Cependant je viens de le gifler verbalement d'une force incroyable. Accessoirement, lui, il est « ce genre d'homme », et je ne méprise même pas ce qu'il fait, ou a fait, pour gagner sa vie.

– Quel genre ? réplique-t-il aussitôt. Le genre de mec à trouver par tous les moyens une solution pour atteindre ses buts ? Le genre à se montrer assez malin pour accepter une proposition tout ce qu'il y a de plus honnête et respectueuse ? Je ne t'achète pas ton cul, Lou ! Ton cul, je l'aurai, fais-moi confiance, et je peux te garantir que ce jour-là, tu me l'offriras en gémissant, allongé sous moi sur un lit, impatient et en transe...

Ah, oui, vu comme ça...

– Euh... Sans en arriver jusque-là, je m'excuse, cette phrase était stupide...

Il hoche la tête pour signifier son accord, mais n'ajoute rien... C'est sans doute à moi de parler.

– J'ai... j'ai quelques impératifs à prendre en compte, commencé-je en tentant de paraître aussi pro que lui il y a quelques minutes. Et j'aimerais y réfléchir... Quelques jours. Si je te donne une réponse mercredi, ça te conviendrait ?

Bon, en toute objectivité, ma réponse, je l'ai déjà. Je suis peut-être froussard, nul, à mes temps perdus, et tout ce que l'on veut, mais je sais aussi reconnaître les cadeaux de la vie... Et là, franchement, il faudrait être sacrément aveugle pour ne pas voir que c'en est un magnifique.

– Pas après, car en cas de refus, je devrai trouver une autre solution.

– Je comprends... Et, en ce qui concerne l'argent, cinq mille dollars me conviendraient très bien. C'est le prix de l'école.

– Six mille te permettraient de voir venir...

– J'ai déjà un boulot au *At Home* et je ne paye pas de loyer. Je refuserai tout ce que tu pourras me proposer au-delà de cette somme.

– Très bien...

Il lève son verre vide pour le cogner contre le mien.

– Donc, nous avons nos conditions... J'attends avec impatience ta décision finale... Ceci étant acté...

Il se lève pour se pencher vers moi et capturer mes lèvres en posant une main sur ma nuque pour m'empêcher de reculer. Il n'a pas grand effort à faire, car je n'en ai absolument pas l'intention. Notre baiser enflamme mon cœur qui se met à battre comme un dingue sous ma cage thoracique.

Lorsqu'il me libère, je ne suis plus qu'une chose informe et sans tonus, haletante et en chaleur face à lui.

– En revanche, Monsieur Collins... Je surlignerai et mettrai en gras ce passage du contrat... Obligation de s'embrasser comme ça le plus souvent possible. Je peux me priver du reste. Mais pas de ça…

– Ah ! je réponds en ricanant bêtement. Je vote pour ça aussi !

Il m'adresse un sourire en se rasseyant, signifiant la fin de ce petit intermède sensuel. À mon plus grand regret…

C'est quand qu'on part déjà ?

(Oui je sais, un littéraire se doit de parler mieux, mais je rappelle à toutes fins utiles que, même s'il le nie, Owen m'a drogué à mon insu… Ben oui, forcément ! Qui pourrait croire sérieusement à cette histoire de moi, Lou, escort de l'escort le plus sexy de la planète ? Le monde ne tourne définitivement plus rond du tout ! Le mien en tout cas vient de devenir carré !)

Owen

18. Owen

– Ça me paraît correct !

Comment expliquer cette excitation qui me traverse les muscles un par un et grésille lourdement dans mon esprit ?

Fébrilement, je tends un stylo à Lou, assis en face de moi à mon bureau, concentré sur les deux contrats que j'ai fait rédiger hier. Un concernant l'embauche ponctuelle au sein de GSA, et l'autre pour la mission, regroupant les grandes lignes de ce que je lui demande, en tant que client.

– Il nous manque juste tes coordonnées bancaires et de santé, pour la mutuelle.

– J'ai droit à une mutuelle ? me demande-t-il, surpris.

– Et tu seras également couvert par l'assurance de l'agence, oui.

– Oh ! Je vais pouvoir me renseigner pour de la chirurgie esthétique… J'ai toujours rêvé de me refaire le nez !

– Euh… éclaté-je de rire malgré moi. La mutuelle ne te prend en charge que durant la mission !

– Ah, ben trouve-moi un chirurgien en Angleterre, alors !

– Ton nez est parfait comme ça ! le rassuré-je, le regard perdu sur ce petit appendice que j'ai instantanément envie d'embrasser.

Mon futur escortman se met à rougir avant de signer rapidement les documents sous ses yeux.

– Bon, voilà… Je crois que tout est bon. Je vais donc pouvoir envoyer le dossier d'inscription définitif à LSNYC. Merci, Owen.

– Tu n'as pas à me remercier, tu vas bosser, tu mérites un salaire, c'est tout simplement normal.

– Mouais… répond-il en haussant les épaules, un sourire radieux accroché aux lèvres. Me voilà donc escort…

L'idée le fait rire, visiblement, et j'aime le voir détendu.

Subitement, il consulte sa montre et se lève précipitamment.

– Oups, j'ai failli oublier que j'ai encore un cours… On se voit demain matin ?

Il attrape son sac posé devant la porte et j'ai à peine le temps de quitter mon siège pour refermer la porte qu'il vient d'ouvrir et le coller contre la baie vitrée de mon bureau.

– Pas si vite… Hors de question que tu quittes cet établissement sans me dire au revoir correctement… Le contrat mentionne bien les marques d'affection, il me semble…

Je récupère le sac qu'il tient dans sa main et le laisse tomber à nos pieds, collant mon corps au sien, appuyant mon membre à l'agonie contre son ventre.

– Mais je ne suis pas encore en mission, ronronne-t-il en fermant les yeux, gémissant sous la caresse de mes doigts sur ses joues.

– Tu n'offres pas de petits bonus aux bons clients ?

J'embrasse son nez, ses paupières, m'amusant à le sentir frissonner à chaque contact.

– Je crois que ce serait intéressant, effectivement, murmure-t-il d'une voix sourde... Commercialement parlant, j'entends...

– Je valide l'idée.

Je glisse mes doigts entre ses mèches rebelles pour lui faire pencher la tête, et goûte ses lèvres avec application. Il les entrouvre, m'invitant à le conquérir une nouvelle fois.

Je me laisse tenter par l'offrande, pénètre son intimité, sans pouvoir m'empêcher d'onduler contre son ventre, en manque de plus, totalement à l'agonie devant cet homme qui s'offre avec parcimonie, me donnant trop ou pas assez.

– Tu vas me faire mourir d'attente, chuchoté-je contre son oreille, alors que ses mains dévalent mon dos afin de tirer sur ma chemise. Touche-moi !

Ses doigts se posent sur mes reins. Longent la ceinture de mon pantalon. Je pousse contre son ventre tendu, me suffisant à peine de ce semblant de soulagement que cela me procure.

Je récupère ses lèvres pour dérober son souffle dans un baiser. Je m'agrippe à lui, le pousse tellement contre le mur qu'il risque de s'y encastrer.

– Lou... J'ai...

Envie de plonger en toi comme jamais... Besoin de me baigner dans ce parfum agrume qui te ressemble. Hâte de jouir contre toi, en toi... Dans ta bouche, dans ton cul, sur ton ventre, tes fesses... Te lécher, te mordre, te bouffer...

Owen, bordel !

À contrecœur, je m'écarte de lui significativement.

– Je crois qu'il vaut mieux que tu partes !

Haletant, les cheveux en bataille, le regard voilé, les lèvres et les joues rougies, sa queue pressant contre la fermeture de son jeans, il m'offre une vision incroyablement sensuelle que je ne risque pas d'oublier... La candeur en proie à la luxure... Je n'ai jamais croisé un tel spectacle et je dois bien avouer que je me révèle particulièrement sensible à ce que j'observe.

C'est franchement pas possible d'être aussi bandant ! Le Lou dévergondé et pétri de désir me plaît bien trop !

– Oui, je vais faire ça !

Il récupère son sac, replace son tee-shirt et ses cheveux et s'enfuit de mon bureau.

Je m'affale sur le premier siège venu en tentant de calmer mon pouls, bien trop rapide ! Et certains muscles atrocement tendus de mon anatomie.

Nous sommes vendredi, et le départ est prévu dimanche. J'ai dû repousser pour me laisser le temps de boucler certains dossiers. J'ai envie que les deux jours qui nous séparent de notre séjour disparaissent. De l'enlever au reste de son monde pour le garder pour moi, et uniquement pour moi…

– Toc toc toc…

La tête de Tigan apparaît par ma porte restée ouverte.

– Tu sais que normalement, on frappe vraiment, et on n'entre pas avant d'avoir une réponse ? grommelé-je sans pour autant reprendre une position correspondant à mon statut de boss.

– Ouais, je sais ! confirme-t-il en contournant mon bureau pour s'installer à MA place. Mais j'ai une très bonne nouvelle, chef !

Sourire enjôleur et satisfait de la part de mon employé et ami.

– Vas-y, balance !

– Eh bien… Il n'a pas fallu longtemps à notre cher professeur pour me proposer des trucs… J'en sors à peine…

Très bien tout ça !

– Développe ?

– Alors, comme tu le sais, je suis devenu depuis samedi dernier un élève particulier de ce cher professeur Prescott… déclare-t-il en se balançant sur mon fauteuil.

– Oui, merci, je te rappelle que c'est moi qui t'ai demandé d'aller le solliciter.

– D'accord, mais ce que tu ne sais pas, c'est que le beau-frère de ma sœur est prof de Littérature à Columbia… Il est cool. Je l'ai un peu… sucé, quand on était mômes. Ce mec a une queue qui mérite le détour, je dois bien l'avouer. À l'époque il portait le Prince Albert comme personne… Je me demande si c'est toujours le cas, d'ailleurs…

OK, mais sinon ?

– Oui, donc ?

– Ah, oui, pardon ! Donc, je l'ai rencardé en lui disant que si on lui demandait, il fallait qu'il dise que j'étais un de ses élèves et qu'il prépare un faux examen… Et, ensuite, j'ai expliqué à notre Charly chouchou que j'étais dans la merde, et que mes parents me déshériteraient si je loupais cet examen dans quelques jours… Que j'étais réellement prêt à tout. Qu'il était ma dernière chance, tu vois ?

Il papillonne des yeux en prenant un air faussement innocent.

– Et ?

– Et… étrangement, le beauf de ma sœur a reçu un mail de Prescott le soir même au sujet des questions de ce soi-disant examen… Il lui a filé des trucs bidons… Et aujourd'hui, devine qui m'a proposé d'aller prendre un verre chez lui après mes cours pour me refiler la copie dudit examen ? En me précisant bien de me préparer à lui faire plaisir… Tu sais, il me fait un peu pitié, ce type… Il ne devrait pas envoyer de SMS à ses élèves, franchement… Paraît que c'est considéré comme une véritable preuve par les tribunaux maintenant…

Voilà, Charles ! Échec et mat. Le cul ! Le seul truc qui dirige le monde. Le fric comme les hommes, rien ne résiste au cul. Et dire que mes parents me traitent de raté. S'ils savaient que je pourrais faire chanter la statue de la Liberté elle-même si j'en avais besoin… Un sourire irrépressible s'invite sur mon visage.

– Parfait ! T'es un tueur ! Je pensais que cela prendrait plus de temps.

– C'est mal me connaître. L'éminent prof a visiblement une libido démesurée... Ton mignon a dû franchement le foutre sur les dents ! Je n'ai presque pas eu besoin de forcer le trait !

Il pianote sur son écran de téléphone en se marrant et le mien se met à sonner.

– Je suppose que tu as une immense envie de te rendre toi-même à ce rendez-vous *caliente* avec ce connard, non ? Tu as toutes les preuves qu'il te faut, à présent.

– Tu lis dans mes pensées, mon jeune ami !

– Arrête de parler comme lui, putain ! Ça me colle la nausée ! Bon, alors voilà, je crois que le job est fait ! Allonge la fraîche, Babe !

Je soulève un sourcil étonné, retenant mon amusement face aux libertés qu'il prend.

– Oui, bon, tu sais quoi ? se reprend-il d'un air embarrassé, j'ai rencard ce soir... Avec mes habitués. On en reparle demain, c'est pas urgent.

– Les Lewis ?

– Ouais, comme d'hab ! Ces mecs sont totalement décadents ! Je sens que je vais avoir du mal à m'en remettre ! Je rentre pour me foutre sous la couette quelques heures et reprendre des forces avant notre rencard. Tu te souviens bien de mon unique doléance, hein ? BDSM, le club. Je veux un soumis du feu de dieu !

– C'est noté. Tu auras ça.

Ces mecs et leurs petits désirs...

✳✳

La porte s'ouvre devant moi et un Charles Prescott en marcel et jeans moulant apparaît devant moi.

Son premier réflexe quand il m'aperçoit est de refermer sa porte, mais je la pousse violemment et pénètre dans son appartement.

– Eh ! Pas mal pour un raté ! T'habites plus chez ta mère, Prescott ?

Il referme la porte derrière moi et me suis alors que je traverse son salon, lumière tamisée et bouteille de champagne attendant sagement sur la table basse.

– Tu t'apprêtais à recevoir quelqu'un, peut-être ?

– Qu'est-ce que tu fous là, Connely ? me demande-t-il sèchement. Un regret peut-être ?

Je fais volte-face pour fondre sur lui. Je m'arrête à quelques centimètres de son visage, pas du tout d'humeur.

– Le seul regret que je n'aurai jamais, c'est d'avoir touché ta queue, espèce de minable !

– Va te faire foutre, Owen ! Dégage de chez moi !

– Ne t'inquiète pas pour ça, je passais, simplement… Pour te dire que Maxime a eu un empêchement de dernière minute… Ah… non, son message était, exactement : « Va chier, connard ». Et, au fait, il s'appelle Tigan, et il bosse pour moi ! C'est con, hein ? Tu t'es fait avoir comme un bleu…

Je le dévisage alors que ses traits se décomposent et qu'il passe par toutes les nuances de gris… Petit clin d'œil à ce cher Christian auquel il n'a volé que la couleur. Pour le reste, on est loin de Jamie !

– Toi et ta bite ! ajouté-je, amusé. L'éternel problème, il faut croire.

– Tu trouves ça drôle ? me demande-t-il en déglutissant.

– Non, pas vraiment. Un prof qui abuse de ses élèves, ce n'est jamais le pied, crois-moi… Je me demande ce qu'en penseraient tes supérieurs… Vois-tu, Tigan a été tellement choqué par tes propositions à peine cachées qu'il n'ose même plus sortir de chez lui… Traumatisé, le gosse…

– Arrête de te foutre de ma gueule, Connely ! Max… ton gars s'est quasiment désapé devant moi !

– Oui, mais en tant que prof intègre, tu aurais dû lui expliquer qu'il n'avait pas à faire ça ! Qu'une certaine éthique t'obligeait à mettre fin à ses cours… Au lieu de ça, tu as bandé et tu t'es dit… « pourquoi pas ? »… Jusqu'à aller demander les épreuves de son examen pour le foutre dans ton plumard… Tu imagines ? C'est même passible de taule, ce truc, non ?

Il ne répond pas, livide. J'attrape la bouteille de mousseux et entreprends de la déboucher en continuant.

– Allez, Prescott, je vais me montrer bon prince. Change la note de Lou Collins. Je ne te demande pas de tricher, simplement de lui attribuer celle qu'il mérite pour avoir ses bourses.

– C'est donc ça ? Juste pour ce gamin ?

Il ne cherche même pas à dissimuler son dégoût et une sorte de haine incroyable se dégage de son regard…

Jubilatoire !

– Ouais ! Tu t'es attaqué au mauvais, dommage pour toi ! Alors, écoute bien. Je pars quelques jours avec lui. Quand je reviens, je veux que cette histoire soit classée. Et j'oublie ta pauvre drague concernant Tigan…

Je n'attends pas sa réponse. Je lui colle la bouteille dans une main, et l'oblige à maintenir le bouchon prêt à sauter de l'autre.

– Je te laisse t'occuper de ça… Fais ça bien, c'est la seule éjaculation qu'il y aura ce soir dans cet appart ! Autant que cela soit un grand moment ! Et au fait, sache que, même si tu changes la note de Lou, je garde un œil sur toi. Je te conseille de changer de job, parce que les connards qui abusent de leur position, ça me fait gerber. Salut !

Je le contourne et regagne le palier. Le bouchon de la bouteille saute dans un pop minable alors que je claque la porte derrière moi, euphorique d'avoir enfin rendu la monnaie de sa pièce à cette enflure. Maintenant, l'équilibre est retrouvé. Je peux partir tranquille.

En espérant qu'il fasse preuve d'assez d'intelligence pour comprendre qu'il n'a pas vraiment le choix !

19. Lou

– Rita, je pars dix jours ! Pas dix siècles !

– Je sais, pleurniche ma patronne en se mouchant bruyamment dans un mouchoir de la taille d'une nappe pour dix personnes. Mais c'est tellement triste les aéroports ! Hein que c'est triste, Maurice ?

Elle gratouille le menton de mon chien, qui depuis les bras de Nath soupire en gobant les mouches.

– Tu nous envoies des cartes postales ? ajoute JL.

– Ça va aller ! Vous me faites honte, là !

Et vous me stressez alors que je n'ai franchement pas besoin de ça !

À titre d'information, pour ceux qui n'ont pas lu la presse dernièrement, je pars en tant que mec « pour de faux, mais pas tout à fait » de l'homme idéal prénommé Owen. À cela j'ajoute que je n'ai jamais pris l'avion, jamais quitté le territoire, et si, par chance, j'avais déjà un passeport, c'est simplement parce que je me suis trompé de case sur le formulaire pour demander une carte d'identité. Je me disais aussi que le prix avait vachement augmenté… Finalement c'était normal. Bref.

Je caresse mon chien en embrassant sa truffe. Comme s'il sentait que c'était le moment ou jamais, il sort de son indifférence feinte habituelle pour gémir lourdement en frottant sa tête contre ma paume.

– Meuh oui, je vais te ramener un cadeau... Une gamelle avec la tête de la reine mère rien que pour toi ! Une grande gamelle en porcelaine... La classe !

Maurice passe sa langue sur les babines, impatient sans doute de se taper des festins dans de la vaisselle royale. Ce chien a du goût, c'est indéniable.

Rita se mouche en émettant un somptueux bruit de trompette et coupe la magie de l'instant, clairement.

Je recule en attrapant ma valise.

– Salut ! Soyez sages.

Owen, qui m'attendait à quelques pas, me prend mon bagage des mains en scrutant mon regard.

– Ça va ?

Je hausse les épaules nonchalamment en remontant mon sac à dos sur mon épaule.

– Oui. C'est simplement que... Enfin, tu vois... Quand j'ai quitté Louisville il y a trois ans, personne ne se mouchait. Ma tante m'a embrassé avant mon départ de la maison, et j'ai pris un bus pour rejoindre la gare. Alors... c'est bizarre tout ce monde, là... J'ai peut-être une famille, finalement.

Et ça me caresse le cœur, franchement. Une douce chaleur s'empare de mon esprit, au-delà de l'aventure que je m'apprête à vivre, totalement inédite et sensuellement excitante. Si un jour on m'avait dit que je serais embauché comme escort d'un mec pareil, j'aurais vomi de rire. Je crois.

Et pourtant, la main de cet homme glisse bel et bien dans la mienne pour m'emporter de l'autre côté de l'Atlantique.

J'hésite entre durcir fort ou bander d'une manière politiquement correcte.

Au diable les mondanités ! Je porte un jeans assez large pour une fois, autant que ça serve à quelque chose.

Les doigts qui s'entrelacent aux miens terminent le travail. Je me mets à planer sévèrement au milieu de JFK airport ! Quoi de mieux, remarquez, au moins les contrôleurs du ciel me garantissent un peu de sécurité pendant mon trip sensuello-fantasmagorique.

C'est moi ou mon humour est particulièrement pourri ce matin ?

– Tu vas bien ? me demande mon « client » (décidément je ne m'y ferai jamais, trop marrant !) en se penchant sur moi.

– Hein ? Oui. Je me demandais... Ma mission commence à quel moment, exactement ?

– Maintenant, si tu veux ?

– Ouaip, parfait !

Je lâche mon sac et attrape sa nuque pour prendre d'assaut sa bouche trop tentante. Il lâche nos valises à son tour pour enrouler ses bras autour de moi et me rendre mon baiser... Nos langues luttent littéralement, presque désespérément, pour déterminer lequel embrasse l'autre. Je tire sur ses cheveux en gémissant tandis qu'il attrape ma nuque pour m'attirer contre lui encore davantage.

De tous les baisers que nous avons échangés jusqu'à présent, celui-ci est de loin le plus indécent. Le plus torride. Le plus bandant.

C'est une voix aiguë raisonnant dans les haut-parleurs de l'aéroport qui nous écarte malgré nous.

– Dernier appel. Les passagers du vol 64257898254778 *(j'invente, je ne me souviens déjà plus du numéro, pardon, mais j'ai autre chose à penser)* à destination de Heathrow sont priés de se présenter aux guichets A2312 pour les formalités d'embarquement.

– Je crois qu'on nous appelle ! s'amuse Owen en reprenant les valises.

Très bien ! Donc, c'est maintenant que je panique.

– Dis-moi, je le questionne en reprenant ma propre valise parce que je ne vois pas pourquoi il devrait tout gérer, est-ce le moment propice pour t'annoncer que je n'ai jamais pris l'avion de ma vie ? Et aussi, que lorsque j'étais petit je pleurais sur le manège soucoupe volante et je me cramponnais tellement fort au volant que je loupais systématiquement le pompon ? Ma mère était folle !

– Ta mère ?

– Oui, c'est l'un des seuls souvenirs que j'ai d'elle. Elle angoissait parce que je voulais toujours monter dans la soucoupe violette à paillettes, mais une fois dedans, je voulais redescendre. Elle connaissait la dame qui vendait les tickets, je crois. Du coup, le pompon me frôlait le nez, à chaque tour, je pense que c'était fait exprès, mais moi je pleurais en me retenant de faire pipi… Et du coup, elle rachetait des tickets. Encore et encore. C'est bizarre, non ? Je veux dire, je pleurais pour monter sur un manège qui me faisait pleurer encore plus, et elle, elle cédait. T'en penses quoi ?

Nous sommes arrivés devant le guichet. Owen dépose les documents d'enregistrement (je lui ai confié les miens, me connaissant c'est franchement plus prudent).

– À quelle question dois-je répondre exactement ? me demande-t-il en retenant un rire. J'avoue que j'ai perdu le fil.

– Euh, je ne sais pas trop. Celle que tu veux ?

Il laisse échapper sa bonne humeur en embrassant mon front tandis que la petite dame de l'accueil enregistre nos bagages.

– Alors, il n'est pas trop tard pour annoncer que c'est ton premier vol, non. Et je suis ravi de t'accompagner pour cette première… Je serais d'ailleurs partant pour toutes les premières que tu désires, monsieur le « soucoupes volantes rider » !

– Que veux-tu dire par là ?

– Vous pouvez vous diriger vers la douane, messieurs, vous êtes les derniers à embarquer.

Je jette un œil à l'hôtesse qui nous désigne un portique de sécurité tandis qu'Owen me pousse doucement dans la même direction sans répondre.

Je réitère alors qu'un agent des forces de l'ordre s'empare de nos passeports.

– Et donc ? De quelle première fois parles-tu ?

– Je ne sais pas, répond l'intéressé en évitant mon regard. Tu connais les *roast diners* ? C'est typique chez moi.

– Owen ? Tu n'évoquais pas ce genre de première fois, n'est-ce pas ?

Je suis tétanisé par l'idée qu'il puisse connaître mon fameux défaut de naissance. Vierge.

Cela dit, est-ce vraiment un défaut ? Je dirais plutôt une fatalité, tout le monde nait puceau il me semble ?

En attendant, Monsieur Connely se garde bien de répondre, ce qui me pousse à penser que…

– Tu as eu une conversation avec Rita ?

Il se racle la gorge alors qu'un malabar en uniforme décide de le peloter partout.

– Oh, tout doux l'ami ! je ne peux m'empêcher de reprendre le mec un peu trop familier qui n'est pas loin de lui tâter l'appareil trois-pièces.

Owen éclate de rire tandis que le collègue de super flic me précise :

– Sécurité Nationale, Monsieur. Nous avons des consignes.

– Des consignes pour peloter les couilles de mon mec ? Elles sont super précises vos consignes !

Owen s'étouffe de rire.

J'ai vraiment sorti une absurdité pareille ? Génial.

Je crois ne pas trop m'avancer en affirmant que le stress pré-vol au-dessus de l'Atlantique me rend légèrement fou à lier.

Malabar en termine avec l'homme parfait et se dirige vers moi en me faisant signe d'écarter les bras et les jambes.

– Ça va vous faire tout drôle, je vous préviens, ne puis-je m'empêcher de commenter. Je ne suis pas monté comme monsieur !

Bon sang, Lou, la ferme ! D'autant plus que techniquement parlant je ne sais absolument pas de quoi je parle. Toutes mes certitudes sont basées sur de simples fantasmes, donc, autant dire sur rien du tout… Je l'ai imaginé de tant de manières ! Toujours mieux monté qu'un cheval, cela dit. Là-dessus, les détails ne changent pas vraiment.

– C'est bon, messieurs, bon voyage.

Nous voilà libérés. Je rejoins Owen qui m'attend au portique suivant, un sourire toujours gravé sur les lèvres.

– Je préviens que je ne me porte absolument pas garant des paroles qui sortiront de cette bouche pendant les sept heures que durera ce vol ! Je préfère le préciser avant que tu ne te décides à me jeter par-dessus bord.

– Quelle bouche ?

– Ben celle-là ! je réponds bêtement en désignant la mienne, bien entendu.

Il se penche sur moi pour m'embrasser avidement.

– Je me charge de l'occuper suffisamment afin que plus rien n'en sorte pendant les sept prochaines heures, alors…

Voix sensuelle, regard de braise…

– T'as pris des fauteuils couchettes au fait ? Ça existe encore les wagons-lits ?

Merde, mais qu'est-ce que je raconte !

Il répond par un nouveau rire charmant en m'attirant à sa suite, un charmant steward nous souriant commercialement depuis le pont d'embarquement.

En attendant, tout ce que je conclue de cette affaire, c'est que Rita a vendu la mèche. Il sait que je n'ai jamais vu le loup ! C'est évident.

Cela dit ma réaction métabolique lors de notre premier baiser au stade était déjà un bon indice quant à ma condition. Mais quand même...

– Tu as parlé à Rita ? réitéré-je alors que nous nous installons en première classe d'un Boeing ou d'un Airbus, je ne sais pas trop dire.

– À quel sujet ? me demande-t-il d'un air innocent.

À d'autres, le coup du mec super naïf ! Je connais trop cette entourloupe pour m'y laisser prendre !

– Au sujet du fait qu'elle t'a certainement expliqué dans tous les sens que j'étais puceau ?

Il lève un sourcil réellement amusé et me répond calmement.

– Ah non. Elle n'a jamais évoqué ce détail !

Bon sang ! Moi en revanche je viens bel et bien de le faire !

Peut-on objectivement se montrer aussi débile que moi lorsque je monte pour la première fois dans un avion ?

Je lance une prière muette à la galaxie pour que les atomes qui me composent se désolidarisent à l'instant même pour ne plus former qu'un amas visqueux et putride de blob informe que le jeune steward sexy se contentera de jeter en plein ciel comme un vulgaire excrément...

– Dis-moi ? supplié-je à mon gentil accompagnateur, tu n'avais pas proposé d'occuper ma bouche pendant sept heures ? Parce que là, je crois que ça devient d'intérêt national ! Si je continue de parler, je vais tellement saouler tout le monde que l'équipage va me prendre pour un terroriste qui expérimenterait une nouvelle forme de torture... La torture mentale détournée... Insidieuse et perfide... Tu l'entends, mais tu n'y fais pas attention et sans prévenir...

Une paire de lèvres me coupe dans mon explication.

Très bonne idée. Je me laisse glisser contre mon fauteuil, sous le corps puissant penché sur moi, et j'en oublie même le fait que je suis doué de parole. Plus rien à dire...

Owen

20. Lou

Atterrir à Heathrow c'est un peu comme changer d'univers. Nouveau continent, plus de repères, même les passants n'ont pas la même allure. Le seul qui ne change pas, c'est Owen.

Il a suffi de sortir de cet avion, de traverser une passerelle grand luxe, et il est devenu instantanément mon unique point d'ancrage.

Moi qui ne suis pas sûr de moi en temps normal, là c'est royal… Parce que ma normalité, sur laquelle je me base pour garder mes repères essentiels, n'existe plus.

Il est plus de 21 heures, soit 14 heures à peu près à New York, lorsque nous sortons de cet aéroport, conduits par Nina et Jimmy qui sont venus nous chercher pour nous mener jusqu'à l'hôtel.

Les yeux plongés dans le vide, j'observe les rues qui passent, les taxis différents des nôtres, Tower Bridge qui nous croise, les bus à étage… Subjugué, et envahi du sentiment étrange d'être minuscule au milieu de tout ça.

– Ça va ? me demande Owen discrètement alors que sa sœur parle dans le vide à son intention.

Je hoche la tête et force un sourire pour le rassurer.

En réalité je crois que je suis victime d'un Jetlag, ou du mal du pays, enfin, je ne sais pas trop comment appeler ça, mais je me sens las, perdu et de mauvaise humeur.

Mes vêtements me collent à la peau, j'ai chaud, froid et faim.

Un véritable amour en quelque sorte.

C'est pour cette raison que lorsque nous arrivons à nos chambres, qui, comme l'avait expliqué Owen, sont communicantes, je prends congé auprès de ce dernier à l'aide d'un simple baiser sur la joue, ouvre la porte qui me sépare de ma zone privée, et en prends possession en un temps record.

J'hésite un instant à refermer la porte qui nous sépare, puis je décide de la laisser ouverte. L'entendre évoluer me paraît rassurant dans cet univers inconnu. Je me lave les dents en silence et à bout de force, glisse sous les draps frais et accueillants, ferme les yeux en me laissant bercer par sa voix, chuchotant derrière la cloison, sans doute au téléphone, puis ses pas, le bruit étouffé de la télé…

En proie à la fatigue, je cherche instinctivement la chaleur de Maurice avant de réaliser qu'il n'est pas là. J'ai envie d'appeler Owen pour me lover dans ses bras. Me cacher contre son torse de la même manière que dans l'avion. Mais l'épuisement est plus fort que le désir, et je m'éteins en quelques instants.

Perdu dans les méandres de mes rêves, j'entends des pas se rapprocher, sa présence, près de moi. Je soulève les paupières pour le trouver à ma porte, vêtu d'un simple short… Je n'ai pas tous les neurones opérationnels, mais je ne peux m'empêcher de le trouver magnifique.

– Je ferme la porte ?

– Non… Je veux t'entendre…

– Même si je ronfle ?

– La perfection ne ronfle pas, Owen !

– Ah OK ! ricane-t-il. Bonne nuit.

–… Nuit…

Parfois, une bonne nuit suffit. Un petit déjeuner de compétition aide beaucoup aussi. Et un planning millimétré imposé par une future mariée en stress motive également.

Nous voilà donc, le lendemain de notre arrivée, enfermés dans une boutique pour homme de luxe depuis des heures, à observer Owen changer calmement de costume environ toutes les quatre minutes. Parfois, c'est la chemise qui vire. Parfois, les chaussures. Nina est adorable, mais le moins que l'on puisse dire, c'est qu'elle sait ce qu'elle veut. Ou pas, justement. Et Owen… Je dirais que ces deux-là ne sont pas jumeaux pour rien, en quelque sorte.

– Je préférais la chemise noire, déclare-t-il à la 326e tenue.

– Non, le noir c'est pour les enterrements ! contre sa sœur en observant ses ongles parfaitement manucurés.

– Alors pourquoi insister pour le smoking noir, dans ce cas ?

– Pour l'amour du ciel, ne fais pas l'enfant, Owen ! Tu sais très bien que ça n'a rien à voir ! Essaye le gris, d'ailleurs.

– Tu te fous de moi ?

– Non ! Essaye le gris, mais avec la cravate rose et la chemise blanche.

– Ça n'ira pas…

– Lou ? Tu en penses quoi ?

Non, non, non ! Je ne tiens absolument pas à entrer dans ce conflit hautement familial !

Réflexe : Je dégaine mon téléphone.

– Il faut que j'appelle Maurice ! Désolé !

– Qui est Maurice, me demande Nina en fronçant les sourcils.

– Son chien. Dis-lui que je l'embrasse, chantonne Owen en choisissant une cravate bleu ciel sur un portant. Donc, JE prendrai le smoking noir avec la chemise noire et cette cravate. Pour les chaussures, j'irai demain chez Roberto.

– Roberto ? Tu te compliques la vie, mon frère, celles qu'ils vendent ici sont parfaites.

– Sans doute. Roberto demain. Lou, à ton tour.

Pardon ?

– Comment ça ?

Nina m'adresse un large sourire prédateur… Je ne sais pas ce que je dois penser de cette femme. Elle me fout la trouille.

– Oui, ton tour… Le cavalier du témoin doit forcément être assorti au témoin qui lui-même, s'il ne s'avérait pas être le pire des entêtés de l'île, serait assorti à sa sœur qui se marie, genre, une seule fois dans sa vie… Mais bon… C'est un détail, bien entendu…

– Ah, oui…

Que répondre ? Je suis un gars qui déteste les embrouilles, moi !

– Bon ! tranche Owen d'un air décidé. Lou, debout, viens. Nina, tu restes là et tu te fais les ongles !

– Euh, ses ongles sont déjà faits ! je crois utile de préciser avant de me taire.

– Je vous laisse gérer ! Mais, Owen, n'en profite pas pour abuser de Lou ! Tu vas nous le faire fuir avec tes manières d'homme des cavernes !

Oui, Nina et Jimmy sont informés que nous ne sommes pas réellement ce que nous prétendrons être pendant les dix jours qui arrivent. Cependant ils ne savent pas non plus que nous sommes un peu quand même ce que nous prétendrons être, donc que nous ne sommes pas totalement ce que nous prétendons ne pas être devant eux.

Enfin, je me comprends. Enfin, je suppose.

Owen m'entraîne dans un espace d'essayage cosy en donnant ses ordres au vendeur. Apparemment, il connaît ma taille.

Cinq minutes plus tard, je me retrouve habillé comme un prince devant lui, au milieu du salon… Costume noir, chemise noire, les mêmes que ce qu'il a choisi et qu'il n'a pas encore retiré. Nous formons un beau couple, je pense. Lui il fait le « beau », et moi, le « couple » de l'expression.

Il ne prononce pas un mot pendant que son regard me détaille lentement, dévalant mon corps si intensivement que je me sens totalement dénudé, à sa merci.

– Alors ? demandé-je, inquiet, n'arrivant pas à décoder la lueur dans son regard.

– Alors ? répète-t-il en se levant pour me rejoindre d'une démarche nonchalante. Regarde-toi, Lou.

D'un geste il me fait pivoter face à un miroir. J'ai du mal à me reconnaître, vêtu de ces fringues tombant parfaitement, fluides et hors de prix.

– Qu'en penses-tu ? murmure-t-il à mon oreille, son torse pressé contre mon dos.

– Je pense que la chemise est trop grande, j'ose répondre, les yeux rivés sur son reflet à présent.

Il hoche la tête, saisit les bords de ma veste pour la faire glisser le long de mes bras.

– Effectivement. Laisse-moi arranger ça…

Il lance le veston sur le banc derrière nous puis revient vers moi, s'attaquant aux boutons de ma chemise.

Lentement.

Son regard planté au fond du mien.

Ce moment suffit pour que le désir, que j'arrivais à contrôler plus ou moins bien depuis notre départ de New York, se décuple sauvagement en moi sans que je ne puisse m'y opposer. Mes muscles se tendent et ma peau devient hyper sensible.

Je sens son souffle contre ma nuque et ses doigts arriver à bout du premier bouton de la chemise. Ils glissent en prenant leur temps entre les pans de tissu luxueux, frôlant mon épiderme en attente.

Second bouton. Effleurement plus net au niveau de mon torse. Juste sur le plexus solaire. Un gémissement trahit mon impatience, mais il ne le relève pas, s'attaquant à la troisième étape de son entreprise.

Cette fois, sa main s'engouffre, indiscrète, sous la chemise et caresse lentement le haut de mon ventre. Mon sexe se met à gonfler sous le pantalon cintré. Mon cœur menace de s'enfuir de moi-même. Sans m'en rendre compte, je me laisse tomber contre son torse pour m'y appuyer, m'offrant à toutes ses volontés. Sa seconde main relève le bas de ma chemise pour effleurer mes abdos, longeant la ceinture de mon pantalon, effleurant adroitement mon membre tendu, juste assez pour faire naître un frisson déstabilisant au bas de mes reins.

J'étouffe une appréhension grandissante dans le même temps, angoissé à l'idée de ne pouvoir me retenir, comme la dernière fois, et de bénir à ma manière ce pantalon qui ne m'appartient même pas ! Ce ne serait peut-être pas l'idée du siècle.

Lorsqu'il passe une seconde fois sur mon sexe, j'ouvre les yeux pour trouver aussitôt les siens dans le miroir, concentrés sur moi, avides de chacun de mes gestes, prédateurs et emplis d'un désir troublant.

– Je…

– Ne t'inquiète pas, murmure-t-il contre mon oreille en remontant la main baladeuse sur mon ventre, limitant ainsi sa torture à des zones plus soft, mais non moins érogènes.

Ses lèvres se posent au creux de mon cou, puis sa langue se met à dessiner des esquisses sur ma clavicule, puis plus haut.

Ses doigts longent mes flancs, son corps m'enveloppe, son sexe palpite en bas de mes reins…

Le dernier bouton saute comme par magie et mon abdomen apparaît devant ses yeux.

– Bon Dieu, Lou… Tu es tellement parfait ! siffle-t-il tout bas, au creux de mon oreille avant d'émettre un ronronnement d'appréciation. Je m'arrête quand tu veux, juge-t-il utile de préciser.

Je passe mon bras derrière moi pour attraper sa nuque, en sueur, frémissant de désir pour lui, et attire ses lèvres sur les miennes.

Nos langues se rejoignent bestialement, pendant qu'il continue de jouer avec mon corps, ses doigts s'aventurant partout où ils le peuvent, sa queue virilement dressée se frottant allégrement entre mes fesses. Bientôt mon pantalon se détache de mes hanches pour tomber à mes pieds et sa main plonge sans vergogne dans mon caleçon, attrapant fermement mon membre à l'agonie.

Je n'ai aucune force, ni aucune volonté et encore moins d'envie de me soustraire à son traitement. Au contraire, je me cambre en poussant mon pénis entre ses doigts, incapable de retenir mes pulsions.

Sa langue accapare ma bouche, de plus en plus féroce, et je fais de même, accentuant les mouvements de ma queue contre sa paume.

– Bon Dieu !

Il gronde en interrompant notre baiser puis me retourne prestement pour m'acculer contre le miroir.

Sans que j'aie le temps de comprendre, il se laisse tomber à genoux sur la moquette de luxe et tire sur mon sous-vêtement pour le faire disparaître à mes pieds, avec le pantalon.

Sa langue adroite s'attaque à mon pénis sans attendre. Ses mains se plaquent sur mes fesses pour m'attirer contre sa bouche. Tout est rapide, sensuel, mais surtout bestial.

Il enfonce mon sexe entre ses lèvres, dans l'humidité tiède de sa bouche et je crois que je disparais de la surface de la planète.

Perdant ma gravité, je m'accroche à ses cheveux en urgence pendant que mon gland bute au fond de sa gorge avant de ressortir, pour mieux retourner dans cet endroit magique qui me dévore…

– Bon sang ! soupiré-je, la vision floue, électrique, soufflant mon désir pour éviter qu'il m'étouffe, alors que chaque geste qu'il émet me noie davantage. Une rage extatique s'empare de moi, je ne peux retenir mon bassin d'aller à la rencontre de cet homme et de sa bouche magique.

– Oui, c'est ça, baise ma bouche, Lou, glisse-t-il entre deux va-et-vient.

Ses doigts se crispent sur mes fesses et me poussent une nouvelle fois contre lui pour m'encourager à le pénétrer plus fort, plus vite.

Je comprends que peu importent mes prouesses sur la durée de ce rapport. Il veut simplement mon plaisir. De toute manière, nous nous trouvons…

Bon sang, en plein magasin de fringues super coincé !

Cette simple idée, décadente, agit sur mon cerveau comme un détonateur… La peur d'être découverts, le frisson du risque, et le petit côté irrévérencieux, s'ajoutent à cette langue qui titille maintenant mon gland, juste avant qu'il appuie une fois de plus sur mon postérieur pour m'inviter à l'envahir de nouveau…

Sentir ses papilles sous ma queue, ses lèvres coulissant autour, ses mains diriger mon cul…

C'est trop. J'envoie un coup de bassin brutal, puis un second, mes doigts tirent sur ses cheveux, je mords ma langue presque à sang pour ne pas hurler, et mon corps se perd entre les secousses de l'extase qui me submerge.

Chaud, froid, torride, je ne sais même plus expliquer ce que je ressens. Mes bourses durcies abandonnent la lutte et je m'effondre dans le plaisir, étouffant maladroitement un gémissement intense de plaisir alors que ma queue se vide au fond de sa gorge, me laissant totalement pantois et hors de souffle.

Tout s'arrête, l'espace d'un instant. Le miroir derrière moi devient glacé et mes jambes ne savent plus comment me porter.

Mon amant remonte mon corps sans me lâcher et bientôt son visage réapparaît sous mes yeux.

Un sourire satisfait et atrocement pervers affiché sur le visage, il passe un doigt insolent au coin de ses lèvres pour retirer une goutte de mon plaisir échappée de sa bouche.

Ce petit geste, tellement sensuel, me rend presque dur à nouveau.

– Owen ? Lou ? Alors, ça donne quoi ?

Oh ! Nina ! Je panique totalement, mais il dépose un baiser sur mes lèvres avant de régler le problème.

– Il nous faut une taille en dessous pour la chemise. Sinon, il est parfait ! Totalement à mon goût !

– Très bien, je demande au vendeur…

Il repousse une mèche de mon front pensivement.

– Vraiment à mon goût… Va te rhabiller dans la cabine, elle va entrer, cette fois…

Il m'aide à replacer mon caleçon et le pantalon à leur place et je disparais en lieu sûr pour reprendre mes esprits. Encore engourdi par le plaisir, regrettant la distance qui nous est imposée.

– Vous mangez à la maison ce soir ? Alicia réclame son oncle et veut absolument rencontrer le fiancé tant attendu…

– Lou ? me demande Owen à travers la porte. Tu veux manger chez le dragon et son futur mari ? Ma nièce vaut le détour, mais c'est bien la seule de la maison !

– Oui ! je réponds sans me poser de question, encore assis sur le tabouret en velours présent dans la cabine…

Tout ce qu'il veut, je n'ai plus la possibilité de réfléchir rationnellement à des problèmes de la vraie vie. Owen vient de m'administrer la première pipe de ma vie. Dans une cabine d'essayage… Comment penser à autre chose, honnêtement ? Le démarrage de ce petit séjour britannique s'avère plus que prometteur !

Owen

21. Owen

– J'aime beaucoup Lou, déclare ma sœur, les mains dans le bac à vaisselle et les yeux rivés sur le jardin visible depuis la fenêtre en face de nous. Et j'ai l'impression que toi aussi, non ?

Je saisis le plat humide qu'elle me tend en observant Lou en pleine discussion avec Jimmy, Alicia endormie sur ses genoux. C'est vrai que la soirée s'est bien passée. J'avais un peu peur qu'il soit mal à l'aise face à ma sœur et sa famille, en considérant la timidité dont il faisait preuve envers moi lors de nos premiers échanges.

Mais il faut croire qu'il s'est bien acclimaté au cottage de ma sœur. Peut-être que ma présence l'a soulagé. Peut-être que Jimmy et son franc parlé l'ont détendu. Peut-être qu'Alicia…

– Oui, il te plaît, c'est évident. Je ne t'ai jamais vu dévorer un homme des yeux comme ça… C'est presque drôle. J'ai toujours pensé que tu finirais avec un homme chiant à se jeter sous un train, et non, tu nous ramènes un type cool et sympa… Tu m'étonneras toujours. Le plat va dans le placard du bas, deuxième porte, derrière les plus petits et sous les autres plus petits de la même forme, merci.

Je détourne les yeux du spectacle qui happait toute mon attention à regret pour obéir aux ordres de la maîtresse de maison et range son foutu plat dans son satané placard trop petit.

– Oui, je l'aime beaucoup. Il est tellement différent.

– J'en suis très heureuse pour toi. Surtout qu'il me semble qu'il n'en pense pas moins, pour sa part.

– Je ne sais pas. Je suppose, oui, mais il garde une certaine distance, parfois.

Pas cet après-midi, cependant, et Bon Dieu, c'était bon ! Le simple souvenir de sa queue entre mes lèvres… de ce parfum agrume collé à sa peau… mon jeans rétrécit à vue d'œil…

– Eh ! Reviens avec moi, gros pervers ! ordonne ma sœur en riant lorsqu'elle surprend un frisson me traversant le corps tout entier. Tu le retrouves tout à l'heure, et là, tu pourras songer à des trucs dont je ne veux même pas entendre parler ! Pour le moment, c'est vaisselle !

Elle me tend un saladier immense en tentant de me jeter un sort d'obéissance absolue juste avec le regard.

Et franchement, ça fonctionne très bien. Je récupère le saladier sans broncher.

– Étagère du haut, troisième placard de droite en commençant par la gauche.

Cette cuisine est un labyrinthe. Pauvre Jimmy, sa vie doit être un enfer.

– En tout cas, reprend-elle, intarissable sur le sujet, visiblement, je crois qu'il plaira aux parents.

Je me fige en plein rangement de son placard.

– Il n'est pas fait pour leur plaire !

– Certes, mais je suis certaine que c'est ce qui va se produire quand même ! On le saura très vite, de toute manière !

– Comment ça ?

Je me redresse vivement pour sonder son regard fuyant.

– Nina ? C'est quoi ta nouvelle embrouille ?

– Rien ! Enfin, juste…

Elle s'interrompt pour me tendre un verre mesureur que je laisse goutter entre nous, pas décidé à lâcher l'affaire.

– Juste quoi ?

– Écoute, Owen, ils se sont invités à la dernière minute, et je n'ai pas eu le cœur de refuser ! gémit-elle de sa voix la plus adorable. C'est le premier geste qu'ils font pour m'aider à propos de ce mariage. C'est important pour moi, vraiment.

– Et donc, explique-toi une bonne fois pour toutes, Nina !

– Ils viennent demain chez le traiteur avec nous ! Voilà !

– Avec vous, oui ! Nous ne venons plus dans ce cas ! déclaré-je sèchement. Notre présence n'est plus utile si Leurs Majestés les Connelys daignent se présenter chez le traiteur !

– Owen, arrête de réagir avec puérilité ! Il y a huit ans, je comprenais, mais nous sommes tous réellement adultes, maintenant !

– Ils étaient, eux, adultes, lorsqu'ils n'ont pas cherché à me soutenir, je te signale. Lorsqu'ils n'ont pas demandé de nouvelles ! Qu'ils ont jugé et condamné ! Et depuis, ils ne semblent pas avoir mûri non plus, au passage.

– Owen !

– Nina !

– C'est mon mariage !

– C'est ma vie ! Non pas que je m'en plaigne, mais tout aurait pu être plus simple s'ils s'étaient montré plus coulants et compréhensifs. Moins cons, surtout !

Ma sœur me tend un regard désespérant. Oui, parce que je sais que je peux hurler tout ce que je veux, avec ce genre de regard, je vais céder. Comme toujours.

– Non, Nina, arrête !

– Owen…

– Franchement, Nina ? Tu me saoules…

– Je sais, je sais ! Apporte donc des bières aux deux mâles qui discutent Baseball là-bas. Et arrête de hurler, pour l'amour du ciel !

M'énerve !

– Alicia est vraiment mignonne. Et ta sœur, eh bien, elle te ressemble, vraiment !

– Mm…

Elle me ressemble sauf sur un point bien précis. Elle oublie vite. Pourtant, elle a tout autant bénéficié des

« conseils » de nos parents lorsque nous étions gosses. Et, tout comme moi, elle a également récolté les remontrances et les avis dont elle n'avait pas besoin.

Ce qui ne lui a pas suffi, apparemment. Elle en redemande. Et non contente de se méprendre elle-même sur leur réelle nature, elle m'entraîne dans ses expériences. Mais je sais, moi, que rien de bon n'adviendra de cette petite rencontre familiale d'avant mariage. Je lui avais pourtant expliqué que je voulais m'astreindre au minimum de contacts possibles avec eux.

Perdu dans mes pensées, j'ouvre la porte de notre chambre et laisse passer Lou qui me gratifie d'un regard sombre et empli de reproches.

Sans un mot, il traverse la pièce pour atteindre sa propre chambre. Le son de sa télé s'élève, ainsi que le bruit de l'eau de la douche dans sa salle de bains tandis que j'allume l'éclairage indirect de mon lit, me demandant si notre soirée se termine réellement de cette manière.

Comme hier, il ne s'est pas enfermé. Je considère donc que je suis autorisé à aller le rejoindre, ce que je m'empresse de faire dès que je l'entends sortir de la salle de bains.

Nu sous une serviette nouée autour de la taille, les cheveux humides, son parfum aux agrumes se dégageant de sa peau encore chaude de la douche, il s'immobilise au milieu de la pièce lorsqu'il m'aperçoit.

Je réalise alors que je ne devrais peut-être pas me trouver ici. Qu'il n'est pas mon mec, que je dois respecter son intimité. De toute manière, je suis loin de me considérer comme un pro des relations de couple. Je n'ai jamais vécu dans cette configuration, ne serait-ce qu'un week-end. Les seules interactions que je maîtrise sont celles contenues par un contrat, des échanges d'argent et peu d'implication personnelle.

Malheureusement, je pense que lui non plus n'aura rien à m'apprendre à ce sujet. Nous allons devoir composer. Si toutefois il en exprime l'envie. Encore une fois ce n'est pas non plus évident, si je me fie au regard qu'il m'adresse à l'instant.

– C'est bon ? Ta petite crise est passée ? me demande-t-il d'un ton de reproche.

– Comment ça ?

– Oh, mais tu parles ! J'ai presque oublié le son de ta voix, depuis le temps.

OK, donc, vie de couple, première leçon : scène de ménage. Je pensais, bêtement, que ce chapitre serait abordé bien plus tard.

Décidément, j'ai tout à apprendre.

– Je ne vois pas de quoi tu parles ! rétorqué-je, déjà irrité par son attaque que je ne comprends même pas.

– Oui, parce que moi, je parle, justement ! Je parle depuis au moins trente minutes, tout seul. Et en même temps, j'ai pensé. Pendant tout ce temps durant lequel tu ne m'as offert que le silence, je me suis remis en question. Ai-je fait ou dit quelque chose de mal ? Non. Je suis certain que non. Pourtant, j'ai droit à l'indifférence la plus totale, comme ça, gratuitement. Et puis, je me suis remémoré ce fameux contrat. Donc, voilà. J'ai fait le job aujourd'hui, en public, comme convenu, et après, une fois seuls, nous reprenons nos rôles respectifs. Il y a toi d'un côté, moi de l'autre, et rien qui nous relie. C'est bien ça l'idée ?

Il soulève sa couette et s'assied, le visage fermé en se massant la nuque avant de reprendre.

– Ne t'inquiète pas, je n'ai sans doute pas l'air comme ça, mais j'apprends vite !

– Mais non, tu te plantes totalement !

– Alors c'est quoi, le souci, Owen ? me demande-t-il abruptement. Tu regrettes ? Je ne me montre pas à la hauteur ?

– Bien sûr que si ! Enfin, Lou, je pensais avoir été clair tout à l'heure lors de l'essayage !

– Les seules choses que je considère comme claires sont les paroles. Et tu ne dis rien ! Je ne veux pas interpréter, me planter, croire en des choses qui n'existent pas et souffrir en comprenant mes erreurs. Et j'ai bu, alors, je ne contrôle pas toutes mes paroles non plus ! Voilà ! Tout ce que je comprends, moi, c'est qu'à partir du moment où Nina a annoncé que nous serions à la table de tes parents demain, tu ne m'as plus considéré une seule seconde. Je déduis ce que je peux du peu d'éléments que tu me laisses.

Le problème c'est que je ne tiens pas forcément à m'étendre sur le côté minable de mon existence avec lui. Je veux garder Lou pour les bons moments. Ceux, légers et géniaux, que nous commençons à accumuler depuis notre premier rendez-vous.

– Ça n'a rien à voir avec toi. Cela ne concerne que moi !

– Bien entendu ! Bref, je vois donc que tu ne ressens toujours pas le besoin de t'étendre sur le sujet… Dans ce cas, je préfère dormir et cuver tranquille. Bonne nuit.

Je reste un moment planté au milieu de sa chambre alors qu'il semble m'avoir effacé de son champ de vision. Il éteint la télé et la lumière, se tourne afin de me montrer son dos et se love sous sa couette, la tête enfoncée dans son oreiller.

D'accord.

Notre première embrouille ? Ou la seconde peut-être ? Quand je ne joue que le rôle d'observateur devant une scène d'engueulade de couple, je trouve toujours les deux ridicules. Souvent la cause des maux s'avère risible et les réactions démesurées. Mais à cet instant précis, je me sens agacé, borné, et pas du tout dans l'humeur de m'expliquer. Déjà, il a tranché sans vraiment chercher, alors qu'il aurait pu insister un peu, se montrer compréhensif, enfin, je ne sais pas, moi ! Ensuite, nous ne sommes pas mariés non plus, je ne lui dois rien ! Et puis, j'ai plutôt besoin de réconfort, de baiser ou je ne sais quoi, que d'une crise parce que je n'ai pas « parlé » pendant ce qu'il considère comme une demi-heure alors, qu'au pire, ça a duré… vingt minutes… en restant large !

Merde ! Fait chier !

Je tourne les talons en m'énervant tout seul et choisis la douche comme moyen pour me calmer. Parce que si je ne m'occupe pas, je vais sans doute avoir envie de passer mes nerfs sur quelque chose, et forcément, je risque de retourner dans cette chambre et d'envenimer la situation.

Des mains qui se posent sur mes épaules. Un poids s'installant sur mes reins. L'odeur de café et de pain grillé se mélangeant à celui du gel douche à l'orange me sortent doucement de mon sommeil.

Les doigts commencent à me masser avant même que mes paupières s'ouvrent. Remontant vers ma nuque, puis longeant ma colonne jusqu'à la couette qui me recouvre.

Je laisse échapper un ronronnement de plaisir sous les frémissements qui s'éparpillent sur ma peau.

– Je suis désolé, murmure Lou en se penchant à mon oreille. Je sais que revoir tes parents ne t'enchante pas et que cela te perturbe.

Ses pouces remontent jusqu'à la naissance de mes cheveux en effectuant de petits cercles divins.

– Et puis, je crois que mon job ici, c'est aussi de te faciliter la vie, non ?

– Tu n'as aucune obligation de rien… je marmonne avant de laisser tomber ma tête contre l'oreiller en gémissant.

Bon sang, Lou a des doigts de fée…

– Chut, cher client, j'essaye de trouver un prétexte pour te toucher… Ne casse pas l'ambiance !

Je grogne pour toute réponse, le laissant jouer de mon corps comme bon lui semble. Après tout, je ne me suis jamais trouvé de ce côté de la balance. Les attentions, habituellement, c'est moi qui les porte aux autres. Mais je suis à peu près certain que je ne me montre pas aussi agréable que lui.

– Tu as faim, me demande-t-il en embrassant ma nuque avant de se relever pour mettre fin à son traitement. J'ai commandé à peu près tout ce qui se mangeait sur la carte du room service.

– Attends un peu !

Je me retourne vivement alors qu'il déserte mon dos pour s'échapper, et l'enlace afin de l'attirer vers moi, contre mon torse. Il se laisse faire en riant, se pelotonnant contre mon épaule et frottant son nez contre ma poitrine. Ça, c'est tout nouveau aussi. Je crois que les gens normaux appellent ça de l'affection. Un sourire radieux qui fait battre mon cœur, une peau douce glissant harmonieusement contre la mienne, un désir incroyable de ne plus jamais bouger de ce lit, de plonger mon nez dans ses cheveux humides, de l'emprisonner pour toujours, et de répondre à son sourire sans raison évidente.

J'embrasse ses cheveux en ronronnant.

– Merci pour le massage. Je ne savais pas que tu maîtrisais ce point.

– Pas le choix ! Bruce avait toujours mal partout…

Je me fige, en proie à une sorte d'écœurement désagréable et peu courant chez moi.

– Bruce qui ?

Il relève les yeux vers moi, amusé.

– Mon coloc lorsque j'habitais sur le campus.

– Coloc comment ? ne puis-je me retenir de lui demander d'un ton dissimulant très mal mon agacement et m'étonne moi-même.

– Coloc comme : pas le choix, on fait avec. Mais en réalité, malgré toutes nos différences, je crois que nous sommes devenus amis. C'est une grosse brute. Homophobe et un peu buté sur la musculation. Mais… nous nous aimons bien. Jaloux, Monsieur l'escort ? s'amuse-t-il à mes dépens.

Et je crois bien qu'il a raison…

– Il semblerait, oui !

Autant l'avouer, je trouve ça tellement ridicule. Surtout que je suis très mal placé pour pouvoir me permettre ce genre de sentiments. Je préfère me taire et changer le cours de mes pensées en m'enroulant à lui. Il ne porte qu'un short, tout son torse dénudé offert à mes yeux et à mes doigts qui ne se privent absolument pas d'assouvir leurs envies. Je touche, effleure, caresse allégrement. J'aime sentir sa peau frémir, tout autant que j'aime l'atmosphère paisible qui règne entre nous. Peu à peu, mon petit timide se laisse apprivoiser.

Je pourrais lui sauter dessus. Je me demande même si ce n'est pas ce qu'il attend, finalement. Mais j'ai envie de jouer son jeu et d'attendre. De prendre mon temps. Et peut-être aussi de me complaire dans cette intimité de couple que je ne connais pas.

– C'est ma première fois, laissé-je échapper, comme pour m'excuser de tourner un tantinet romantique guimauve.

– La première fois de quoi ? me demande-t-il, occupé lui aussi à découvrir mon corps, les doigts posés sur mon torse.

– Ce genre de moment… Habituellement, ce n'est pas exactement ainsi que se passent mes réveils lorsque je suis accompagné.

– Oh… explique ?

– C'est vraiment ce que tu veux ? lui demandé-je en haussant un sourcil.

– Peut-être pas, non. Finalement, certains non-dits s'avèrent salutaires ! plaisante-t-il en frissonnant. J'ai froid… Tu me laisses une petite place sous ta couette ?

J'hésite. S'il passe sous ladite couette, alors il découvrira que je bande, et plus rien ne nous séparera. Ni me retiendra. Le romantisme OK, mais j'ai, malgré tout, quelques limites.

– Tu es le bienvenu, mais je te préviens, je dors nu…

– Oh !

Il marque une pause puis se tortille nerveusement dans mes bras.

– Je prends le risque ! explique-t-il, ses joues s'empourprant lourdement.

Je m'écarte de lui pour lui permettre de se glisser entre les draps.

Mon téléphone se met à vibrer sur le chevet derrière moi, pile à ce moment. Je laisse sonner, trop occupé à récupérer le corps fluide de Lou contre le mien directement pour m'intéresser à un vulgaire appareil vibrant, inutilement pour le cas présent. Si éventuellement il avait eu une quelconque fonction sexuelle, ça aurait été différent, mais là…

Malheureusement, il se remet à sonner alors que Lou soude ses lèvres à mon cou et que ses doigts reprennent leur exploration minutieuse de mon corps.

Bon sang !

– Je sais qui c'est ! soupiré-je en rageant. Je sais qui c'est et je sais aussi qu'elle ne lâchera pas l'affaire ! Désolé.

Je déteste ma sœur !

– Oui ! grogné-je ne décrochant dans l'intention d'écourter l'appel.

– Je ne sais pas ce que tu fais, mais je sais que tu ne devrais pas le faire, Owen ! Parce qu'à ce moment précis, tu es supposé te trouver avec moi, chez ce traiteur pour valider notre menu… Et au lieu de ça, eh bien, ni toi ni Lou n'êtes présents… Ne me dis pas que tu as changé d'avis à cause de la venue des parents ce midi ?

– Il est quelle heure ?

– Dix heures !

– Oh, merde ! On arrive !

Je raccroche sous le regard de Lou, étonné.

– Nous n'avions pas rendez-vous à midi ?

– Si, c'était le plan initial. Mais comme nos parents viennent à cette heure, elle a changé d'idée à la dernière minute hier soir et a décidé que nous nous y retrouvions vers 10 heures pour que je la rassure sur ses choix avant qu'ILS ne découvrent le menu… Je t'ai dit qu'ils étaient des personnes malfaisantes et démoniaques ? Ma sœur ne veut pas couper les ponts, et recherche sans cesse leur approbation. En réalité elle les craint. Elle ferait mieux de passer à autre chose, franchement.

Lou garde le silence un moment avant de déposer un baiser tendre au creux de mon cou.

– Tu aurais dû me prévenir, je n'aurais pas pris tout ce temps avant de te réveiller… je pensais que nous étions large à ce niveau.

– Franchement je suis très content de ne pas t'avoir prévenu, au contraire ! J'ai adoré ce petit moment que tu viens de m'offrir… D'ailleurs, je réclame encore quelques minutes. Tranquilles. Nina va patienter encore un peu.

Il se love sans rechigner contre moi et sa main vient rejoindre la mienne, posée sur mon torse.

– Owen ? me demande-t-il rêveusement quelques instants après.

– Mm ?

– Que sommes-nous, finalement ? Quel nom nous donnerait le reste du monde ?

– Comment ça ?

– Eh bien. Tu es, accessoirement, nu contre moi. Je suis allongé dans ton lit, mais nous ne dormons pas ensemble et rien ne s'est réellement passé entre nous d'ailleurs. Tu me payes pour un rôle que je n'ai pas l'impression de jouer. Nous allons devoir feindre le couple parfait alors que nous n'en sommes pas vraiment un, mais c'est également faux de dire que nous sommes des étrangers.

Je réfléchis un instant en caressant son dos.

– Je ne suis pas un pro des relations longues durées et du romantisme, je ne suis donc pas un pro non plus du vocabulaire dédié !

– Je ne peux pas aider non plus là-dessus, s'amuse-t-il.

– Donc… je propose que nous soyons tout simplement Lou et Owen. Peut-être que notre histoire s'avère étrange, effectivement, mais elle a cette particularité de n'appartenir qu'à nous. C'est nous qui la dessinons, exactement comme nous voulons qu'elle soit. C'est sans doute ce qui la rend si précieuse à mes yeux. Ce qui te rend si précieux, toi. J'ai envie de la construire avec toi, cette histoire, Lou… La manière dont le reste du monde la qualifierait ? Je m'en fous.

Il laisse passer un silence avant de frissonner en se recroquevillant contre moi.

– C'est la meilleure réponse que je pouvais entendre, je crois… Tu ne sais peut-être pas être romantique, mais tu y arrives vraiment bien !

Owen

22. Lou

Durant toute ma vie, depuis que mes parents ont disparu, j'ai souffert amèrement de ne plus avoir de famille. Certes, je n'étais pas seul au monde, ma tante était là, et je remercie le ciel régulièrement que cela ait été le cas. Mais je n'ai jamais connu de fêtes d'anniversaire entouré des miens. Les Noëls étaient un peu tristes et solitaires. Jamais de soirées d'été sur une terrasse à ressasser les bons souvenirs à l'aide de vieux albums retrouvés au fond d'un placard ni d'histoires racontées au coin du feu sur les affres abominables que j'avais éventuellement fait subir à mes parents pendant mes jeunes années.

Je pensais que mon cas était pire que tous les autres. Je jalousais les chanceux encore entourés d'une famille, et au plus profond de moi, je ressentais cette impression acide d'avoir mérité mon sort. De faire partie des perdants. Je rêvais d'autre chose et en éprouvais la douleur si souvent qu'elle était parfois devenue ma meilleure amie.

Eh bien, depuis que je suis assis à cette table, je me vois dans l'obligation de revoir mon jugement.

Attablé devant un assortiment de divers plats tous plus alléchants les uns que les autres, j'ai pourtant l'appétit coupé.

Alors que ce matin tout allait bien, ce n'est plus du tout le cas à présent. Owen à ma droite n'a pas prononcé un mot depuis l'arrivée de ses parents. Nina, Alicia et Jimmy à ma gauche font l'effort de discuter, eux, mais sans les connaître vraiment, je les sens au bord de la rupture et contenant leur véritable nature.

Quel choc, si je considère la soirée plus que détendue que nous avons passée hier soir.

– Je trouve cet effilé de veau beaucoup trop assaisonné ! Notre cuisinier aurait sans nul doute rendu le plat plus fin… et quelle idée ces raisins ! Il s'agirait de ne pas confondre nouvelle cuisine et approximation expérimentale hasardeuse…

La mère d'Owen fronce le nez en repoussant son assiette, l'air dégoûté. Le père, quant à lui, a sans doute oublié qu'il avait quitté son bureau. Au point où il en est, il devrait sortir son PC et se mettre à bosser. On n'en est pas loin.

– Le chef est français, maman ! se défend Nina, perturbée par les paroles acides de sa mère.

– Et alors ? Les français n'ont pas le monopole du bon goût, à ce que je sache ! Et nous ne sommes pas en présence d'un Alain Ducasse, qui plus est. Ce cher Alain serait sans doute outré, d'ailleurs, s'il était présent…

– Maman ! la stoppe Owen, le regard furieux. Si Nina a choisi ce traiteur, c'est qu'elle l'apprécie. Personnellement, je trouve tout délicieux et je valide son choix.

– Le chef est mon cousin ! ajoute Jimmy dont une sorte de fumée sort par les oreilles (ce n'est presque pas une image).

– Bien entendu, quand on renie sa famille, sa patrie, on n'hésite pas non plus à soutenir le faux comme le vrai pour contrer ses parents ! Rien de plus normal venant de toi, Owen ! contre-attaque la mère de famille d'un air pincé, ne notant même pas les propos de son futur gendre. Et donc ? Puisque tu daignes enfin ouvrir la bouche, autant en profiter pour discuter ! Combien d'hommes as-tu assouvis ce mois-ci mon cher fils ? Ta société tellement prometteuse est-elle enfin cotée en bourse ?

– De quelles bourses parles-tu, chère mère ? lui répond Owen d'un ton calme, mais néanmoins impertinent. J'en flatte pas mal à mes temps perdus, effectivement. Tu sais bien, c'est mon job après tout…

Jimmy s'étouffe avec son morceau de veau et Nina détourne subitement son attention pour s'occuper d'Alicia qui mange pourtant tranquillement sans se faire entendre.

– OWEN ! s'offusque sa mère. Lawrence, tu le laisses me parler de la sorte ?

Le mari sort de son occupation sur son téléphone pour reprendre la conversation, mais ne comprenant rien à ce qui se déroule autour de lui, se décide à trancher froidement.

– Eleonor, tu as tenu à venir ici malgré ma non-approbation. Débrouille-toi avec eux, plus rien ne m'étonne les concernant. Excuse-moi, j'ai une conférence en cours. Je n'ai pas le temps pour vos enfantillages. À plus tard.

Il se lève promptement en installant ses écouteurs et quitte tout simplement la salle, laissant sa femme, là, seule face à des enfants qui ne la portent visiblement pas dans leurs cœurs.

Donc, je retire définitivement tous les regrets concernant mes non-réunions de famille connues dans le passé. Ma tante ressemble de plus en plus à un ange de perfection, finalement.

C'est Nina qui coupe le silence de plus en plus déstabilisant qui s'installe à notre table.

– Maman, ce ne sont que des plats. J'ose espérer que notre mariage suffise à rendre les gens heureux. Après, ce qu'ils ont dans leurs assiettes…

– C'est bien ça le problème, ma fille, déclare sa mère en reposant son verre d'un geste sophistiqué. Je ne sais pas à quel moment les choses ont dégénéré, mais c'est un fait. Tous les deux, vous pensez encore que le suffisant est un but fondamental dans la vie. Or, le bien est véritablement l'ennemi du mieux. Parfois, il faut se contraindre et chercher la perfection, plutôt que de s'enthousiasmer pour des choses banales et sans saveurs… Ce repas est le parfait résumé de vos vies, mes enfants. Nous vous avons proposé de grandes choses. Votre père et moi avons dû nous contraindre à beaucoup de sacrifices pour vous préparer une vie parfaite. Un menu digne d'un grand chef vous était proposé, mais vous avez choisi l'approximation… par manque d'ambition ! Exactement comme ce repas… Moyen, voire décevant. Je suis désolée de ne pas abonder dans ton sens, Nina, mais ce n'est pas l'éducation que j'ai voulue pour vous ni le destin que nous avions envisagé avec votre père.

– Maman, Nina est heureuse comme ça ! s'énerve Owen, prêt à lui bondir à la gorge.

– Elle l'aurait été tout autant, voire plus, au sein du conseil de l'entreprise.

– Je n'avais pas envie de ce boulot, maman !

Cette conversation dérive… L'irrésistible envie de quitter cette table me titille fortement l'esprit. Mais Owen semble dévasté par sa fureur, et il m'avait prévenu que ce ne serait pas une partie de plaisir. Je comprends mieux son humeur maussade hier soir, et je me félicite d'avoir revu mon jugement ce matin. Au moins, j'espère lui avoir offert un bon réveil.

Je passe subtilement ma main sur sa cuisse. Il s'empresse de la saisir et de presser mes doigts fermement entre les siens. Son corps se détend quelque peu, ce qui me rassure et me fait plaisir. J'ai peut-être ce pouvoir sur lui. Un tout petit pouvoir apaisant. Comme un couple… un peu.

– C'est justement le problème, ma fille ! Les envies sont la représentation de ton être primitif. Toute personne sensée sait très bien que les devoirs sont ce que nous devons suivre. Ce qui nous différencie des simples animaux que nous pourrions encore être si justement nous n'avions pas pris conscience que le facile n'est pas la solution ! Les contraintes font partie de la vie et sont essentielles pour arriver aux buts que nous nous fixons.

Oh ! Voilà qu'elle philosophe, maintenant… Elle tombe pile-poil dans mes cordes.

– Si je puis me permettre… La conscience de nos êtres est également importante pour justement nous permettre le choix. Le choix d'accepter ou non ce que l'on nous impose. Le choix de notre destin et du chemin que nous voulons emprunter. Chaque choix nous différencie de notre état primaire. Votre choix est la contrainte, mais si ce n'est pas celui de vos enfants, le fait qu'ils décident de prendre leur propre voie, à l'encontre de ce que vous tentez de leur imposer, est tout aussi respectable. Accepter sans valider aurait été la solution primaire au problème. Rassurez-vous donc, vos enfants ne sont pas des bonobos.

Owen éclate de rire sans se retenir à côté de moi et j'avoue que sa réaction allège fortement la pression désagréable planant au-dessus de cette table.

Sa mère me décoche un regard assassin.

– Mais qui êtes-vous, vous, exactement ? me demande-t-elle d'un ton acide et hautain.

– Lou Collins. Je suis ravi que vous vous enquissiez enfin de mon identité, compte tenu du fait que nous partageons ce repas, somme toute tout à fait divin, depuis maintenant au moins une heure.

– Et quel âge avez-vous ? renchérit-elle sans se départir de son ton impérial.

– L'âge de savoir pertinemment que chacun poursuit ses propres buts dans la vie, et pas ceux des autres. Le fait que vous désiriez le meilleur pour vos enfants vous honore, Madame Connely, mais je considère que l'autorité parentale doit s'arrêter là où commence le libre arbitre des enfants.

– Et Lou est arrivé major de sa promotion, dans laquelle il suit des études philosophiques, donc, vous pouvez lui faire confiance quant à son analyse ! ajoute Jimmy, un sourire ironique accroché aux lèvres.

C'est totalement faux, et mentir n'est pas dans mes habitudes, mais Owen presse ma main fortement lorsqu'il perçoit que je m'apprête à rectifier les déclarations de son futur beau-frère, m'enjoignant à me taire. Ce que je fais.

– Un étudiant, conclut Eleonor Connely dans une grimace de dédain. Qui ne connaît rien à la vie, donc.

En revanche, je ne peux me résoudre à laisser passer celle-là.

– Détrompez-vous. La vie je la connais. Certainement mieux que beaucoup. Et si j'avais suivi les plans de carrière de ma tante, je serais sans doute aujourd'hui en train de tondre la pelouse dans un monastère.

– Peut-être que c'est ce que vous auriez dû faire, jeune homme, plutôt que de venir distribuer des leçons de vie à des personnes dont les intérêts vous dépassent. La vie n'est pas qu'une partie de plaisir, voyez-vous ? Peut-être que vous vautrer dans la fange et la luxure avec mon fils, qui a choisi de faire de cette débauche son fonds de commerce, vous semble brillant et prometteur, mais si tel est le cas, cela en dit long sur vous et vos prétentions personnelles. Je ne peux valider ni vos petites analyses utopiques ni le fait que mes enfants se satisfassent de leurs carrières ridicules. Sur ce, si ce traiteur te plaît, Nina, alors soit. Nul ne peut espérer un choix princier aux noces de ses sujets.

Sur ces mots, elle essuie la commissure de ses lèvres d'un geste élégant, se lève et quitte la table à son tour.

Nous nous tournons tous vers la future mariée qui reste immobile, les yeux rivés sur les plats devant nous. Sa fille et Jimmy posent des mains rassurantes sur son bras et dans son dos, mais malheureusement c'est insuffisant pour effacer les minuscules larmes qui commencent à couler de ses yeux brillants.

Je me sens tellement mal pour elle. Je réalise que, peut-être, finalement, j'aurais dû me taire. Que le fait de ramener ma science et de vouloir moucher cette femme atroce n'a servi qu'à envenimer les choses.

Honteux, je me cale contre mon dossier en espérant disparaître.

– Je suis désolé, murmuré-je, réellement mal à l'aise. Je ne supporte pas les gens mauvais !

Owen passe son bras autour de mes épaules en déposant un baiser sur ma joue.

– Tu n'y es pour rien, Lou. Notre mère considère que nous l'avons reniée en ne suivant pas le chemin qu'elle avait tracé pour nous. La société de famille a toujours accaparé leur temps et leur attention. Ils ont voué leurs vies à acheter et revendre, spéculer et j'en passe, sans jamais s'intéresser à rien d'autre. Nous avons grandi seuls ou chez les voisins, en devant suivre tout un tas de règles. Heureusement que nous étions jumeaux, au moins nous nous sentions moins seuls. Ils ont toujours prétexté que cette implication avait pour but principal de nous construire un avenir solide, mais ce n'était qu'une excuse pour soulager leurs consciences. En fait, ils vivent pour cette boîte d'investissement, et c'est tout. Maintenant, et depuis que nous avons décidé de ne pas bosser avec eux, ils nous en veulent et refusent de valider nos choix. Pour ma part, je m'en contrebalance de leur avis. Ils m'ont mis des bâtons dans les roues quand j'ai voulu monter mon agence ici, et c'est pour ça que je suis parti. Mais Nina, elle, a décidé de rester.

– Et dire que je pensais, bêtement, que vous étiez en mauvais termes parce que tu étais gay !

– Non ! Ils se moquent de mes préférences sexuelles. Eux-mêmes n'ont plus de vie de couple depuis bien longtemps. Pour eux, ça ne compte pas vraiment. C'est d'ailleurs pour ça qu'ils méprisent autant mon agence. Au-delà de l'image de dépravation que mon activité leur renvoie, ils ne comprennent absolument pas comment des gens peuvent envisager de payer pour du plaisir. Ce principe les dépasse totalement, puisqu'ils ne voient que le boulot, l'argent et l'avenir. Les projets, le succès. C'est comme ça… Et donc, Nina et son job à l'école maternelle ne leur conviennent évidemment pas non plus !

– Je les emmerde ! crache Nina en reposant sa fourchette.

– Chérie ! s'exclame Jimmy en bouchant les oreilles d'Alicia.

– Désolée. Bon… On passe aux desserts ? J'ai besoin de sucre. De framboise et de caramel !

– Ouiiii ! s'écrie la petite en sautillant sur sa chaise. Et après on va voir les poneys ?

– Non seulement on va les voir, ma puce, mais en plus on va passer la journée dessus. Le haras d'à côté propose des après-midi escapades. Ça vous dit les gars ?

– Va pour le canasson ! déclare Owen en levant son verre. Après les têtes de mule Connely, je pense qu'il est effectivement nécessaire de passer au luxe équin.

Je le suis dans son geste, presque impatient d'aller m'aérer l'esprit. Cette femme est incroyablement bornée et anxiogène. J'ai eu l'impression d'étouffer. Aussi bien par son manque d'ouverture d'esprit que par la tristesse que tout cela occasionne. C'est quand même fou. La famille d'Owen pourrait représenter la perfection. Tout le monde en bonne santé, bonnes situations, tout pour être heureux. Et pourtant... Je préfère, finalement, ma situation à la sienne.

Mes parents ne sont plus là, mais je les aime et je sais qu'ils m'aimaient. Ils ne m'ont pas abandonné par choix, mais par fatalité. Alors que Nina et Owen, eux, sont rejetés. J'imagine les dégâts sur leur estime d'eux-mêmes, sur leur vision des sentiments et des autres en général.

C'est tout simplement triste.

23. Owen

Je laisse Lou pénétrer avant moi dans ma chambre, retenant un rire en le voyant lutter à chaque pas.

– Rappelle-moi que je ne suis pas un cow-boy la prochaine fois qu'Alicia me demande de faire la course… Satané canasson !

– Promis ! Tu as faim ?

– Avec ce que j'ai ingurgité ce midi puis à l'heure du thé, franchement, non. Mais si toi tu as envie de dîner, je t'accompagnerai avec plaisir !

– Non, ça va pour moi aussi.

– OK.

De sa toute nouvelle démarche incroyable, il rejoint la porte ouverte de sa chambre et se tourne vers moi avant d'y pénétrer.

– Tout va bien, Owen ? me demande-t-il l'air soucieux.

– Mm.

Pas vraiment, en réalité. Le désarroi de ma sœur me touche sans doute trop, parce que toute cette histoire avec nos parents, je l'avais prédit et j'avais prévenu ma sœur. Pour autant, le dédain de notre mère me touche quand même beaucoup trop.

Loin d'eux, j'ai l'impression que leur avis ne me touche pas. Que ma propre satisfaction me suffit. Et dès que je reviens ici, c'est chaque fois la même chute. Ils me retournent tellement le cerveau que j'en arrive à me demander si c'est eux que je déteste ou moi-même.

Parce que je ne suis pas ce qu'ils attendaient. Parce que j'ai fui en laissant ma sœur dans le désarroi face à eux. Parce que j'ai fui, tout simplement.

Lou disparaît dans son antre, et je me retrouve seul. J'ai envie d'aller le rejoindre et de me terrer au creux de ses bras. Tout oublier contre sa peau. Soupirer mon plaisir à son oreille. Fondre en lui, le découvrir, m'arrimer à cette force qu'il porte en lui malgré les apparences.

Chaque mot qu'il a prononcé face à ma mère m'a procuré un bien-être inimaginable. Jimmy n'a jamais réellement pris notre défense, considérant nos parents comme inutiles et toxiques. Et c'est le genre de personne qui bannit tout simplement le nocif de son existence sans se poser plus de questions. Il a raison. Simplement, parfois, un peu d'appui de sa part serait le bienvenu.

Ça a toujours été nous deux contre eux et leurs amis de la même trempe. Nos grands-parents, même combat également. Les oncles, les tantes, pareils.

Mais Lou… Lou, lui, est monté au front, sans même peser le pour et le contre. Le plus jeune d'entre nous, peut-être le moins armé, en tout cas à première vue, pour affronter le dragon maternel. Aussi, sans doute, le moins concerné par l'histoire. Et il l'a fait. Cet homme est tout simplement incroyable.

Le silence de la pièce me semble tellement lourd tout à coup ! Je branche mon téléphone sur la Hi-fi de ma chambre grand luxe et lance en repeat *One more try*[5] avant de me laisser tomber sur mon lit, le regard au plafond, m'enfonçant dans la pénombre de ma chambre éclairée simplement par la lumière provenant de la chambre de mon escort personnel.

Et j'essaye, comme à chaque retour ici, de me rappeler ce que j'ai laissé là-bas. Que ma vie est devenue parfaite et qu'elle me plaît. Que si je devais tout recommencer, je ne changerais aucun pas effectué vers mon avenir.

Je le sais. J'en suis intimement persuadé. Et pourtant, ils arrivent encore à ébranler mon équilibre.

I've had enough of danger

And people on the streets

(J'en ai assez du danger et des gens dans la rue.)

Je ferme les yeux, parce que lorsque toutes ces angoisses du passé reviennent, je n'ai aucune arme contre elles à part oublier. Je me laisse partir, planer au son de la voix de ce cher Georges, comme quand j'étais gosse…

I'm looking out for angels

Just trying to find some peace

(Je cherche les anges pour simplement trouver la paix)

---

[5] Georges Mickael. Paroliers : George Michael
Paroles de One More Try © Warner Chappell Music, Inc

– Pourquoi m'affirmer que tu n'as pas besoin de moi alors que c'est faux ?

Je sursaute en entendant la voix de Lou à mon oreille.

– Oh, pardon, je t'ai réveillé !

À genoux sur le lit, penché sur moi, il m'offre un sourire tendre, les cheveux pendant autour de son visage. Trop beau, trop parfait.

Je n'ai rien à dire. Je n'ai pas envie de parler. Juste d'un peu d'affection. De la sienne. De cette douceur qu'il est le seul à savoir me promulguer, juste comme j'en ai besoin.

When you were just a stranger

And I was at your feet

(Quand tu étais juste un étranger, et que j'étais à tes pieds)

Je caresse son visage, si près du mien, me gavant de chacun de ses traits. Du bleu de ses yeux brillants dans la pénombre. Mes doigts glissent jusqu'à sa nuque pour se perdre entre ses mèches humides au parfum qui m'ensorcelle. Nos lèvres se rejoignent sans que nous ayons besoin de prononcer un mot. Son corps, enveloppé dans une simple serviette au niveau des hanches, se rapproche du mien.

Je passe mon bras libre dans son dos pour l'attirer sur moi. J'aime sentir son corps plus fin que la plupart de ceux que j'ai déjà touchés. Son épiderme lisse et brûlant. Son souffle qui s'accélère en rythme avec le mien.

I didn't feel the danger

Now I feel the heat

(Je n'ai pas senti le danger, maintenant je sens la chaleur)

Mon cœur s'emballe. Mais pas simplement de désir. De beaucoup plus. De reconnaissance, parce que Lou représente de plus en plus tout ce qu'il recherche. De passion, parce que mon âme est aimantée par la sienne. De besoin, parce qu'il détient entre ses mains les moyens de m'apaiser. Et enfin, oui, de désir charnel, parce que j'ai envie de lui. De plus en plus.

Mon sexe se met à durcir sous mon jeans en sentant le sien s'épaissir sous sa serviette. Je m'enroule à son corps pour lui rendre ce qu'il me donne sans le savoir. Ses gémissements m'emportent complètement. Mes mains s'aventurent au bas de ses reins, alors que je halète à l'idée de l'avoir enfin pour moi.

Je sais que ce ne sont plus que des envies sexuelles depuis longtemps. Les sentiments s'en mêlent. Ils me renversent l'esprit et m'effraient. Je sais pertinemment qu'il a besoin de temps, et j'essaye, vraiment, de lui donner ce dont il a besoin. Mais ce soir…

Now I think it's time

That you let me know

So if you love me

Say you love me

But if you don't just let me go

(maintenant je crois qu'il est temps que tu me fasses savoir. Donc si tu m'aimes, dis que tu m'aimes, mais si ce n'est pas le cas, laisse-moi partir.)

Mes doigts glissent sous sa serviette qui se desserre et tombe légèrement le long de ses fesses.

Ses muscles se tendent sous mes gestes et je ne peux que me figer également lorsqu'il perd le fil de notre baiser, presque tétanisé d'angoisse.

J'attrape sa main en plongeant mon regard dans le sien. Je la pose entre nous, juste sur ma poitrine.

– Tu n'es pas le seul, Lou, murmuré-je en pressant ses doigts contre mon cœur. J'angoisse, moi aussi. J'ai peur de ne pas te plaire…

– Toi ? Non ! C'est moi qui… tente-t-il de répondre.

Je redresse la tête pour l'embrasser. Comme jamais. Il n'a pas besoin de terminer. L'expression dans ses yeux me suffit.

– Alors laisse-moi faire…

Je sais qu'il n'aura pas à avoir honte s'il part trop vite, car depuis des jours je refuse de me toucher pour ne pas le faire attendre dans l'attente de ce moment. Et s'il prend son temps, alors ce sera moi qui partirai le premier. Ce qui serait presque mieux, honnêtement… Qu'il comprenne que la honte n'est pas un sentiment à partager avec moi.

Je nous fais rouler pour le surplomber.

And teacher
There are things

That I still have to learn
(Et maître il y a des choses que j'ai encore à
apprendre)

D'une main, je pousse sa tête en arrière pour dévorer son cou. Sa serviette ne nous a pas suivis, il se retrouve maintenant totalement nu sur mon lit. J'ôte mon tee-shirt en dévalant son buste avec mes baisers. Déboutonne mon jeans et m'en sépare en léchant son torse. Ses tétons, sa peau lisse même à cet endroit.

Mes mains reviennent sur lui pour flatter son sexe lourd et soyeux dressé contre son ventre. Des frissons parcourent la peau que ma langue caresse et suffisent à me faire perdre la tête. Le désir de Lou lui ressemble. Fragile, délicat, entêtant et addictif. Même ses gémissements me semblent aussi précieux que du cristal.

Il pose ses mains sur mes épaules en poussant un soupir de plaisir alors que mes doigts longent sa hampe de plus en plus tendue. Son ventre se crispe et ses genoux se relèvent.

– Owen… Je… S'il te plaît…

Je n'insiste pas. Même si j'adore le voir si près du gouffre. Je crois que je pourrais jouir simplement en le regardant s'envoler. Mais je sais que lui n'apprécierait pas. En tout cas pour l'instant.

J'escalade son corps afin de le recouvrir en calant mon membre contre le sien.

M'appuyant sur un coude, j'attrape nos deux queues contre ma paume et plonge mon visage contre sa clavicule pour retrouver cette petite veine que je commence à vénérer.

Ses doigts se crispent sur mes épaules lorsque je referme ma poigne autour de nous. J'ai tellement envie de lui que je n'ose même pas bouger.

Je visualise nos deux corps si proches, l'image de sensualité que nous devons donner. Et ça me suffit. J'active ma main pour soulager la rigidité de ma queue contre la sienne.

Il écarte les cuisses en gémissant, lâchant une de mes épaules pour s'accrocher à ses propres cheveux. Les traits de son visage tirés sous l'extase, la bouche entrouverte, il soulève le bassin pour coulisser davantage entre mes doigts. Puis encore.

– Owen…

Mon cœur bat à tout rompre. Je mordille son menton en essayant de l'attendre. Le silence s'emplit de nos grondements, de nos soupirs, du son que produisent nos peaux lorsqu'elles glissent l'une contre l'autre…

Son désir qui suinte de ses pores. Son satané parfum aux agrumes… Sa fraîcheur, sa sincérité…

Et ce foutu corps sous le mien qui ondule en ne me laissant aucune chance…

Un orgasme me percute la tête violemment. Mon corps abdique brutalement et mes sens s'électrisent sous le plaisir intense qui les envahit.

– Bon Dieu ! grondé-je en me déversant, avant lui, sur la peau virginale de son abdomen…

Il pousse un cri de surprise qu'il termine en soupir profond. Son corps se met à trembler, à défaillir, ses paupières clignent sur son regard perdu et voilé…

J'admire la beauté de son orgasme, la pureté qu'il dégage. J'ai même l'impression de prendre plus de plaisir à le voir jouir qu'à ma propre libération… et… Je n'ai plus de doute. J'en ai la certitude à présent. Je l'aime.

Je me redresse pour récupérer ses lèvres et leur faire l'amour, littéralement. Dans un baiser affectueux et affamé. Dans une tentative de lui en dire beaucoup plus que ce que je peux prononcer. Il passe ses bras autour de ma nuque en souriant sous mes lèvres, je l'enlace en nous collant l'un à l'autre, mon bras entourant sa taille pour le garder au chaud, tout contre moi…

Et je suis heureux. Heureux qu'il m'ait donné sa confiance. Heureux de ne pas l'avoir déçu.

D'une main, il attrape la couette sous lui et par un tour de passe-passe pas trop organisé, nous nous retrouvons enveloppés dans un cocon parfait.

– Tu as faim ?

Je ne sais pas combien de temps est passé depuis qu'il est venu me rejoindre. La nuit est tombée du ciel sans que je m'en aperçoive.

– Je crois que oui, finalement, me répond-il distraitement en choisissant un nouveau morceau sur mon téléphone.

Il joue au DJ depuis je ne sais pas non plus combien de temps, recroquevillé contre mon torse, mon portable entre les mains.

– Attends, on va se faire un room service, décidé-je en tendant le bras jusqu'au menu posé sur mon chevet alors que *Kissing a Fool* se fait entendre dans les baffles. Tu as envie de quoi ?

– Tu vas te foutre de moi.

– Non, vas-y !

– J'ai vu qu'ils proposaient des asperges en salade. J'ai envie d'asperges !

Je lui jette un œil en coin et me gorge de ce rose qui s'empare de ses joues.

– Bon à savoir, tu es fan d'asperges ! Alors ce sera asperges !

– Je ne suis pas à proprement parler « fan », mais depuis que j'ai lu qu'ils en proposaient, je ne sais pas…

– Très bien… Je commande dans cinq minutes. Mais avant…

Je récupère mon portable de ses mains pour le poser au bord du lit et m'enroule à son corps. Je suis loin d'être rassasié. Il passe ses bras autour de ma nuque pour se rapprocher de moi et enfouir son nez dans mes cheveux. Et nous restons ainsi… Je ne sais pas comment s'arrange cet homme pour combler aussi bien le silence.

Je laisse ses doigts jouer sur ma nuque et provoquer toute sorte de frissons partant dans tous les sens sur mon corps.

Personne n'a jamais pris soin de moi comme ça. Je dois sans doute me répéter, et bientôt je me saoulerai moi-même, mais ce n'est pas grave. Parce que quand je suis bien, je le note. Hors de question de laisser s'échapper un moment pareil sans lui accorder son importance. Parce que ce qui se passe lorsque je me trouve en la présence de ce petit homme parfait est toujours important et intense.

– Tu veux parler de ce qu'il s'est passé ce midi, me demande-t-il avec précautions.

– Pas vraiment, je lui réponds franchement. Sauf si toi tu as des questions à me poser.

– J'en ai une.

– Vas-y ?

– Pourquoi es-tu parti à New York ? Je veux dire… Tu pouvais aller moins loin.

– Il y a dix ans, je me proposais comme escort parce que mes parents ne me laissaient de liquidité que si je me montrais bien sage et docile, débuté-je mon récit en laissant mes doigts parcourir sa peau. Ce qui n'a jamais été vraiment le cas. Déjà, je suivais des études de gestion et de droit parce qu'ils m'avaient imposé cette filière sous menace de me couper totalement les vivres. J'ai donc dû me plier à leurs exigences, tout en cherchant à devenir autonome très rapidement. Et dans ce cas, tu trouves toujours des mecs qui proposent des bons plans… Des petits jobs. Cependant, comme je m'étais rebellé toute ma vie, je n'ai pas trouvé grand-chose qui me convenait. Jusqu'à ce que je tombe sur LE boulot qui tombait pile-poil dans mon domaine de prédilection.

– C'est-à-dire ?

– Baiser !

Il recule pour me dévisager d'un regard effaré, mais hilarant.

– Quoi ? lui demandé-je en déposant un baiser sur ses lèvres entrouvertes. Je te rappelle que je dirige une agence d'escort !

– Ben, je pensais que tu allais me dire, la gestion, ou le management !

– Non, du tout ! J'ai longtemps été un véritable petit con ! Mais si j'excellais dans une seule chose, c'est la drague et les mecs ! Ça te choque ? On n'en a jamais parlé.

Et c'est à cet instant que mon cœur se met à battre comme un dément. Sa réponse sera le jugement final pour moi. Je sais que je ne suis pas propre sur ce point. Que beaucoup refuseraient de me prendre au sérieux ou d'envisager quoi que ce soit avec un homme qui s'est vendu à des étrangers et qui en vend d'autres pour prospérer. Si tout un tas de statuts fiscaux n'avait pas été admirablement mis en place par Tony lors du lancement de mon agence, je me serais sans doute retrouvé en taule depuis longtemps pour proxénétisme.

Les yeux de Lou me détaillent gravement et il ne se presse pas pour me donner sa réponse. Je préfère. Au moins, je sais que ses mots seront mûrement réfléchis.

– Es-tu encore dans ce catalogue, ou non ?

– Non ! J'ai demandé à Stacy de m'y ajouter uniquement le jour de ta visite. Elle m'en a retiré juste après. Si tu veux, en tant que membre tu as accès aux fichiers sur notre site, tu peux aller vérifier.

– Non, je te crois, m'assure-t-il en affichant un beau sourire. Tu as demandé à Stacy de te réinsérer dans ce fichier juste pour moi ?

Il ne savait pas ? J'ai oublié de lui préciser ce détail ?

– Oui… Et j'ai proposé ma carte à ton ami français simplement parce que je voulais que tu viennes à moi… Tu avais l'air tellement timide que j'en perdais mon assurance.

– Et j'ai choisi Alec ! s'esclaffe-t-il en secouant la tête. Mais oui, tu m'impressionnais trop !

– Et tu as choisi Alec. Il a été dégoûté quand je lui ai demandé de foirer votre rendez-vous !

– Mon Dieu, ce bowling ! L'horreur ! J'ai failli faire mon coming-in suite à ça ! Une expérience atroce ! Mais en tout cas, je suis très content que tu l'aies fait ! Pauvre Alec, il avait l'air d'un beauf absolu ! Bon, alors, si tu n'es plus dans ce catalogue, je ne vois pas ce que je trouverais à y redire. Je vends des cafés et je mouds des noisettes pour gagner ma vie. Je ne vois pas ce qu'il y a de plus honorable là-dedans.

– Certain ?

– Oui. Chacun sa vie. Et si le sexe est le domaine dans lequel tu excelles, je ne vois pas pourquoi je me plaindrais ! Au contraire, je dirais que vu mes lacunes, c'est plutôt intéressant…

Sa main passe sur ma joue, puis son index glisse sur mes lèvres qui sourient toutes seules. J'ai envie à ce moment précis de lui dire, de lui crier mes sentiments. Parce qu'il est tout simplement parfait. J'attrape son doigt entre mes dents avant de le lécher sensuellement, sous son regard enflammé qui ne me quitte pas.

– Et donc, me demande-t-il en déglutissant, les yeux rivés à mes lèvres, la suite de ton histoire ?

Je me vois dans l'obligation de le relâcher pour répondre à sa question.

– J'avais un client américain qui m'aimait bien. Tony Hodges. Il était très malin en affaires. Il m'a aidé. Tout d'abord, je voulais monter ma boîte ici. Mais mes parents ont menacé, encore une fois, de me poser des problèmes. Parce qu'ils ne voulaient pas que je change les plans qu'ils avaient prévus pour moi et parce qu'ils trouvaient dégradant que leur nom soit associé à ce genre d'affaires. Alors, rapidement, Tony m'a proposé de m'embarquer avec lui. Il a financé les trois quarts du projet, s'est remboursé largement sur les premiers profits, puis je lui ai racheté l'affaire. Il a aussi monté mes statuts, m'a aidé pour mon permis de travail... et comme il connaissait vraiment beaucoup de monde et que ma petite agence lui permettait de satisfaire ses propres clients, il m'a même obtenu la double nationalité... Enfin voilà. Depuis, il a déménagé ses bureaux à Chicago, je lui ai remboursé intégralement ce que je lui devais et fin de l'histoire.

– Cet homme, c'était... Ton amant ?

Je réalise à ce moment que son visage est devenu blême et qu'il a retiré sa main de mon visage.

Je m'empresse de l'attirer contre moi pour le rassurer.

– Il a été mon client. Uniquement mon client. Ensuite, lorsque les affaires sont entrées dans l'histoire, nous ne nous sommes plus vus en dehors. Il ne mélangeait pas et je trouvais ça parfait.

J'embrasse son petit nez, car il ne semble pas se détendre.

– Je te l'ai dit, Lou. Je n'ai jamais eu d'amant, dans le sens où tu l'entends. Tout est nouveau pour moi. Tu es mon premier.

Il hoche la tête en tentant de se rassurer. Je récupère sa main dans la mienne en l'embrassant. Je n'ai pas envie de ternir ce moment parfait. Doucement, je pose sa paume sur mon torse et la guide plus bas en l'approchant encore de moi.

– Je crois que nous devrions appeler le room service, et prendre une douche…

– Mm… me répond-il en caressant mon ventre, à quelques centimètres à peine de mon sexe en demande.

Doucement, il effleure mon gland, timide. Je récupère sa bouche pour l'embrasser sauvagement. J'ai envie qu'il me touche. Qu'il me fasse perdre la tête. J'ai déjà des grelots qui s'agitent dans le cerveau avec ses simples frôlements.

Il répond aussitôt à mon appel presque bestial en relevant sa jambe pour la poser sur mes cuisses, s'approchant encore davantage de moi.

Essoufflé, il s'écarte pour murmurer une supplique.

– Avant de manger… J'ai envie de…

J'attrape ses joues pour dévorer ses lèvres.

– Touche-moi, Lou… Fais de moi ce que tu veux, mais touche-moi ! J'en ai besoin…

– Guide-moi…

Je lâche son visage pour le guider et resserrer sa poigne sur nos deux membres lourdement raidis.

Il ferme les yeux en gémissant, j'enfouis mon visage au creux de son cou en laissant le plaisir s'infiltrer dans chaque muscle me composant. Nos doigts s'entrelacent et nos paumes nous caressent… C'est simple, bon et parfait.

Owen

24. Lou

– Tu l'aimes bien, hein ?

J'interromps mon reluquage de fessier d'Owen intempestif pour :

1/reprendre mon activité d'art floral d'un air détaché.

2/m'empourprer violemment sans pouvoir contrôler ce problème physiologique qui commence à me gonfler sérieusement.

3/répondre d'un air nonchalant et innocent à Nina qui me fixe en se retenant de rire.

– De qui parles-tu ? Tu me donnes une rose ? Y a un trou dans ma composition, là ! C'est beau sinon, non ?

Alicia éclate de rire alors que mon amant la fait virevolter en tournant sur lui-même. Je le trouve trop mignon avec sa nièce, comme ça, au milieu du jardin de l'hôtel *New Inn* qui accueillera le mariage.

– Tiens ! me répond-elle en me tendant une marguerite. Je parle de mon frère. Tu n'es pas simplement un mec qu'il paye pour jouer le rôle de concubin n'est-ce pas ?

– Sympa ta rose ! rétorqué-je en lui rendant sa pâquerette. Possible d'avoir une orchidée ? Et, oui ! Enfin, non. Bref, je ne comprends pas la question. Désolé.

La sœur d'Owen me tend un magnifique lys en observant son frère.

– Il t'aime beaucoup. Je ne l'ai jamais vu comme ça, tu sais ?

– Comment ? m'intéressé-je subitement vraiment beaucoup sans prendre la peine de saisir la mauvaise fleur qu'elle tente de me refourguer. Essaye une jonquille, ça devrait le faire.

– Déjà, il n'a jamais ramené d'homme ici. Sauf Alec, une fois. Mais c'était pour Noël, et Alec était seul cette année-là, de mémoire. Et puis, il a changé. Je le sens heureux. Tu sais, c'est mon frère, je ressens ces choses-là. Donc, étant donné que je viens de trahir mon frère, tu dois me donner quelque chose en échange !

J'aime plus que tout entendre ce genre de révélations. Qui l'eut cru, franchement ? Mon beau client à mitaines ? Mon rendez-vous matinal tellement secret que lui-même ne savait pas qu'on avait rendez-vous ! Il y a deux mois, je le pensais un peu divin. Presque irréel. Et maintenant, parfois, la nuit, je le branle. C'est fou, non ? Je masturbe un Dieu… Et sa semence se mélange à la mienne sur mon ventre et parfois sur le sien…

Ouais ! J'ai éjaculé sur un dieu, aussi… La classe sur un CV !

Ledit dieu m'a même rejoint dans mon lit deux nuits de suite après cette fameuse soirée « asperges »… Et hier, c'est moi qui l'ai rejoint…

Bref… Si sa sœur croit qu'elle peut m'avoir aux jeux des questions, elle se trompe. J'excelle dans l'art d'évincer l'adversaire.

– Pourquoi ?

– Pourquoi quoi ?

– J'ai besoin d'un géranium, s'il te plaît, Nina.

– OK, mais sinon ? me répond-elle en me tendant une rose (enfin).

– Pourquoi me dis-tu ça sur lui ? Dans quel but ?

– Parce que je veux le voir heureux. Et que j'ai le sentiment que tu as peut-être besoin de l'entendre. Je ne suis pas certaine qu'il soit le meilleur pour exprimer ce qu'il ressent. Et comme lui et moi nous partageons notre cerveau sur certains sujets… Je sais ce qu'il pense de toi. Tout comme il a su ce que je ressentais pour Jimmy avant même que je le sache moi-même…

Je plante cette satanée rose dans ma composition.

– Et voilà ! Tu vas la mettre où celle-là ? C'est beau, hein ?

– Sur la table d'honneur, je pense. Bon, alors ?

– Alors quoi ?

– Owen ? Tu l'aimes bien ?

– Sinon je ne serais pas là ! Je passe rarement mes vacances avec les personnes qui me gonflent, tu vois ?

– Non, mais pas « bien » comme ça ! s'agace-t-elle. Bien, dans le genre, beaucoup ?

– Beaucoup comment ? Sois précise, je te prie ?

Elle s'interrompt en plein montage de feuille pour me lancer un regard désabusé.

– Tu n'as pas envie de me répondre, c'est ça ?

– Alors… Étant donné que tu partages ton cerveau avec ton frère sur certains points, je pense que tu le sauras bien assez tôt, quand je lui annoncerai, à lui, ce que je pense de lui, tu vois ? Parce que si je me confie à toi, alors il saura, grâce à ces transferts d'idées que tu viens de m'expliquer. Or, je préférerais que ce soit moi qui lui avoue plutôt que moi par toi interposée.

– Non, mais… lui, moi… C'est pareil !

– OK, alors donc, Owen peut coucher avec Jimmy ?

– Hein ? Mais non !

– Donc voilà. Si tu es comme Owen, alors vous êtes interchangeables ? On peut peut-être tenter un truc tous les deux, aussi…

– Quoi ? Je ne comprends rien !

Moi non plus, mais au moins j'ai noyé le poisson.

– Vous avez fini ?

La voix d'Owen nous fait sursauter tous les deux.

– Oui ! Tout est prêt pour demain, je crois. Nina ?

– Oui… Demain matin, je lui dis oui ! Seigneur ! Et je n'ai même pas le droit de le retrouver ce soir. Tiffany m'a prévenue qu'elle ne me laisserait même pas l'appeler. Pas de SMS non plus… La nuit la plus longue de ma vie !

– Je sais ! ricane Owen. De notre côté, nous l'emmenons boire un verre. Je préviens, le premier qui tente de contacter l'autre reçoit un gage ! En attendant, je dois t'enlever Lou, il nous reste un truc à faire…

– Ah ?

Première nouvelle.

– Oui ! On y va ? Si tu la cherches, Alicia est partie rejoindre Tiffany pour son goûter. Lou, tu viens ?

– Ah, ben oui…

J'abandonne mon atelier art floral pour le suivre.

✳✳

– Owen, c'est magnifique cet endroit !

– Merci. Ils vont bientôt acheter une maison. Tous leurs cadeaux de noces sont d'ailleurs destinés à ce projet. Ils ont dû oublier l'idée d'un voyage de noces. Alors j'ai pensé tout à l'heure, en jouant avec ma nièce, qu'avant de partir, nous pourrions peut-être jouer les nounous quelques jours et leur offrir un petit séjour ici. *New Trees Castle*. Tu penses que ça leur plaira ?

Je jette un œil à l'hôtel, une vieille demeure aux allures de manoir perdue au centre d'un parc immense, entourée d'une végétation incroyable.

– On se croirait dans le château de la bête ! Ta sœur risque d'adorer ! Elle me semble très romantique.

– Elle l'est. Et Jimmy a besoin de repos, lui aussi. Elle a dû l'épuiser avec les préparatifs.

Un homme habillé en livrée d'un autre siècle vient nous accueillir alors que nous sortons de voiture.

– Messieurs ? L'hôtel est actuellement fermé pour cause de rénovations, vous serait-il possible de repasser…

– J'ai appelé tout à l'heure pour réserver l'un de vos bungalows.

– Oh, oui, les jeunes mariés ! se reprend-il. Effectivement, nous avons bien noté la réservation. Je peux vous assurer que, contrairement aux chambres du château, nos dépendances se trouvent en parfait état et prêtes à recevoir vos invités.

– Je n'en doute pas, j'aimerais toutefois m'en assurer.

L'homme hésite un instant, perplexe.

– C'est-à-dire que… voyez-vous, je suis seul ici, et je ne peux m'éloigner de l'accueil…

– Confiez-nous les clés, nous jetons un œil et nous revenons vous les rendre. De toute manière, je vous ai confié mon empreinte bancaire. De quoi nous dissuader de quelques actes de vandalisme éventuels.

– Oh, monsieur, je ne supposais pas cela, s'offusque le majordome un peu chiant. Je me demandais si vous laisser seuls serait réellement professionnel de ma part.

– Peu importe, je ne suis pas le client à charmer ! Je veux simplement m'assurer que ma sœur se sentira bien dans cette chambre.

– Très bien ! Je vous apporte la clé et le plan pour vous y rendre.

– Le plan ? répétai-je, perplexe, alors que le valet de chambre remonte quatre à quatre les marches du château.

– Oui, la propriété est immense, m'explique Owen. J'y suis venu quelques fois.

Et je suppose qu'il n'y est pas venu seul, forcément. Ce genre de détails, il aurait pu s'en passer. Non, je ne suis pas jaloux. Mais cette évocation me remémore que moi, je ne pourrais jamais l'emmener dans un endroit aussi féérique. Ni l'entretenir… Enfin, soyons réalistes, que suis-je ? Un étudiant qu'il trimballe derrière lui en le payant, en plus.

Oui, je sais, il n'attend pas à ce que je l'allonge sur un matelas de lingots pour lui faire l'amour avec une capote en platine. Mais quand même. J'ai droit aussi à un amour propre.

Le type en collant revient nous confier la clé, nous remontons en voiture pour atteindre notre destination.

J'avoue que, perdu dans mes pensées, je remarque à peine le superbe jardin que nous traversons. Je passe rapidement sur le fait que nous nous enfonçons ensuite dans une sorte de petit bois faussement laissé à l'abandon, mais au contraire, entretenu avec soin et discrétion.

Décidément, je ne tiens pas la mesure avec ce genre de lieu… Comment faire pour égaler un tel standing ? Même si je montais ma boîte de café en livraison à domicile, ça fait beaucoup de *lattes* noisette à vendre, non ?

Owen stoppe la voiture devant un ravissant chalet surplombant un lac. Au-dehors, les oiseaux chantent, et une légère brise s'amuse à faire danser les branches des arbres autour de nous. Le bungalow, tout en bois, nous accueille par une porte entourée de lierre. À l'intérieur, un lit plus grand qu'aucun que je n'ai vu trône au milieu de la pièce principale. Des fenêtres partout, une cheminée, et même une peau de bête étalée au sol. Le genre de truc sur lequel je me vois bien, en pleine orgie romaine, vêtu d'un pagne, allongé lascivement, ouvrant juste la bouche pour gober des raisins que des esclaves totalement nus et bandants glisseraient entre mes lèvres. Ou un truc dans le genre.

Mon regard s'arrête également sur une immense terrasse sur pilotis dominant le lac, depuis laquelle la vue semble tout simplement splendide.

– Bon sang !

Je traverse la pièce, irrésistiblement attiré, ouvre la baie vitrée et vais m'appuyer contre la rambarde pour admirer le paysage…

– C'est tout simplement digne d'un prince ! Rien de moins ! murmuré-je alors qu'Owen me rejoint pour me prendre dans ses bras.

Dans mon dos, il pose son menton sur mon épaule après avoir déposé un baiser sur ma joue.

– C'est effectivement magnifique, répond-il doucement.

– Jamais je ne pourrai t'offrir ça, Owen… Je crois que nous n'évoluons pas dans le même monde !

– Chut ! Ne crois pas ça. Je suis venu ici avec Tony. Il était riche à millions. Je passais mon temps à regarder le lac, à l'époque, pendant qu'il jouait au poker avec des mafieux. C'est beau, certes, mais je m'y faisais bien chier. Je n'ai pas besoin de ça pour être heureux… loin de là. C'est aussi pour ça que je ne réserve que quelques jours pour Nina et Jimmy. Ils vont tourner en rond en un temps record ici.

– Mm…

Je ne suis pas réellement convaincu, je dois bien l'admettre.

Il m'entoure de ses bras en embrassant mon cou. Je devine qu'il comprend mon malaise lorsque ses mains passent sous mon tee-shirt pour retrouver ma peau et s'y aventurer comme j'aime qu'il le fasse. Comme si je lui appartenais. Comme si mon corps était son territoire. Sa propriété.

L'une de ses mains remonte jusqu'à mon torse pour chatouiller l'un de mes tétons pendant que l'autre descend pour glisser doucement sous la ceinture de mon short.

– Ce n'est pas l'endroit où nous nous trouvons qui compte, Lou…

Doucement, il flatte mon membre déjà dressé, envoyant une série de picotements sensuels à l'ensemble de mes terminaisons nerveuses.

– Ce qui compte, c'est que tu y sois avec moi…

Son bassin se colle subitement au mien, l'épaisseur de son sexe autant épais que le mien, si ce n'est plus, trouvant sa place entre mes fesses.

Mes doigts s'accrochent à la rambarde. Mon esprit s'échappe déjà de mon cerveau, vers des pensées torrides et dépravées. Discrètement, j'ondule du bassin pour me frotter à sa main fermement posée sur mon membre.

– Ce qui compte, c'est que… où que nous nous trouvions, je puisse faire ça…

La main qu'il avait affectée à mon torse descend jusqu'à ma braguette et en un geste précis, ouvre le tout. Mon bermuda glisse sur mes cuisses jusqu'au sol, me laissant totalement nu à partir de la taille puisque, à sa demande, je ne porte pas de caleçon. Tout comme lui, j'ai trouvé l'idée sympa ce matin, et atrocement excitante.

Sans un mot supplémentaire, il s'empare de ma verge pour la presser fermement dans son poing en s'agenouillant derrière moi.

Je n'ai pas le temps de réaliser ce qu'il m'arrive. Sa main libre écarte déjà mes fesses.

– Penche-toi en avant, ordonne-t-il d'une voix rauque, sa main coulissant déjà avec autorité sur mon érection douloureuse.

Je m'exécute avec appréhension et envie, hésitant entre sombrer dans la peur de mal faire ou dans le plaisir sans retenue.

– Parfait… Ton cul est juste parfait, Lou.

Ses doigts écartent davantage mes deux lobes pendant que son poing s'active sur moi. Je sens que je vais partir très vite… Mais l'indécence de notre position me plaît.

Bon sang, oui, elle me plaît !

Subitement, il pose sa langue sur les muscles de mon orifice.

– Seigneur ! m'étouffé-je dans un soupir de surprise.

Une fièvre engourdit mon cerveau alors que le bout de sa langue s'immisce dans mon intimité… Je chancelle contre la rambarde, la tête dans les étoiles qu'il fait naître lui-même.

Ses doigts se resserrent sur moi. Sa langue s'aventure aussi loin qu'elle le peut.

– Bon Dieu !

C'est la meilleure chose qu'on m'ait jamais faite ! Écrasé par le poids du plaisir, presque trop intense, je ne retiens pas un soupir bruyant en m'affalant sur le bois qui me retient, la tête dans le vide, reculant mon cul contre son visage, sur sa langue qui entre et caresse, encore et encore cet endroit jusque-là vierge de toute attention.

Mon cœur se met à palpiter beaucoup trop. Une boule de plaisir remonte le long de mon sternum tandis qu'une autre descend vers mon ventre, mes reins. Mes testicules se contractent durement. Mes doigts s'agrippent à la rambarde à m'en faire mal. Les siens me branlent plus vite que jamais, et cette langue ! Bon Dieu, cette langue… Elle ressort, revient, chatouille, attise, ensorcelle…

– Owen…

Je chute, je dérape, une chaleur intense se répand en moi, le froid m'agresse les épaules. Mes reins s'embrasent, mon membre supplie. J'ai envie de plus, de moins, qu'il m'apaise et m'allume encore.

– Owen…

Je donnerais n'importe quoi… Pour… n'importe quoi. Mon crâne devient lourd, trop lourd. Mes jambes menacent de ne plus me porter.

Ses mains, sa langue, et encore ses mains. Je ne sais plus si je dois pousser contre sa paume ou reculer pour retrouver sa langue…

– Owen…

Les étoiles autour de moi se mettent à scintiller. À clignoter. Je ne discerne plus rien. Ni le lac ni les oiseaux. Juste le plaisir qui se décuple et m'asphyxie.

– Owen…

Ma voix s'enroue sous l'extase dans lequel je nage sans plus réussir à rejoindre la surface…

Et lorsque je crois que rien ne pourra égaler son traitement, un doigt s'insère en moi fermement. Loin. Profondément.

Un cri racle ma gorge en feu pour s'évader de ma bouche asséchée. L'orgasme me prend par surprise, avec violence et sans pitié. Je chute, littéralement sous le coup fatal qu'il vient de me donner, me vidant avec délice dans le poing qui ne m'a pas lâché.

Tremblant, perdu au milieu du Nirvana, totalement déconnecté de la réalité, je le sens m'enlacer, me ramener contre lui, contre son torse puissant, et embrasser mes tempes.

– Tu vois, ça, je peux le faire partout. Les deux ingrédients principaux et essentiels étant uniquement toi, et moi…

– Tu m'en vois ravi ! arrivé-je à prononcer, difficilement.

– Plaisir plus que partagé. Tu es tellement beau quand tu jouis. J'aime ça. J'aime ton plaisir.

Un sourire étire mes lèvres tandis que je pose mon crâne trop lourd contre son épaule. L'espace d'un instant, j'ai envie de lui rendre la politesse, mais il resserre ses bras autour de moi en me berçant tendrement, et le moment devient si beau que je n'arrive pas à trouver la force de le briser. Même pour du sexe. Parce qu'au-delà du corps, il y a l'âme. Et les nôtres, à cet instant précis, se rejoignent et inventent quelque chose de nouveau. Quelque chose qui me semble si précieux et si beau que rien ne pourra le surpasser.

Je crois que je l'aime. Vraiment. Pour ce qu'il était à mes yeux depuis toujours, mais surtout pour tout ce que j'ai découvert en lui.

Je ferme les paupières et laisse la brise caresser mon visage, heureux. Plus que jamais amoureux.

25. Owen

– Bon sang ! Je crois que je fais une connerie, mec !

– Mais non ! Ma sœur est un ange.

Jimmy se fige, les mains sur son nœud pap, pour me lancer un regard désabusé.

– T'en es sûr de celle-là ?

– Non, pas vraiment ! Mais tu l'aimes, alors bon, ça devrait bien se passer !

– J'adore ta manière de relativiser… Bon, sinon, ça le fait ?

Mon ami d'enfance se tourne vers moi, séduisant à outrance dans son costume gris pâle, ses tatouages à peine cachés par le col de sa chemise.

– Tu ne veux pas m'épouser moi, plutôt ? lui demandé-je en redressant son nœud pap. Après tout, un jumeau ou l'autre, quelle différence ? Nina est prêteuse en plus, on devrait s'entendre. T'es à croquer mon cœur.

– Ça me va ! Je suis certain qu'on vivrait une vie parfaite, si c'était le cas. Tu me cuisinerais des œufs le matin, je te ferais le cul le soir… Le bonheur, quoi ! Mais que vaut une vie parfaite face à la tempête Nina ?

– Euh, je suis pour l'égalité des forces, chéri… Tu cuisines un jour sur deux ! Quant au cul… Faut voir…

Il ricane nerveusement alors qu'une mini tempête débarque dans la chambre.

– Papaaaaaaaa ! Alicia s'arrête en apercevant son père. Oh ! T'es trop beau papa !

Sa fille, trop mignonne dans son tutu à strass et paillettes (elle a gagné finalement), lui tend les bras pour qu'il la soulève.

– Merci ma puce. Tu es très belle aussi !

– Merci ! Maman vient d'appeler pour dire que c'est l'heure !

– Oh ! s'exclame le futur marié en reportant son attention sur moi. Tu ne m'en veux pas si je choisis ta sœur, finalement ? Nos prénoms sont inscrits sur les menus, ça ferait désordre au repas…

– Excuse valable ! Tant pis ! Déception quand tu nous tiens !

– Genre ! plaisante-t-il, tu n'as pas mieux à faire avec un certain petit New-Yorkais ?

Un sourire irrépressible s'inscrit sur mon visage tout entier, j'en suis certain. Parce que oui, j'ai mieux à faire que d'épouser mon vieux boxeur de pote et lui préparer des œufs durant tout le reste de ma vie.

Bon sang ! Nous nous sommes quittés ce matin et il me manque déjà.

– Arrête de penser, Owen, ton seul regard transpire l'indécence ! Pense à ta nièce !

– Ben oui, il pense à moi ! C'est mon tonton préféré de l'Amérique ! déclare mon petit bout de chou en tutu, les bras tendus vers moi.

– Voilà ! N'écoute pas ton père, il est trop vieux, il ne comprend rien !

– Non, il a raison, t'es amoureux tonton ! déclare-t-elle alors que je la récupère contre moi. Et t'as raison parce que Lou, il est beau comme un concombre !

– Un quoi ? j'éclate de rire devant le sérieux de ma nièce face à cette déclaration.

– Ben oui, c'est papa qui te l'a dit hier soir ! Que Lou devait avoir un beau concombre et t'as répondu oui !

Hier soir ? Oui, effectivement, possible que cette conversation ait eu lieu lorsque nous sommes allés vérifier qu'elle dormait à notre retour de tournée de pubs… Mais nous pensions qu'elle dormait !

– Tu nous espionnais ?

– Non, mais vous rigoliez trop fort, ça m'a réveillée ! C'est pas grave, j'ai dormi encore après ! Dis, tonton, tu vas l'épouser, Lou ?

– C'est un peu tôt pour le dire, ma puce, mais si un jour ça arrive, alors tu seras ma demoiselle d'honneur !

– Je pourrais mettre mon tutu ?

– Tout ce que tu veux !

– Bon, Alicia, la coupe son père, va enfiler tes chaussures, on va être en retard…

– Oui, je vais demander à grand-mère de m'aider !

La petite bondit sur ses pieds et repart aussi vite qu'elle est venue pour retrouver la mère de Jimmy qui s'occupe de l'intendance de la maison en l'absence de ma sœur.

– Alors, prêt ? demandé-je à mon pote en redressant sa veste sur ses épaules.

– Oui… J'espère simplement qu'Eleonor sera de bonne humeur.

– Je ne pense pas que nous ayons de problème avec elle, le rassuré-je sincèrement. Vous avez invité trop de monde de leur entourage pour qu'elle se permette de créer un scandale au mariage de sa fille. Quant à moi, j'ai promis à Nina de me tenir. C'est ce que je ferai.

Mon ami me prend dans ses bras pour m'étreindre virilement, mais non moins affectueusement.

– Eh, je t'aime, mec ! Je crois que je ne te l'ai jamais dit, mais voilà, j'ai l'impression d'aimer tout le monde aujourd'hui ! Dans deux minutes je chiale comme une madeleine ! T'es prévenu. Tu m'arrêtes si j'essaye de faire un câlin au curé, hein ?

– Faut voir ! Je pourrais gagner une belle somme si je filmais la scène et la revendais à tes élèves de la salle.

– Essaye un peu ! Allez ! C'est le moment. On y va !

Ouais, à l'échafaud !

26. Lou

– Bon sang ! Elle est venue ! Papa aussi ! Lou, Tiff, je suis jolie ? J'aurais dû choisir l'autre robe, celle-ci me boudine !

Tiffany lève les yeux au ciel, épuisée.

Tu m'étonnes !

– Ma mère ne va pas manquer de me le faire remarquer, c'est certain !

Je ne suis pas témoin, mais je considère que c'est un peu mon rôle de détourner l'attention de Nina, focalisée sur Eleonor qui traverse le parvis, accompagnée de son mari, pour rejoindre l'église. Les formalités administratives ayant été signées en petit comité hier, il ne reste plus que le grand spectacle et les festivités à passer.

Je ferme les rideaux du salon de Tiffany, donnant directement sur l'église.

– Nina, tu veux voir mon zizi ?

Sa meilleure amie éclate de rire, et Nina blêmit lourdement.

– Pourquoi me proposes-tu ça ? T'es sûr que t'es totalement net, Lou ?

– Oui ! expliqué-je sérieusement. Après, tu n'auras plus le droit d'en mater d'autres ! C'est le moment ou jamais de te rincer l'œil, Nina !

– Doux Jésus ! soupire Tiffany, hilare ! Moi je veux bien !

– Toi, s'exclame Nina en pointant son bouquet vers son amie d'un air menaçant, tu ne touches pas au zizi du mec de mon frère ! Non, mais ! Lou, je vais le dire à Owen !

– Non, mais Owen le trouve très beau ! Enfin, j'espère ! Regarde…

Je commence à déboutonner mon pantalon.

– Arrête, Lou ! se déride-t-elle enfin ! Je ne veux pas voir ton… zizi ! Et c'est quoi ce mot, d'abord ?

– Tu veux que je l'appelle comment ? Rudolph ?

– Comme le renne débile ! s'esclaffe Tiff

– Oui, voilà, avec le nez rouge ! ajouté-je en ricanant. La seule différence c'est que mon Rudolph n'aime pas trop le froid… Mais je suis certain qu'il tirerait parfaitement le père Noël !

Ma nouvelle copine anglaise se tord de rire tandis que Nina lève les yeux au ciel, clairement dépassée par la tournure que prennent les choses.

– Non, mais, à quel moment en sommes-nous arrivés à cette conversation, exactement ? Je me marie dans moins d'une heure, je vous signale !

– Mon Dieu, Lou, réplique Tiff, je ne regarderais plus jamais un pénis de la même manière ! Tu y penseras pendant ta nuit de noces, Nina… Si tu bloques, pense : Rudolph !

Nous nous bidonnons comme deux baleines, lorsque Nina porte sa main à son ventre en posant son bouquet sur le fauteuil devant elle.

– Je crois que je vais vomir… Je reviens !

Quatrième édition depuis que je suis venu les rejoindre il y a deux heures à peine. Ça promet…

– Besoin d'aide ? demande Tiffany en reprenant son sérieux.

– NAN ! Laisse-moi vomir tranquille !

Ben voilà ! Quelle journée merveilleuse !

Owen

27. Owen

Ma sœur traverse la petite route qui nous sépare, incroyablement belle et rayonnante dans sa robe simplement blanche et pure, éclairée par les rayons d'un soleil radieux. Mon ange à moi. La seule et unique femme de ma vie. Derrière elle, celui que j'aurais tendance à considérer de plus en plus comme l'homme de ma vie. Je ne connais pas l'avenir, mais je sais qu'il me marquera de son empreinte à jamais. Le premier que j'ai aimé. Et, devant cette journée qui s'annonce sous le signe de l'amour, des promesses et du bonheur, j'ai envie de me laisser aller à penser que peut-être, il pourrait être le seul que je n'aimerai jamais.

Très prématuré, certes, mais les rêves sont aussi faits pour exister…

J'accueille la main de ma sœur dans la mienne, tellement fier de la mener jusqu'à l'autel pour la confier à mon meilleur ami.

Ce n'est pas mon rôle. Mais la question ne s'est même pas posée. À aucun moment l'évidence n'a été remise en cause.

Mon père s'en contrefout, trop occupé à bosser, comme toujours. Ma mère reste figée dans ses certitudes, au point que je me demande ce qu'elle fiche ici. Ma sœur ne m'a même pas posé la question, elle a inclus ce fait comme la logique même lorsqu'elle m'a expliqué que je devais l'attendre pour l'entrée dans l'église. Et moi, j'ai accepté ce rôle qui, pour moi, me revenait de droit. Tout simplement.

Je ne peux m'empêcher de capturer cette vision qu'offre Lou dans son smoking, radieux et tellement beau. J'ai envie d'encadrer ce moment dans un tableau vivant, que j'accrocherai au plus haut sur le mur de mes souvenirs. Tous ceux que j'aime, qui comptent dans mon existence, sont là, en face de moi. Emprisonner ce moment de bonheur fugace, tellement précieux et éphémère, pour que, même s'il passe, il ne meure jamais vraiment.

J'embrasse l'homme qui me fait vibrer avant de reporter mon attention sur la femme du jour, tremblante et tendue.

– Tu es belle ma sœur, soufflé-je à son oreille alors que Tiffany conduit Lou à l'intérieur de l'édifice qui n'attend plus que nous.

– Tu es prête ?

Ma sœur reprend son souffle, relève la tête, hume son bouquet pour se donner du courage et m'adresse un sourire merveilleux.

28. Lou

– Oui !

La voix de Jimmy résonne entre les murs épais de l'église. Je n'entends pas la suite, ému à en pleurer devant une si simple déclaration d'amour.

« – *Voulez-vous consacrer votre vie à rendre heureuse cette personne ? À la faire passer toujours en priorité dans vos choix et dans votre cœur ?*

– *Oui* »

C'est tellement... beau ?

Mes yeux croisent ceux d'Owen tandis que le club de boxe de Jimmy réuni derrière moi se met à siffler des encouragements aux deux jeunes mariés qui s'embrassent sincèrement devant l'autel.

Il m'adresse un sourire, et je plonge dans l'abîme émeraude de son regard, oubliant que nous ne sommes pas seuls, tentant désespérément de dompter mon cœur qui s'emballe, les doigts agrippés au dossier du banc devant moi.

C'est fou comme l'amour éternel possède cette particularité de vous faire croire qu'il peut aussi vous être destiné. Les sentiments des deux mariés crèvent les yeux et ensorcellent toute l'assemblée. Ils se répandent sur moi comme de la poudre, qu'un simple geste d'Owen pourrait enflammer.

J'aime cet homme, c'est une certitude. Tout est jeune et hésitant entre nous. Moi-même, je ne suis sûr de presque rien. Mais ça, je le sais. Le rythme de mon cœur me l'explique très clairement. Et c'est si bon de m'imaginer que peut-être, enfin, j'ai droit aussi à ma part de bonheur.

En ce lieu si particulier, je ne peux me retenir de penser à mes parents, flottant quelque part autour de moi. Mes anges gardiens, qui, malgré le faux bond qu'ils m'ont fait dans mon enfance, ne restent jamais loin.

Une petite voix, en moi, celle qui leur parle, parfois, chantonne une nouvelle fois à leur attention.

– Voyez, lui ? Le beau mec, là-bas. Maman, ne fait pas, genre, tu ne l'as pas remarqué ! On ne voit que lui ! Papa, pas de jalousie mal placée, s'il te plaît… Donc, bon, lui, là… Vous en pensez quoi ? Vous croyez que, peut-être, si j'y crois très fort, il pourra peut-être m'aimer pour toujours ? J'y ai droit, vous pensez ? J'aimerais tellement… Certes, nous ne ferions pas de jolis bébés, mais il aurait tellement à faire à s'occuper de moi ! Sinon, maman, tu crois que j'ai un problème avec les asperges ? J'en raffole depuis une semaine et ça commence à m'inquiéter. Tu en mangeais quand tu étais enceinte ? Merci du cadeau, tu aurais pu choisir un truc moins équivoque. J'annonce que manger des asperges, c'est soit super érotique, soit super ridicule… Et me connaissant, je suis plutôt du style à entrer dans la seconde catégorie. Bref. Bisous, je vous aime !

Les mariés sortent à présent de l'église et Owen se plante au bout du banc en attendant que je le rejoigne. Ce que je m'empresse de faire.

Nos mains glissent l'une dans l'autre pour s'enlacer discrètement, mais avec la force du cœur. Nos regards se trouvent un instant, et cet échange me coupe le souffle. La flamme crépitant dans ses rétines n'offre aucune équivoque. Si j'ai envie d'être à lui, si j'espère et ressens cet élan presque incontrôlé à croire en plus, il en est au même point.

J'ai subitement envie que les murs et les gens autour de nous s'effacent pour me mettre à genoux devant lui et lui promettre l'éternité.

Ou, seconde option, grimper à quatre pattes sur l'autel, le pantalon descendu aux chevilles et le supplier de me défoncer comme une petite dévergondée en chaleur… S'il pouvait porter ses mitaines, aussi, ce serait intéressant…

Oups, je dévie, là !

– On y va ? me rappelle Owen à l'ordre, amusé, sans doute par l'expression que doit afficher mon visage.

– Ah, oui, pardon, j'étais en train de réfléchir.

– J'aimerais beaucoup que tu m'expliques, ça avait l'air assez sympa ! ricane-t-il en me faisant rougir.

– C'était pas mal, c'est vrai. Dis-moi, tes mitaines, seraient-elles dans ta valise, par hasard ?

– Celles que je porte pour faire du sport ?

– Celles-là mêmes, effectivement.

– Je crois, pourquoi ?

– Espèce de sale pervers ! l'insulté-je en lui frappant l'épaule. Tu le fais exprès pour m'aguicher, c'est ça, hein ?

Il éclate de rire alors que nous retrouvons le soleil et le brouhaha des invités se préparant sur le parvis pour la suite du mariage.

– Il va falloir que tu m'expliques !

– Non, Owen, tu ne veux pas savoir, c'est très intime tout ça !

– Justement… Tu veux que je te touche avec mes mitaines, c'est ça !

– Arrête, je bande ! Mais, non, vas-y, continue encore un peu…

– Ce qu'il y a de bien avec les mitaines, c'est que le bout des doigts reste disponible, tu vois, monsieur le serveur cochon ?

– Escort, s'il te plaît ! Je suis venu ici incognito !

Donc, oui, il est éventuellement possible que nous ayons quelque peu exploré une de « mes voies d'accès » encore vierge après notre petite visite du parc du château hier, en rentrant dans nos chambres.

Il est tout aussi probable que nous nous soyons plutôt bien amusés avec ses doigts.

Et je mentirais si je soutenais qu'il ne m'a pas littéralement vidé de tout mon stock de semence en à peine quelques heures… Bon sang, vingt ans de réserves épuisées en quoi ? Une petite, minuscule semaine ? Ce type est un vandale !

J'enfile mes lunettes de soleil en me concentrant sur autre chose que lui, parce que bon, ça va cinq minutes la décadence volontaire, lubrique et programmée… Si mes parents m'entendaient !

Owen

29. Owen

La soirée se termine presque.

Enfin, non, pas tout à fait. Pour être exact, le repas est terminé et ma sœur ouvre le bal, pour la sixième danse au bas mot, dans les bras de Jimmy. Ils sont beaux, amoureux et comblés. Tout s'est très bien passé. Nos parents sont restés à table, à leur place, à l'autre bout de la salle, avec la partie désagréable de notre famille, c'est-à-dire tout le monde.

Peu importe, les apparences ont été sauvées, aucun esclandre à noter. Pas un mot plus haut que l'autre. C'est pour cette raison que je considère la mission réussie avec succès.

À présent, *Bitter Sweet Symphonie*[6] rythme la soirée et Lou est appuyé contre mon torse, alors que nous nous tenons à proximité du buffet des rafraîchissements sur la terrasse. Ma queue sagement placée entre ses fesses. Tout va bien. À l'exception du fait que je me retiens depuis l'église d'aller enfiler ces maudites mitaines pour lui faire réellement l'amour.

---

[6] The Verve.

Je presse discrètement sur son ventre pour le rapprocher de moi, il se laisse faire en laissant échapper un soupir plus qu'évocateur.

Cette fois, c'est bon !

– Tu n'aurais pas envie de rentrer, par hasard ? lui glissé-je à l'oreille sans manquer de finir ma phrase en mordillant son lobe.

– Je n'osais pas te le proposer…

– Ce sont les mots les plus érotiques que j'ai entendus depuis longtemps, lui soufflé-je en accueillant un nouvel assaut de ses fesses sur mon membre frétillant d'impatience. Je vais aller me rafraîchir aux toilettes. Je ne peux décemment pas prendre congé de la moitié de nos amis avec une gaule de la taille d'un aviron dans le froc ! Attends-moi là.

Il hoche la tête en s'écartant légèrement de moi. J'embrasse sa nuque avant de retourner dans l'établissement pour trouver les sanitaires.

J'ai à peine traversé le hall qu'une voix, comme surgie du passé, m'interpelle depuis la réception.

– Owen Connely ! On ne salue plus les anciens associés ?

Je me retourne vivement pour me trouver face à Tony, souriant, à peine plus marqué par le temps que lors de notre dernière entrevue.

Il se dirige vers moi, un bras levé pour m'offrir une accolade amicale.

L'esprit légèrement embrumé par l'alcool ingurgité durant toute cette journée, je prends un peu de temps pour réaliser qu'il est réellement en face de moi.

– Tony ? Qu'est-ce… Quel hasard original !

En fait, après réflexion, je suis très content de le revoir. Même si je ne m'y attendais absolument pas.

– Hasard ? Le mot est fort ! ricane-t-il de sa grosse voix de mafieux qui n'a jamais peur de déranger l'entourage par ses décibels. En réalité, j'ai appris que tu avais loué un chalet au *New Trees Castle* pour ta sœur cet après-midi, alors, comme tu as changé de numéro de téléphone, et que je suis de passage pour le week-end, j'ai décidé de séjourner ici, comme de toute manière mes appartements au « *Trees* » sont inhabitables en l'état actuel…

– Attends. Comment sais-tu pour ma réservation ?

– J'ai racheté ce vieux machin il y a peu ! Que veux-tu, il faut bien que je m'occupe, si loin de chez moi ! Et j'ai toujours aimé ce tas de pierres ! Je refais tout en revanche, ce manoir mérite une seconde vie.

– Je ne comprends rien à ce que tu racontes, Tony !

– J'ai dû fuir Chicago il y a quelques mois ! m'explique-t-il d'un air détaché. Des flics un peu trop regardants. Bref, ils n'ont rien contre moi, mais j'ai préféré apaiser les tensions en revenant ici. Et toi ? Comment va notre bébé commun ? La garde pleine se passe bien ?

– Nickel ! Dis-moi, tu restes longtemps ? Je n'ai pas réellement l'esprit pour une longue discussion ce soir, mais ça me ferait plaisir de…

– Bien entendu, j'ai moi aussi quelques compagnons à occuper, me répond-il en désignant trois jeunes mecs attendant sagement devant l'ascenseur. Je repars demain après-midi.

– Parfait, ma sœur organise un brunch demain midi ici. Passe me faire signe, nous aurons bien le temps de nous raconter nos vies passionnantes. Surtout la tienne !

– Sans problème ! Bonne soirée. Tous mes vœux de bonheur à ta sœur. Je lui laisserai un petit quelque chose avant de partir.

– Tu n'es pas obligé, elle…

– Salut, et arrête avec tes conseils, tu sais bien que j'en ai rien à foutre !

Il tourne les talons afin de rejoindre la petite troupe déjà entrée dans l'ascenseur. Décidément, il n'a pas changé.

Encore une bonne nouvelle aujourd'hui. Tony est un mec bien. Il frôle un peu trop souvent les limites de la légalité, mais ce n'est pas moi qui m'en plaindrais, étant donné tout ce qu'il a pu faire pour moi grâce à ses magouilles obscures.

Donc, ceci étant dit… Toilettes…

30. Lou

Je profite des dernières minutes de la soirée pour me calmer, moi aussi, un peu excité par la suite prévue au programme. Je prends quelques photos des mariés pour les envoyer à JL et à Rita qui me bassinent depuis quelques heures pour savoir comment la journée se passe, si la mariée est jolie et j'en passe.

En réalité, depuis mon arrivée en Angleterre, ils se prêtent à un odieux chantage. Si je veux des nouvelles de Maurice, je dois leur envoyer des reportages détaillés et en photos de mes journées.

Encore une fois, parce que mon chien commence à me manquer, et eux aussi, d'ailleurs, je cède à leurs caprices. Je récolte quasiment aussitôt des clichés de Maurice sur un skate. Leur solution contre ses coups de flemme.

Ils baladent mon bouledogue sur un skate-board ! Pauvre toutou. Vivement que je rentre pour reprendre les choses en main.

– Ça ne durera pas !

La voix glaciale de la mère d'Owen me coupe dans mon échange d'insultes puériles avec mes colocs.

Je relève les yeux pour croiser les siens, les mêmes que ceux de mon amant, mais en beaucoup moins avenants.

C'est le moins que l'on puisse dire !

– Que voulez-vous dire ?

– Je veux dire, répond-elle en se tournant totalement vers moi, un verre d'eau à la main, que mon fils est un carriériste. Il a besoin de challenges et d'avancer. Il n'est pas mon fils pour rien. Une fois qu'il se sera bien amusé avec vous, il partira. C'est ce qu'il a toujours fait. Conseil d'amie, ne vous attachez pas trop.

Connasse !

Je scrute ses yeux vides de toute douceur, les rides qui parcourent son visage, ses lèvres pincées dénotant avec le reste des invités, joviaux et détendus.

– Vous savez que le manque d'amour fait vieillir prématurément ? Remarquez, oui, vous devez le noter tous les matins en vous observant dans votre miroir.

Voilà, ça, c'est fait !

– Et pour répondre à votre conseil certainement mal avisé, je dirais simplement que justement, si chaque fois il s'est lassé, c'est peut-être que rechercher les challenges et la gloire ne l'amusait pas tant que ça. Ceci dit, ça me paraît normal puisqu'en cherchant les défis il devait simplement reproduire inconsciemment ce que vous lui avez toujours appris. Peut-être que finalement, ce n'est pas ce à quoi il aspire dans la vie.

– Si vous désirez vous en persuader, libre à vous.

Re « connasse ».

– Et vous ? De quoi tentez-vous encore de vous persuader, Eleonor ? Que vos enfants se sont trompés sur leur avenir ? Votre mari ne vous regarde plus d'après ce que j'ai vu ce soir. Votre repas en compagnie de votre famille n'a pas eu l'air non plus passionnant à en juger par le fait que pratiquement toute la tablée a pris congé. Et autour de vous, que voyez-vous ? Des gens heureux dans leur simplicité. Vous qui semblez une grande analyste, certaines évidences ne vous sautent-elles pas aux yeux ?

– De belles paroles… Mais je n'ai pas à me justifier auprès de vous ! Comprenez-le ou non, je ne souhaite que le bonheur de mes enfants ! rétorque-t-elle, agacée.

– Justement. En agissant comme vous le faites, vous leur gâchez ce qu'ils tentent de construire. Vous êtes peut-être bonne en affaire, mais niveau familial, c'est à revoir. Au lieu de rester campée sur vos positions, si j'étais vous, je tenterais de rattraper ce qui est rattrapable. Vous m'avez déclaré lors de notre première rencontre que je ne connaissais rien à la vie. Je peux tout de même vous en dire un peu. Déjà, votre fils est un homme incroyable et vous ne le voyez même pas. Ensuite, je n'ai plus de famille. Vous avez la chance d'en avoir une. Profitez-en. La vie est trop courte. Sur ce, je vous laisse avec votre venin. Essayez tout de même de ne pas vous étouffer avec. Bonne soirée.

Je la laisse en plan pour me diriger vers l'intérieur de la salle afin de récupérer ma veste, chassant de mon esprit les doutes qu'elle a tenté d'y installer.

Concentré sur mes pensées, je me heurte violemment avec un mur. Le même mur que d'habitude. Le mur très dur qui bouge et qui parle, tout ça… Mais maintenant ce mur m'embrasse dès qu'il me voit et me fait oublier instantanément les paroles acides de sa mère. Ça change tout.

– Où cours-tu comme ça ?

Une nouvelle musique commence sur la piste à l'extérieur. J'ai besoin, en urgence, de me coller à lui et de m'offrir un moment de tendresse dont lui seul détient le secret.

– Nulle part ! Viens !

Je l'entraîne sur le plancher entre les couples déjà enlacés et l'attire contre moi pour me lover au creux de ses bras, au son de *Jesus to a child*[7].

J'aime particulièrement cette chanson qui résume tout ce que la vie m'a appris. Et c'est d'ailleurs pour ça que je me presse contre l'homme que j'aime, car pour le moment, il est là… Pour le moment.

I'm blessed

I know

Heaven sent

And Heaven stole

(Je suis béni, je sais que le ciel donne et le ciel reprend)

Owen me serre dans ses bras sans chercher d'explications. J'enfouis mon visage au creux de son cou en fermant les yeux. Et, oui, le bonheur existe. Toujours aussi fugace, mais tellement beau.

---

[7] Paroliers : George Michael
Paroles de Jesus to a Child © Warner Chappell Music, Inc

When you've been loved
When you know it holds such bliss
Then the lover that you kissed
Will comfort you when there's no hope in sight
(Quand tu as été aimé, Quand tu sais que cela apporte tellement de bonheur, alors l'amant qui t'a embrassé te réconfortera quand tous les espoirs auront disparu.)

Owen fait jouer ses mains le long de ma nuque en embrassant mes cheveux. Je resserre mes bras autour de lui, une panique insensée m'étouffant subitement. Tellement peur que ce moment passe trop vite. Une vague d'angoisse et de nostalgie incompréhensible s'abat sur moi, pénétrant mon esprit et arrivant même à imposer un tremblement nerveux à mes membres. Aussi désagréable qu'un *bad trip* impossible à réfréner.

Owen s'écarte de moi pour examiner mon visage.

– Lou, je crois que tu es fatigué. Cette chanson est super triste. Viens, on va saluer tout le monde.

– Non, je…

J'atterris dans la réalité, ne comprenant pas ce coup de blues qui vient de m'assaillir.

Tout ça, c'est sa faute, à elle ! Elle a réussi à m'atteindre.

– Quoi, non ? Bien sûr que si ! Bon, OK, on se barre à la sauvage ! On les revoit demain de toute manière !

Il attrape mes hanches pour me soulever comme une brindille.

– Ah ! hurlé-je en riant. Mais lâche-moi !

– Certainement pas ! Tu vas traîner et franchement, je n'ai pas de temps à perdre ! Allez, hop ! Salut tout le monde, on se barre ! Accroche-toi ! Direction taxi !

Je m'agrippe à ses épaules comme je le peux en tentant de garder mon sérieux alors qu'il nous fait traverser la piste jusqu'à la salle de repas. Ce faisant, nous passons devant le buffet auprès duquel sa mère nous observe d'un regard étrange.

Une furieuse envie de lui tirer la langue me titille, mais je me retiens, pensant que je lui donnerais raison en agissant de la sorte.

Nous la dépassons, et je crois que son fils ne l'a même pas remarqué. En revanche, mes yeux restent plongés au fond des siens, jusqu'à ce qu'elle disparaisse de mon champ de vision.

31. Owen

Je lance *Father Figure*[8] sur la chaîne et m'allonge sur Lou après avoir préparé tout ce dont j'avais besoin.

That's all I wanted

Something special, something sacred

In your eyes

(C'est tout ce que je voulais, Quelque chose de spécial, quelque chose de sacré, dans tes yeux)

Sous la lumière indirecte d'une lampe allumée au fond de la pièce, je caresse son visage de mes mains gantées, me perdant dans ses yeux si bleus. Tellement incroyables. Il frissonne en apercevant mes mitaines. Un sourire éclairant son visage, il saisit ma main pour la porter à ses lèvres et sucer mes doigts.

---

[8] Parolier : George Michael
Paroles de Father Figure © Warner Chappell Music, Inc

Fébrile, j'embrasse son cou en lui laissant ma main. Nos corps entament une danse rythmée par la sensualité qui les anime.

– Est-ce que tu veux de moi, Lou ?

Il attrape mon menton pour retrouver mes lèvres et m'offrir un baiser incendiaire qui efface tous mes questionnements à ce sujet.

Nos doigts se frôlent puis se débarrassent de nos vêtements respectifs. Je tire sur sa chemise, il fait disparaître mon pantalon, et bientôt nous reprenons nos positions, moi sur lui, fébrile, perdant presque tous mes moyens face à ce que je m'apprête à faire. Je n'ai jamais fait l'amour. Je ne me suis jamais autant angoissé à l'idée de ne pas plaire. De ne pas donner tout ce que je voudrais.

Nos corps ondulent l'un contre l'autre alors que je lèche sa peau en prenant mon temps. Mes mains dévalent son corps, toujours recouvertes des mitaines qu'il ne cesse d'observer en se mordant la lèvre, trahissant son désir.

Mes baisers glissent sur sa peau satinée, mon sexe pulse contre sa cuisse, ses mains effleurent mon épiderme, son envie bat contre mon abdomen…

Je ne peux détourner les yeux de son visage tendu et concentré… Sa pomme d'Adam remontant le long de sa gorge à chaque coup de langue que j'envoie sur sa peau.

J'ai envie de lui promettre l'univers, de tout lui offrir.

If you are the desert
I'll be the sea
If you ever hunger
Hunger for me

Whatever you ask for
That's what I'll be

(Si tu es le désert, je serai la mer, si tu es énervé, sois-le à cause de moi, tout ce que tu demandes, c'est ce que je serai)

Il se cambre lorsque mes lèvres arrivent sur son gland. J'enroule avec douceur ma langue autour de sa longueur, savourant cette odeur qui ne le quitte pas, me laissant guider par ses gémissements et ses mouvements de bassin. Ses hanches bougent sous moi, tentant d'assouvir son besoin. Je ne change pas mon rythme lent.

Ses doigts agrippés à l'une de mes mains posées sur son ventre m'abandonnent pour aller cacher son visage. Je ne discerne plus que sa bouche, ses lèvres entrouvertes sur ses dents qui me paraissent même sexy.

Son buste se tord sous l'effet de ma bouche sur son membre. Ses cuisses s'écartent davantage. Je descends mes attentions sur ses bourses durcies en comprenant qu'il commence à se tendre un peu trop… Je veux le tenir en équilibre le plus longtemps possible au milieu des sensations, pas le faire basculer dès maintenant.

Ma langue dévale la peau plissée de ses bourses pour s'attaquer à son périnée.

Un spasme le parcourt brutalement. Son cul se soulève. Ses mains s'accrochent à ses cheveux. Son souffle devient chaotique. Une fine pellicule de sueur s'étale sur la peau de son ventre. Je passe une main affamée sur ce spectacle qu'il m'offre. Il l'attrape pour la porter à ses lèvres et se met à sucer avidement mon index, jusqu'au bout, avec et sans tissu. Il creuse les joues avidement tandis que je lèche la peau douce me rapprochant de sa fente.

Jusqu'à ce que j'arrive à mon but.

– Owen…

Son soupir se répercute jusque dans mon érection qui menace de ne pas tenir le choc sous toutes ces émotions qui déferlent en moi.

J'enfonce ma langue dans son orifice en perdant mon calme. J'ai envie de lui comme jamais je n'ai eu envie de personne. Je le dévore en perdant ma retenue. J'entre, je sors, mordille, envahis puis lèche à nouveau.

Je récupère mes mains pour écarter les deux lobes lisses de mon chemin. Ses cuisses s'ouvrent pour moi et m'offrent bien plus que j'espérais.

Je continue à me repaître de son corps en m'imaginant déjà plonger en lui, mes lèvres aimantées aux siennes, avalant ses gémissements pour les faire miens.

Il émet un cri étranglé qui me sort de mes envolées fantasmagoriques.

– Owen, je vais…

Il halète en me suppliant, redressé sur un coude.

J'abandonne à regret son orifice pour récupérer un préservatif et du lubrifiant.

Je l'embrasse en déroulant d'un geste la protection sur mon membre, en profitant pour me soulager un peu… Le préparer m'a plongé dans une agonie incroyablement délicieuse que je ne connaissais même pas.

Mon cœur bat comme un damné, et c'est ce que je suis… Condamné à dépendre de cet homme qui plonge sa langue entre mes lèvres en se relevant pour attraper ma nuque.

– J'ai envie de toi, murmure-t-il entre deux baisers. Garde tes mitaines…

– À vos ordres, monsieur le fétichiste…

J'enduis ma queue de lubrifiant en en mettant partout sur ces mitaines providentielles, mais peu importe. Son corps frissonne alors qu'il fixe ses yeux à mes gestes…

– Trop beau, murmure-t-il dans un souffle.

Il tend sa main pour m'aider et nos doigts se rejoignent sur mon membre gorgé d'envies. Nous jouons jusqu'à ce que je ne puisse plus me retenir. J'abandonne mon corps pour le préparer lui. Il ne me lâche pas et continue de me torturer en me branlant dans un rythme lent accordé à la musique qui joue toujours.

Je plonge un doigt lubrifié dans son canal, provoquant un cri étouffé au fond de sa gorge. Je repose mes lèvres sur les siennes en baisant son adorable cul encore, puis encore, mon doigt s'aventurant de plus en plus profondément en lui.

Voyant qu'il supporte admirablement le traitement, j'en ajoute un second en enroulant ma langue à la sienne. Il soupire une nouvelle fois en lâchant ma queue pour s'accrocher à mes épaules.

– Owen ! Je te veux-toi, supplie-t-il après quelques allers-retours.

– Attends. Tu n'es pas encore prêt.

Je n'ai tellement pas envie de lui faire mal. Même si le besoin de fusionner me chatouille douloureusement les reins. De plus en plus fort, je ressens l'urgence de le prendre et de m'unir à lui.

Il hoche la tête en tentant de contrôler son souffle. J'enfonce un troisième doigt avec précautions. Il semble tellement impatient que rien de ce que je lui fais ne le blesse. Tellement en demande. En attente. Presque désespéré.

J'accélère mes mouvements et baise son cul plus brutalement, m'imaginant déjà à la place de ces doigts trop chanceux à mon goût. Ses joues s'empourprent et ses doigts se crispent sur mes épaules.

Il rejette la tête en arrière en repliant les genoux.

– Owen ! C'est bon… Viens… Je perds la tête…

Je crois que si je ne lui obéis pas dans la seconde, je vais exploser en route. Il est tellement sexy en pleine extase.

Je m'allonge doucement sur lui, me retenant sur un coude, et m'autorise une seconde pour reprendre mes esprits.

Maybe this time is forever

Say it can be.

(Ce moment est peut-être pour toujours, dis-moi qu'il peut l'être)

Il lève une main pour la passer sur mon visage. Nos regards se soudent. J'entre en lui, tendu de tout mon être.

Son souffle devient lourd, ses doigts crispés sur ma nuque. La chaleur de son corps m'accueille et apaise mon besoin, momentanément. Mon cœur s'emballe à mesure que je le pénètre. Il soupire lourdement. Relève les genoux pendant que j'inspecte son visage, ne voulant pas rater le moindre signe d'une douleur trop intense.

Je passe sur sa prostate alors qu'il commence à grimacer. Je m'y arrête pour le masser et le détendre. Son visage se tend de plaisir tandis qu'un chapelet de ronronnements s'échappe de sa gorge.

J'attrape sa queue précipitamment dans mon poing.

Le coude sur lequel il était perché flageole. Je le repousse contre son oreiller pour disposer de son corps à ma guise. Je m'enfonce jusqu'à la garde en espionnant ses yeux. Ses lèvres. Immobile. J'ai encore envie de plus. Il semble s'habituer à ma présence puis fait rouler son bassin d'impatience. Le signal. Le point à partir duquel je ne réponds plus de rien.

Je prends d'assaut sa bouche en accentuant les mouvements de mon poignet autour de sa verge. Et je baise. Non, je lui fais l'amour. Je ressors de son intimité pour la prendre à nouveau. Profondément. Lentement. Puis encore…

J'interromps notre baiser pour l'observer en continuant de l'assaillir. Un sourire sublime, absent, éclaire son visage alors que je m'enfonce, toujours plus profondément dans le corps qu'il m'offre.

Je n'arrive même plus à discerner qui donne le plus à l'autre.

Je l'aime.

And love can't lie, no
(Greet me with the eyes of a child)

My love is always tellin' me so
(Heaven is a kiss and a smile)
(Et l'amour ne peut pas mentir, non. (accueille-moi avec le regard d'un enfant) Mon amour me le rappelle sans cesse (le paradis est un baiser et un sourire).

Il attise tellement de choses en moi que mon plaisir s'emballe et mon corps ne peut que le suivre dans la fièvre qui monte le long de mon échine. J'accélère mon attaque entre ses fesses contractées. Ses yeux se révulsent. Sa queue devient plus raide que jamais entre mes doigts. Son souffle capture le mien et s'accorde à mon rythme. Je ne sais qui guide l'autre. Nous accentuons notre danse sublime. Son bassin, le mien, ses mains, mes lèvres, sa langue, tout s'emporte, perd le sens de la réalité, s'énerve, transpire.

Je vais, je viens, il gémit, soupire, puis crie, m'envoûte, en redemande, je n'arrive plus à mesurer mes coups de reins. Tout devient flou, lourd, profond et dévastateur.

– OWEN ! hurle-t-il en se cambrant, décollant presque totalement du matelas.

J'attrape ses hanches, en sueur, totalement fou, et plonge encore et encore en lui, plus vite, plus profond, encore, plus vite, j'ai faim, je veux…

Un orgasme m'envoie un uppercut alors qu'il se vide sur son ventre en se branlant lui-même d'une main emportée… Je me fige, le bassin en avant, tout au fond de lui, et laisse le plaisir déferler de ma nuque jusqu'à mes reins, mes bourses, mon ventre, pour s'évacuer au bout de ma queue, dans la capote.

Le souffle court, je chancelle et me reprends au dernier moment pour ne pas m'étaler de tout mon long sur lui. J'atterris sur l'épaule, contre son bras, encore planté entre ses fesses que je ne veux plus quitter.

Il passe ses bras autour de moi et nous redescendons de notre extase en nous caressant lascivement.

Putain ! Je l'aime ! Tout… Il me fait tout redécouvrir, en plus merveilleux. Le monde porte une autre couleur avec lui.

La fatigue de la journée se rappelle durement à moi, subitement. Je ferme les yeux, quelques secondes. Tellement bien, au chaud contre lui…

Owen

32. Lou

Nous nous sommes endormis.

À un certain moment de la nuit, il s'est levé, a éteint la musique, s'est rendu dans la salle de bains, puis a réintégré le lit en nous recouvrant de la couette. Il m'a pris dans ses bras, a embrassé mon épaule et j'ai replongé dans un sommeil profond et sans nuages, bercé par la douceur de ses baisers sur ma peau.

À présent, le soleil semble s'être levé derrière les rideaux et je me prélasse au cœur du cocon qui nous englobe. Son corps, le mien, la couette, les oreillers. Je ne me suis jamais senti aussi bien de ma vie.

Personne n'a jamais pris soin de moi comme il le fait depuis le début de ce voyage et encore moins comme il l'a fait cette nuit. Je me suis senti important, aimé, précieux. Et même à l'instant, alors que son souffle chatouille la peau de mon cou, que sa joue repose sur mon épaule, je ne peux me résoudre à bouger tellement je me sens protégé. Comblé.

Finalement, il faut croire que je n'attendais rien d'autre dans mon existence que lui.

J'observe mes doigts alors qu'ils longent son biceps posé sur mon torse. Il remue légèrement et redresse la tête.

– Bonjour, chuchote-t-il en m'adressant un sourire ensommeillé.

– Bonjour…

– Bien dormi ? demande-t-il en replaçant sa joue là où elle reposait.

– Très bien.

Je me sens tellement bien, même si je devine un mal de crâne poindre… Je crois que j'ai un peu abusé hier. En fait, nous n'avons jamais arrêté de boire du midi jusqu'au soir. Entre les toasts, l'apéritif, le vin d'honneur, le champagne entre-deux, re l'apéro, le vin à table… Pas étonnant que je me sente sans énergie et vaseux.

– Moi aussi, ronronne-t-il en embrassant mon cou… Mais je n'aurais rien contre une heure ou deux de plus de sommeil. Je suppose qu'il est tard ?

– Je pense…

Nous laissons le silence retomber entre nous. Rien de désagréable, bien au contraire. Je continue à effleurer son bras, son épaule, le haut de son dos… Il esquisse de petits dessins sur ma peau du bout de sa langue. Un moment peut-il être plus parfait ?

Non. Et encore moins lorsqu'il s'écarte de moi pour regarder l'heure.

– Bon sang ! Dix heures ! Nous devons nous présenter pour le brunch dans une heure.

J'ai envie de hurler. Il embrasse mes cheveux puis sort du lit en laissant un vide énorme prendre sa place.

Tout à coup, je me sens seul. Perdu, inutile. Abandonné.

– Tu veux prendre ta douche avec moi ? Comment te sens-tu, au fait ? me demande-t-il le nez dans sa valise. Merde, j'étais certain d'avoir apporté ce sweat ! Qu'est-ce que j'en ai fait ?

Je me recroqueville sous la couette et enfonce le visage dans son oreiller pour réconforter mon cœur.

Il trouve enfin ce qu'il cherche en lâchant un cri de victoire, le jette au pied du lit puis revient se pencher sur moi.

– Tu vas bien ?

Je hoche la tête en tentant d'oublier la boule d'amertume se formant au fond de ma gorge.

– Oui. Je crois que je n'ai pas assez dormi.

– Alors, prends ton temps. Je te réveille lorsque je sors de la douche.

En fait, j'ai chaud au crâne et froid dans le dos. Mes mains tremblent et mon moral vacille. J'ai envie de lui demander de revenir avec moi, de me faire un câlin, parce que je crois que je n'en ai pas eu assez. Mais je suis pertinemment informé que nous devons nous lever et que retarder ce moment ne servira à rien, sauf à accroître mon état vaseux et déprimé.

Je sais, c'est stupide. Mais… j'ai peur que le bonheur, ce fichu bonheur, ne décide que la fête est finie. Je sais qu'il ne dure jamais. Il a atteint son apogée hier soir, et donc, tout naturellement, va aller en déclinant à partir de maintenant.

Avant, je ne connaissais pas la sensation que procurait le plaisir intense, donc, je n'avais pas peur de le perdre. Mais après cette nuit… Personne n'avait jamais pris soin de moi de la sorte. C'est tellement addictif. Et tellement éphémère.

On est moins peureux quand on n'a rien à perdre.

Je l'observe alors qu'il va et vient dans la chambre, en essayant de ne pas se montrer trop bruyant. Son corps musclé, ses fesses galbées, ses épaules larges, son torse protecteur, ses cheveux en vrac. Tout ce qu'il représente est tellement précieux.

Et si…

Et si ce n'était qu'une passade pour lui ?

Et s'il se lassait de moi. Qu'ai-je à lui proposer de si passionnant qui le retiendrait à mes côtés ?

Je devrais me réjouir d'avoir eu droit à tout ça et considérer que j'ai déjà eu beaucoup de chance. Utopiquement, j'ai envie que ça dure toujours.

Il s'enferme dans la salle de bains et j'ai l'impression de me retrouver vraiment seul. J'ai besoin de lui. Je me sens comme Icare. J'ai voulu m'approcher de trop près du soleil, et maintenant, je redoute le moment où mes ailes fondront. Parce que je sais que c'est ce qui arrivera. Les mecs comme moi ne peuvent prétendre à des mecs comme lui. J'ai été fou de me jeter aussi pleinement dans cette aventure.

J'appréhende le jour où il faudra payer la note.

Je ferme encore un peu les paupières en tentant d'apprécier son parfum sur l'oreiller. De m'y baigner autant que je le peux.

33. Owen

Je caresse rêveusement la nuque de Lou en zappant complètement les propos de Tiff qui nous raconte ses vacances je ne sais où.

Je crois que je n'ai pas assez dormi. Et je crois que Lou est dans un pire état que le mien. Il ne parle pas du tout, ce qui ne lui ressemble vraiment pas, et somnole depuis ce matin, en frissonnant par intermittence. Malheureusement, je ne peux pas l'aider à se sentir mieux. Déjà parce que nous nous trouvons à table, au milieu d'une foule d'invités, et ensuite parce que je ne sais pas m'y prendre. Les marques d'affection en public me sont-elles autorisées ? Il ne m'en prodigue pas vraiment lui-même, je trouve même qu'il se montre plutôt distant.

Une foule de raisons éventuelles se bousculent dans mon esprit. Ai-je été minable cette nuit ? Peut-être qu'il attendait autre chose ce matin qu'un réveil rapide et un peu précipité ? Peut-être qu'il est déçu. Ou simplement, il n'aime pas être collé à moi devant tous ces gens.

J'observe son air fermé un moment, jusqu'à ce qu'il tourne les yeux vers moi et m'adresse un sourire presque triste. Je me penche vers lui pour évaluer son humeur. Il m'offre un baiser rapide puis reprend place sur le dossier de sa chaise. Rassurant sans être transcendant. Nous accusons le contrecoup de la soirée, j'imagine. Demain ou ce soir, à l'hôtel, les choses seront sans doute plus claires et simples à gérer.

Ma sœur saisit une bouteille de vin pour nous resservir un verre, mais celle-ci s'avère vide. Parfaite excuse pour me dégourdir les jambes.

– Laisse, j'y vais ! proposé-je en me levant. Je reviens, j'avertis Lou en déposant un baiser sur son crâne.

Je prends mon temps pour aller trouver les serveurs en charge de notre brunch et décide de passer par le hall de réception plutôt que par les portes-fenêtres.

Je me retrouve nez à nez avec Tony sortant du pub. Je l'avais complètement oublié.

– Owen ! s'exclame-t-il en m'assénant une claque virile sur l'épaule. Décidément, pour te trouver, faut payer un détective. Personne au pub…

– Oui, effectivement, étant donné qu'il fait beau, nous squattons la terrasse.

– J'ai vu ça ! Tu as quelques minutes devant toi pour une bière ? Je te l'offre, bien entendu.

– Pourquoi pas ? accepté-je après une courte réflexion. Pas longtemps, je suis attendu.

– Je me doute bien. Je repars moi-même pour Liverpool dans quelques heures.

– Les affaires ?

– Plus ou moins ! Viens, je vais t'expliquer tout ça.

Je le suis jusqu'au comptoir, en profite pour commander quelques bouteilles de vin en plus pour notre table au premier serveur que je croise et accepte la pinte que le barman pose devant mon nez.

– Donc, mes affaires… Je me lance dans l'hôtellerie de luxe atypique, figure-toi !

– Atypique ! Tu m'en diras tant…

Mon ami ricane et se lance dans l'explication de ses grands projets…

Owen

34. Lou

Je n'arrive pas à reprendre le dessus sur mon vague à l'âme. Owen s'est absenté depuis dix minutes à peine et déjà une peur insidieuse s'empare de ma raison. Je l'imagine ailleurs en train de se demander comment m'expliquer que cette nuit était une erreur.

Je l'ai senti loin de moi toute la journée et distrait, ce qui ne lui ressemble pas. En tout cas, il se montrait beaucoup plus détendu avant cette nuit à mon égard, c'est une certitude. Une sorte de malaise désagréable plane entre nous et j'ai du mal à le supporter.

J'essaye néanmoins de sourire à Jimmy qui m'explique les plans de leur future maison et les aménagements qu'ils comptent effectuer avant de concevoir leur deuxième enfant. Sur ses genoux, la petite Alicia étale des cartes pour s'entraîner à des tours de magie et je me prête au jeu de désigner certaines cartes, comme elle me demande, tout en tendant l'oreille aux propos de son père.

Bref, je passe le temps comme je le peux. Et surtout, j'essaye de me sortir de la tête toutes ces idées noires que je sais stupides. Owen n'est pas du genre à se forcer et la manière dont il m'a fait l'amour devrait largement suffire à me rassurer sur ce qu'il ressent.

Mon téléphone se met à vibrer sur la table. Ce qui n'est pas normal, toutes les personnes que je connais vivent aux États-Unis et il est encore très tôt là-bas.

C'est effectivement un numéro américain qui tente de me joindre. Un numéro que je ne connais pas.

Je prends rapidement congé de ma petite magicienne et de son père pour m'éloigner et prendre l'appel.

– Allô ?

– Bonjour. Monsieur Collins ? Lou Collins ?

– Oui ?

Je ne reconnais pas le timbre de voix, mais l'accent, en revanche, ne me trompe pas. Ni le ton sérieux et angoissant que la femme à l'autre bout du fil emploie.

– Je m'appelle Marjory Cooks. Le médecin de garde de Stoneburry.

– Ma tante ? lâché-je en entendant le nom de la ville la plus proche de la bourgade dans laquelle réside ma tante. Il lui est arrivé quelque chose ?

– Effectivement. Rien de fatal, ne vous inquiétez pas, simplement, elle n'est pas en état de s'occuper des formalités administratives et elle aurait besoin qu'un proche lui apporte des vêtements et… prenne un peu soin d'elle… Elle nous a donné votre nom et nous avons trouvé votre numéro dans son sac à main.

– D'accord, mais que lui est-il arrivé ?

La panique m'étouffe et m'ôte mes moyens.

– Une attaque. Votre tante nous a avoué qu'elle n'avait pas pris son traitement pour l'arythmie depuis quelques jours, par omission. Mais ce genre de chose, à son âge, ne pardonne pas. Elle va mieux, ne vous inquiétez pas. Mais nous appelons systématiquement la famille lors de ce genre d'évènement, et nous n'avions que votre nom, donc…

– Oui, c'est normal. Elle va bien, vous en êtes certaine ?

– Oui, elle va se remettre. Elle demande déjà à retourner chez elle, mais nous devons encore attendre quelques jours pour surveiller ses constantes. Pensez-vous que vous pourriez être présent ?

– Bien entendu. Je me trouve en Europe, actuellement. Le temps de réserver un vol, et je rentre aussitôt. Ne m'attendez pas avant demain, mais surtout, surtout, madame Cooks, si jamais il lui arrive quoi que ce soit, appelez-moi.

– Je n'y manquerai pas, Monsieur Collins. Je vous souhaite un bon voyage, donc, à très bientôt.

Je raccroche en cherchant Owen des yeux sur la terrasse, mais il n'est pas revenu. Précipitamment, sous le choc, je slalome entre les tables pour rejoindre le hall, là où il a disparu il y a un bon quart d'heure. Je demande directement à la personne derrière la réception s'il n'a pas vu mon amant, mais elle me répond qu'elle vient de prendre son poste et que… bla-bla-bla…

Je la coupe pour la remercier puis tourne les talons pour tomber nez à nez avec Eleonor.

– Bonjour Lou, me salue-t-elle froidement. Vous cherchez quelque chose ? Ou plutôt quelqu'un ? Owen peut-être ?

– Vous l'avez vu ? lui demandé-je en tentant d'oublier son air insupportable.

– Oui. Il discute depuis un bon moment avec Tony. Il vous a parlé de lui ? Son premier amant.

Je reste figé par le choc de ses paroles. Incapable d'assimiler rationnellement toutes les informations qui me tombent dessus.

– Comment ça ?

– Comment disiez-vous, déjà ? Owen se lassait parce qu'il recherchait autre chose ? Vous croyiez vraiment que vous alliez échapper à la règle ? C'est pourtant presque déjà fait. Tony est un homme de pouvoir et d'argent. Ce à quoi mon fils aspire, même si vous refusez de l'admettre. Toutes mes condoléances, mon petit !

– Espèce de... je me retiens au dernier moment pour ne pas me laisser emporter par la rage noire qui embrume mon esprit, mais mes mots sont plus rapides que ma raison. De toute manière il me paye pour faire semblant ! Donc, peu importe... Où est-il ?

– Il... vous paye ? répète-t-elle, interloquée.

Je n'aurais pas dû prononcer ces mots ! D'un autre côté, perdu pour perdu... De toute manière, je n'ai pas le temps pour ça.

– Où est-il ? réitéré-je, à bout de patience.

Elle reprend rapidement contenance et retrouve son sourire abominable.

– Au pub... Vous ne pouvez pas le manquer... Il ne prend même pas la peine de se cacher... Mais étant donné que votre couple n'est qu'une illusion, ça ne vous dérangera sans doute pas. Me voilà rassurée, déclare-t-elle ironiquement. Bonne journée, Lou…

D'un geste impérial, elle tourne les talons et repart vers la terrasse.

Le cœur battant, je me dirige vers le pub, le cerveau en surchauffe. Le spectacle qui m'y attend termine le travail. De dos, il rit en compagnie d'un autre homme d'âge mûr, effectivement. Et cet homme, qui doit certainement être le fameux Tony, se trouve presque collé à lui, une main posée sur son dos…

J'en perds mes moyens, mes barrières et toute mon énergie. L'homme est massif, possède une prestance indéniable et est vêtu avec goût… Lorsqu'il tourne légèrement la tête vers Owen, je remarque qu'en plus de tout ça, il s'avère vraiment canon. Un peu poivre et sel, le genre vieux beau à la George Clooney… Rien à voir avec moi.

Rien.

Absolument aucune comparaison possible.

Et alors qu'il s'est montré distant toute la journée avec moi et que j'espérais que sa retenue pouvait provenir d'une fatigue légitime, Owen se met à rire d'un air réellement joyeux tandis que ce Tony lui chuchote quelque chose à l'oreille.

Il n'a pas ri avec moi aujourd'hui. Nous ne nous sommes même pas retrouvés aussi proches une seule seconde qu'ils le sont maintenant.

Des larmes dévalent mes joues sans que je les sente réellement. Mon univers s'écroule. Une lassitude incroyable s'empare de moi et je n'arrive plus à engranger de pensées cohérentes. Tout ce qui m'importe à présent, c'est partir. Rejoindre ma tante, le dernier vestige de ma famille, et ne plus jamais retourner à New York et encore moins ici.

Je ne cherche même pas à comprendre. Je fais demi-tour, récupère ma veste sur la chaise que j'occupais pendant le repas, m'arrange pour éviter tout le monde et me dirige vers la réception pour demander à ce que l'on m'appelle un taxi. Puis je pars me réfugier sur le parking en consultant les horaires les plus proches des vols pour New York. Je sais où Owen a rangé nos billets. J'espère juste que je pourrai l'échanger sur place.

35. Owen

– Je t'assure, Owen, que j'ai été ravi de te revoir. Si jamais tu envisages de te développer, surtout n'hésite pas. Je ne compte pas m'enterrer ici. J'attends un peu que les affaires se calment à Chicago, puis je rentre. J'ai le mal du pays, je crois. Je me fais vieux.

J'adore Tony, mais même si sa proposition part d'un bon sentiment, je ne compte absolument pas m'éloigner de la légalité. J'ai bossé assez dur pour rendre GSA convenable et bien considérée, je ne ferai rien pour mettre en danger ce que j'ai durement gagné.

– Je comprends.

– Bon ! déclare-t-il en quittant son tabouret. Je t'avais promis un verre rapide, vingt minutes, c'était rapide. Je dois te laisser, mon chauffeur m'attend certainement. Je te souhaite encore plein de bonheur avec... Lou ? C'est ça ?

Il dépose une bise sur ma joue tandis que je me lève également, pressé de retrouver mon homme pour le ramener dans notre chambre.

– C'est ça ! À très bientôt, Tony.

Je l'abandonne sur le pas de la porte du pub et retourne à notre table en cherchant Lou du regard, sans résultat. J'avise ma sœur heureuse autour de ses bouteilles de vin nouvellement apportées.

– Eh, Owen, merci ! Tu nous as sauvés d'un dessèchement indubitable.

Très bien, elle est saoule.

– Tu as vu Lou ?

– Euh, non, je ne crois pas, me répond-elle en m'adressant un regard vide.

– OK…

Je rentre à nouveau dans l'établissement pour le chercher aux sanitaires, mais je me heurte à ma mère.

– Pardon.

– Owen, tu vas bien ? me demande-t-elle trop innocemment pour être honnête.

– Parfaitement. Salut.

– Attends ! Pourquoi ne pas profiter de cette petite réunion de famille pour discuter un peu ?

Elle se fout de moi ?

– Tu m'excuseras, mais je suis venu ici pour m'amuser, et avec toi ce sera forcément rasoir. Ou insupportable. Bon après-midi.

Je la contourne pour continuer ma route, mais elle me hèle aussitôt.

– Tu peux faire le malin, mais payer encore un homme pour jouer le couple amoureux à trente ans, ça ne reflète pas la vie parfaite !

Je me fige puis me retourne pour fondre sur elle.

– Répète un peu ?

– Le fameux Lou… Un escort ? Mon Dieu, mon fils, tu es tombé bien bas.

– Lou n'est pas un escort ! Tu es devenue complètement folle, ma pauvre Eleonor !

– Ce n'est pourtant pas ce qu'il vient de me dire !

– Tu l'as vu ?

Une rage sourde monte en moi. Pourquoi est-il allé raconter notre pseudo arrangement à ma mère ? Il aurait pu, éventuellement, en parler à tout le monde ici, sauf à ma famille. Je l'avais prévenu qu'ils étaient tous mal intentionnés. Qu'est-ce qui lui a pris, Bon Dieu !

– Où est-il ? répété-je sèchement devant son silence.

– Parti, j'imagine. Il a récupéré sa veste puis s'est dirigé vers la réception… puis le parking… Susceptible, le petit… Pour un homme qui connaît la vie…

– Tu n'es qu'une femme abjecte ! craché-je avant de la planter au milieu du hall pour me ruer vers le parking.

Je n'ai pas à chercher longtemps. Penché sur un taxi, il discute avec le conducteur.

Je traverse la distance qui nous sépare pour le rattraper alors qu'il grimpe à l'arrière du véhicule.

Je pose une main sur son épaule pour l'empêcher de monter.

– Qu'est-ce que tu fais ? lui demandé-je sans même lui laisser le temps de se retourner.

– Je rentre à New York, déclare-t-il les yeux baissés, évitant soigneusement mon regard.

Mais il ne va pas s'en tirer comme ça !

– Et c'est tout ? Tu te barres. Tu comptais m'avertir quand, exactement ?

– Je comptais le faire, figure-toi, mais tu étais occupé, visiblement. Je n'ai pas voulu te déranger. Désolé.

Le reproche tinte clairement dans sa voix… Malheureusement pour lui, je n'ai rien fait de mal, donc, sa petite crise, il va l'oublier. C'est moi qui ai toutes les raisons du monde de m'énerver. Pas lui.

– Et ? C'est tout ? Je n'ai pas le droit de prendre un verre avec un ami que je n'ai pas vu depuis plus de cinq ans ? Tu veux quoi ? Me foutre des menottes ? Ou une laisse, comme ton chien ? Et, tu peux m'expliquer pourquoi tu te lances dans des confidences avec ma mère ? T'es malade ou quoi ?

Il relève la tête et la froideur de ses yeux me glace le sang. Je n'ai jamais vu ce regard sur lui. Jamais.

– Laisse Maurice en dehors de ça ! m'ordonne-t-il sèchement. Je n'ai jamais eu l'intention de t'empêcher de quoi que ce soit. De toute manière, je n'ai pas la place pour me permettre ce genre de chose, n'est-ce pas ? Ni le pouvoir… ni l'argent ! Quant aux confidences, pardon, mais je n'ai rien trouvé de mieux pour préserver un minimum mon ego… Vu que tu ne semblais plus vraiment intéressé par ton escort personnel…

– Quoi ? Qu'est-ce que tu racontes ? T'as perdu des neurones ?

– Ou peut-être que je les ai retrouvés, justement… Bon, écoute, je n'ai pas le temps d'en discuter maintenant…

– Tu fuis plutôt ! C'est quoi ton problème ? Pourquoi es-tu allé dire que je t'avais payé ?

– C'est la vérité, non ?

– Non ! le contré-je durement. Pas comme tu lui as laissé entendre et tu le sais très bien !

– Désolé si j'ai rompu le contrat. Tu sais quoi ? Ne me paye pas ! Je n'ai plus besoin de cet argent. Je rentre chez moi, c'est tout ce que tu as besoin de savoir.

Je ne comprends plus rien. Et puis, tout à coup, j'ai l'impression de reformer le puzzle. Et les conclusions me collent la nausée. Je suppose qu'il a reçu la réponse des bourses. Qu'il n'a plus besoin de moi pour financer son école… Mais j'ai du mal à y croire.

Il ne peut pas être comme ça. Ce n'est pas lui.

D'un autre côté, quelle autre explication donner à un tel revirement de situation ? OK, j'ai passé vingt minutes avec Tony, peut-être que c'était malvenu, même si je ne vois pas trop pourquoi, mais de là à partir sans attendre en oubliant tout le reste… J'ai dû me tromper sur lui à un moment, je n'envisage que cette possibilité.

Et ça me fout en rogne.

– Vraiment ? C'est comme ça que tu veux que ça se passe ? demandé-je, déboussolé. Après cette nuit ?

– Justement, Owen. Nous nous trouvons dans l'après. Tu as eu ce que tu voulais, je n'ai rien d'autre à proposer. Désolé. Maintenant, je dois partir. J'ai un avion dans quelques heures.

Je suis franchement dégoûté. Vraiment. Plus rien n'a de sens et mon petit bonheur s'écroule, comme ça, sans crier gare. Tellement perdu et en pleine chute vertigineuse que je le laisse s'installer dans ce taxi et le regarde partir sans objecter.

Qu'est-ce que c'est que ce délire ?

36. Lou

– Je crois que je vais rester ici. Je vais aller chercher Maurice et mes affaires et revenir. Après tout, rien ne me retient à présent à New York. Je n'ai pas les moyens de m'offrir LSNYC, et Rita pourra bien se passer de moi. Je pense que je ne suis pas taillé pour la grande ville.

Assise en face de moi à la table de la cuisine, ma tante jette un regard embarrassé à Steeve, le voisin qui squatte la maison depuis son retour de l'hôpital.

– Euh… Si c'est une question d'argent, nous pouvons peut-être contracter un emprunt ? propose-t-elle, hésitante. C'est dommage quand même de mettre une croix sur ton avenir pour une simple question d'argent.

– J'ai un peu d'économies, s'empresse d'ajouter Steeve. Il y a toujours une solution, gamin. Ne perds pas espoir, retourne à N.Y.

– Oui, renchérit ma tante. Il faut que tu t'accroches, Lou. Ici, tu vas t'ennuyer. Et il faudra que tu trouves un travail, une maison…

– Mais je peux très bien loger ici, non ? demandé-je en la suppliant du regard. En plus, il va falloir que quelqu'un te surveille. Le docteur a bien dit que tes oublis concernant ton traitement peuvent t'être fatals. Je tiens trop à toi pour risquer quoi que ce soit.

– Je m'occupe de ce point ! laisse échapper le voisin.

Je l'observe un moment alors que ma tante lui lance un regard assassin.

Il se trame quelque chose dans cette maison. Quelque chose que l'on me cache.

– Oui, mais j'ai envie de rester quand même !

Ici, je me sens chez moi. Le seul endroit où je n'ai pas peur de mon ombre. Ma tante pince les lèvres puis tend les mains vers les miennes pour les presser fortement.

– Écoute, Lou… Tu sais que je t'aime vraiment. Comme un fils. Mais je n'ai pas besoin que tu sois là, à veiller et à t'inquiéter, pour t'aimer. Je voudrais au contraire que tu vives ce que tu as à vivre et que tu sois heureux.

– Ouais, sans compter que nous aussi on a des trucs à faire. Et vu nos âges, il s'agirait de nous laisser un peu tranquilles, on n'a plus l'éternité devant nous, nous !

– Steeve ! gronde ma tante, outrée.

– Ben quoi ?

Je retire mes mains de celles de ma tante en les observant longuement.

– Dites-moi, vous deux… Vous ne seriez pas en train d'essayer de me faire comprendre que…

– Ouais, ta tante et moi, on s'envoie en l'air !

– Steeve, je t'en prie ! le reprend une nouvelle fois ma tante.

– Quoi ? Il est en âge de comprendre, non ? Lou, tu sais comment on fait les bébés, n'est-ce pas ?

– Mais vous avez plus de soixante ans tous les deux ! C'est un peu tard pour fonder une famille !

– Ouais, ben on vérifie juste que le matériel fonctionne toujours… Appelle ça de la révision hebdomadaire si tu préfères.

Doux Jésus !

– Et depuis quand ? Pourquoi ne suis-je pas au courant de ça ?

Outré ! Je suis tout simplement outré ! Je rappelle à toutes fins utiles que ma tante est une vierge éternelle qui n'a jamais connu le loup ! Enfin, c'est comme ça que je la considère depuis toujours.

– Bon, écoute-moi bien, gamin ! Ta tante et moi, on copule depuis des années. Quand tu étais encore là, on se planquait comme des gosses pour ne pas « te choquer », dixit ta tante qui t'a toujours pris pour une petite chose fragile. Et quand tu t'es barré, notre vie a changé ! Quelle joie de pouvoir me balader à poil dans cette baraque. Donc, je préviens, je ne compte pas repartir en crise d'adolescence à mon âge et encore moins après trois ans de vie quasiment commune ! Merde, j'ai passé l'âge.

Un silence accueille sa tirade. Le visage de ma tante oscille entre le vert-de-gris et le carmin. Steeve, lui, semble content de sa déclaration. Et moi…

– Mais je suis en âge de comprendre ! Tata !

– Oui, bien entendu que tu l'es, Lou. Mais je me devais de te montrer la bonne voie. De ne pas te donner le mauvais exemple. Après tout, Steeve est divorcé, et nous ne sommes pas mariés…

– J'ai divorcé à vingt-trois ans, je pense qu'il y a prescription. Quant au mariage, bon, c'est un peu old school comme principe.

– Peut-être, mais ce sont les miens, Steeve ! s'emporte ma tante. Laisse-moi éduquer mon petit Lou comme je l'entends… Il est encore si jeune et innocent.

Bon, euh… On lui en parle de mon innocence ?

– Mais bien sûr, ricane notre voisin dans sa moustache. Arrête un peu de le materner, ce petit. Il est intelligent, il a des poils sur le menton et il bosse dans un café en plein cœur de New York. Pour l'innocence on repassera !

– Steeve, tu m'épuises !

– Réciproque !

Je sens la scène de ménage poindre dans cette cuisine, et franchement, je n'ai pas envie de ça.

– STOP ! leur intimé-je. Vous vous prendrez la tête quand je serai parti. Parce que c'est bien ça, l'idée ? Que je me barre pour que vous puissiez baiser comme des lapins dans tous les coins de la maison ?

– T'as tout compris, gamin ! Ajoute la cabane à outils aussi, le jardin et la forêt derrière… Tu vois, ton neveu n'a rien d'un enfant de chœur !

– Si, quand même ! Tu es choqué, Lou ?

– Non ! Non, je ne suis pas choqué…

Quelque part je suis même soulagé que ma tante ait une vie normale. Simplement…

– Alors je vais vous laisser vivre votre vie, puisque je n'ai visiblement plus ma place ici…

– Tu auras toujours ta place dans cette maison, mon petit… Simplement, c'est vrai que j'ai besoin aussi de me consacrer à ma propre personne. C'est sans doute un peu tard, et Steeve n'est pas ce que l'on pourrait appeler la perfection faite homme, mais nous sommes heureux, vois-tu ?

– Euh, quand même, je suis pas mal conservé pour mon âge, je te remercie de l'avoir remarqué… Et j'ajouterais que mon engin est très performant… Ça c'est parce que je l'ai pas mal entretenu. Note bien, gamin : qui veut voyager loin cajole son engin… Principe de base.

– D'accord.

En réalité, je crois que je veux rentrer chez moi. Ce type est un obsédé. J'observe ma tante qui retient un rire de gamine face aux déclarations incroyables de son amant. Un obsédé qui la rend heureuse, visiblement.

– Je vais rentrer à New York.

– Je pense que tu dois au moins retenter ta chance, mon neveu, m'explique ma tante d'une voix maternelle. Tu as connu certaines déconvenues, je le sais, même si tu n'en dis rien. Mais, quoi que cela puisse être, ce qui te paraît insurmontable maintenant deviendra désuet dans quelque temps. Regarde, moi. Lorsque je t'ai récupéré après l'accident de tes parents. Je n'ai jamais pensé que j'y arriverais. J'étais terrorisée par ta propre tristesse, sans compter la mienne. Et pourtant… regarde-toi, aujourd'hui. Un exemple pour beaucoup. Tes parents seraient tellement fiers de toi, mon petit. Tu es devenu tellement beau. Et pas uniquement physiquement. Nous avons réussi, Lou ! Nous avons survécu… Continue comme ça. Ne lâche jamais rien. Le soleil brille toujours après les nuages. Tu en es la preuve vivante. Je t'aime, mon petit…

J'ai envie de pleurer. Je me lève de ma chaise pour me précipiter dans ses bras.

J'ai osé dire que personne ne m'avait jamais aimé alors qu'elle a toujours été là pour moi. Simplement peu démonstrative au quotidien. Et peut-être que je ne l'avais pas compris non plus avant… J'ai l'impression d'être devenu un autre homme depuis ma rencontre avec Owen. D'avoir compris et ouvert les yeux. Comme si je l'attendais, lui, pour devenir enfin adulte.

– Moi aussi, je t'aime.

Owen… Owen qui me manque atrocement depuis mon départ. Owen que je pleure toutes les nuits. Owen qui tente de me contacter sans cesse, mais que je bloque parce que je n'arrive pas à affronter cette peur qui me tord le ventre. Peur de le perdre vraiment si j'ose ouvrir la porte. Peur de ne pas être à la hauteur. Peur de souffrir.

– Bon, ben voilà ! soupire Steeve, visiblement soulagé. Une bonne chose de faite. Je peux revenir dans ta chambre ce soir, alors ? Tu pars quand, gamin ?

OK… le plus tôt sera le mieux, visiblement… Le destin a décidé que je dois persévérer et affronter.

37. Owen

– Sa tante va mieux. Il rentre à New York demain.

Je soupire de soulagement en fermant la porte de la chambre d'Alicia qui a enfin consenti à faire une sieste.

– Je vais essayer de rentrer plus tôt que prévu.

– Je ne te le conseille pas ! me recommande JL. Tu sais, Lou a besoin de…

– Lou a besoin de moi ! déclaré-je d'un ton ferme. J'ai accepté de ne pas venir le troubler pendant sa petite retraite chez sa tante, sur tes conseils. C'est le maximum que je pouvais faire. Maintenant, s'il revient, je veux être là pour lui. Cette histoire est stupide, franchement. Tout allait bien !

– Tellement bien qu'il a choisi de partir sans vouloir t'inclure dans ses tracas.

– Il s'est forcément passé quelque chose !

Et je subodore que ma mère n'est pas étrangère à tout ça. D'ailleurs, je vais sans doute très prochainement le savoir.

La sonnette de la maison retentit à cet instant précis.

– Bon, je dois te laisser. Ma sœur et son mari rentrent ce soir. Je vais avancer mon vol de retour. Demain après-midi, je reviens à New York. Et qu'il le veuille ou non, je passerai. Il devra trouver de bonnes excuses et surtout un bon verrou pour m'empêcher de le retrouver !

– Rassure-moi, tu lui veux du bien ? Parce que là, tu me fais un peu flipper. J'ai un doute, tout à coup.

– Du bien, oui. Contraint ou forcé, certes. Mais que du bien.

– Ça me va ! Je te tiens au courant.

– Merci. Bonne journée.

– Ouaip !

Je raccroche en me précipitant pour ouvrir la porte à ma chère mère, pile à l'heure, comme à son habitude.

D'un air pincé, elle dépose une bise sur ma joue puis pénètre dans la maison de ma sœur en examinant les murs, les photos qui y sont accrochées, et le petit bazar qu'a laissé Alicia en rentrant de sa balade à vélo avec les voisins tout à l'heure.

– Rien n'a changé ici ! déclare-t-elle d'un ton pédant.

– Non. La maison du bonheur, comme d'habitude…

Je ne l'attends pas et me dirige vers la cuisine pour m'ouvrir une bière. Je ne lui propose rien, bien entendu.

– Tu voulais me voir ? demande-t-elle en pénétrant dans la pièce. Eh bien me voici. Je t'écoute.

Je l'observe un instant, perchée sur ses talons, cintrée dans son tailleur à la dernière mode. Tirée de partout, l'air sévère et terne.

Comment est-ce possible que cette personne n'ait pas réussi à me pourrir l'intérieur avec sa froideur légendaire et que j'aie pu, ô miracle, récupérer un mode de fonctionnement normal au niveau de mes sentiments malgré tout ?

Lou, bien entendu. C'est lui qui m'a montré que sentir son cœur battre était la meilleure sensation du monde.

Avant, même si je m'en défendais, j'agissais comme elle. Dans un autre style, j'avais des amis et je refusais de me contraindre à la rigidité quotidienne avec laquelle elle m'avait élevé. Mais finalement, je baisais sans saveur, je donnais sans envie ni frisson. Une sorte de robot qui faisait pour faire sans vraiment se poser de questions.

– Oui, effectivement. Je voulais comprendre ce que tu avais dit à Lou pour qu'il parte.

– Qui, moi ? s'étonne-t-elle d'un air amusé.

– Oui, toi. Ça ne peut être que toi ! Forcément. Donc, tu vas m'expliquer ce qu'il s'est passé pendant ce mariage.

– Je n'ai rien fait ! se défend-elle. Ce n'est pas moi qui suis allée me faire peloter par un ex-amant au comptoir d'un pub !

– Me quoi ? m'esclaffé-je en me retenant de recracher la gorgée de bière que j'étais en train d'avaler.

– S'il te plaît, Owen ! Tu peux prétendre tout ce que tu veux à qui tu veux, mais pas à moi. Ce jeune garçon n'était qu'un amusement pour toi. Tu me prêtes tous les défauts du monde, mais tu es le même que moi. La preuve… Tony va bien, au fait ?

– Aux dernières nouvelles, qui datent de dimanche, oui, il va bien. Mais pour le reste, tu te plantes totalement ! Je n'ai jamais été attiré par lui. Et en ce qui concerne Lou…

Je m'interromps un instant pour ne pas trop en dire. Cette femme est une vipère. Une confidence et elle rebondit, retourne la situation et tente de vous manipuler…

– Quoi, Lou ? Ne me dis pas que tu es tombé si bas, au point de t'acoquiner avec un perdant ? Avec une personne de si petite envergure ? Je peux, éventuellement, admettre que ton choix de créer ton entreprise, même si le principe n'est pas reluisant, puisse démontrer ton talent d'homme d'affaires et, éventuellement, se révéler judicieux. Même si tu n'égaleras jamais la réussite de la société Connely. Peu de personnel et beaucoup de profits, c'est une recette inégalable ! Mais… Te mettre en couple avec lui ? Non, mais tu vas réellement t'acharner toute ta vie à détruire ce que nous espérions pour toi ?

Je suis tout simplement sidéré par ce que j'entends.

– Tu crois réellement que je fréquente Lou pour t'atteindre et détruire tes beaux rêves ? Mais c'est toi qui fantasmes, maman ! Tu te donnes réellement trop d'importance. Je n'agis pas pour te plaire ou te déplaire. Tu n'as aucune place dans ma vie ! Complètement inexistante. Transparente. M'acharner à détruire tes projets, comme tu dis, reviendrait à dire que je me soucie de toi, d'une quelconque manière. Mais c'est là que tu te plantes. Je n'en ai strictement rien à foutre. Alors, oui, bien entendu, quand je repasse en Angleterre et que je te croise, je ressens l'envie furieuse de te faire bouffer tes talons et ta suffisance. Mais le reste du temps, tu n'apparais jamais dans mes pensées. Ni en bien ni en mal. Toi, papa, l'entreprise familiale, m'indifférez totalement.

Elle me lance un regard furieux, mais ne commente pas.

– Donc, j'ai ma réponse, j'ajoute d'un ton calme en posant ma bière derrière moi. Tu as mis de fausses idées dans la tête de Lou. Et sournoise comme je te connais, tu as été titiller sa sensibilité. Laisse-moi deviner. Tu as joué avec mon passé, non ? Tu lui as expliqué que j'étais sans doute comme toi, une petite pute courant après le fric. C'est bien ça ?

– Owen, je ne te permets pas…

– M'en fous ! C'est ce que tu es. Une salope doublée d'une pute. Mais du genre mondain. Tu restes bien avec papa pour te baigner dans l'opulence, non ? Parce que, clairement, la réussite de l'entreprise dont tu es si fière, nous la devons uniquement à mon père, et aucunement à toi. Toi, tu as à peine décroché tes examens au lycée et abandonné tes études parce que papa te l'a demandé.

Son air serein se décompose enfin. J'ai réussi à toucher l'iceberg. Parfait.

– Espèce d'ingrat ! s'offusque-t-elle. Comment peux-tu…

– Et je suppose que tu crois avoir gagné, n'est-ce pas ? je continue sans même l'écouter.

– Bien entendu que j'ai gagné ! Il est parti, non ?

– Il va revenir. Tu n'as réussi à rien du tout. Désolé… Sauf peut-être…

– Sauf quoi ? s'inquiète-t-elle, un trémolo dans la voix.

– Sauf à me donner envie de me replonger dans les statuts de la société. Et… j'ai trouvé ce que je voulais… Tu n'aurais pas dû me faire chier, maman…

– C'est-à-dire ?

Je crois que je vais jouir par anticipation. J'aurais dû planquer une caméra quelque part, pour repasser encore et encore la scène qui va suivre. Je jubile et tente de garder toute ma concentration pour graver sa réaction dans mon esprit à tout jamais.

– C'est-à-dire que, si mes calculs sont exacts, papa va bientôt atteindre ses soixante ans. Dans deux ans, exactement. Il possède 45 % des parts de la société. Et toi, 30. Le reste ayant été distribué avec bienveillance aux deux bras droits de papa. Des miettes ridicules et honteuses alors qu'ils méritent beaucoup plus.

– Te voilà expert en gestion maintenant ? ironise-t-elle en se détendant, pensant sans doute que je suis aussi con qu'elle le soupçonne depuis toujours.

– Non. Simplement je sais lire et compter. Il est stipulé dans les statuts de la Connely SA qu'aucun actionnaire ne peut dépasser les 50 % de parts pour éviter toute dérive et décision abusive.

– C'est exact. Nous avons toujours privilégié la discussion lors de nos prises de décision.

– Donc, papa ne peut pas te léguer ses parts à son départ qui aura lieu dans deux ans, puisqu'un autre des points de ces statuts impose le départ des associés au-delà de cet âge.

Elle ne répond rien.

– Et comme vous pensiez, lors de la rédaction de ces statuts, que vos chers enfants reprendraient forcément le flambeau familial, vous avez ajouté que le leg de père en fils ou en fille était prioritaire sur toute autre forme de passation de pouvoir, si lesdits descendants se manifestaient au bon moment pour réclamer leur dû. En d'autres termes, papa ne peut ni te donner ses parts ni les vendre si Nina et moi y mettons notre véto. Nous sommes ses héritiers légitimes et donc, les bénéficiaires directs de ces fameuses parts…

Elle ne ricane plus du tout, étrangement. Je m'empresse d'ajouter, en gonflant le torse, sans manquer une miette de ce changement que va prendre sa vision de l'avenir.

– Et, puisque tu as clairement été trop loin cette fois, je vais réclamer ces parts, maman. Et tu sais ce que j'en ferai ?

– Non ? hésite-t-elle.

– Je vais les donner et convaincre Nina de faire de même. Les séparer en lots de 5, et les proposer à vos concurrents. Ou à des associations à but non lucratif qui voteront pour des actions non rentables, mais humaines… Et tu ne pourras rien faire avec tes pauvres 30 %. Tu siégeras encore au conseil, donc tu assisteras à tout, car je suppose que tu refuseras d'abandonner ton bébé le plus précieux. Et tu observeras, impuissante, la chute de ta société. Aux différences de point de vue qui empêcheront la prise de décision et enliseront la dynamique du groupe. Aux choix contraires à ta propre logique. Bref, tu vas pleurer maman. Beaucoup…

– Comment peux-tu faire ça à ton père ? Il a travaillé très dur toute sa vie pour cette société.

– Mon père n'avait qu'à prendre les bonnes décisions. Il aurait dû te museler bien avant. Prendre du temps pour ses enfants. Se montrer humain. Mais en réalité, je le plains plutôt qu'autre chose, parce que dans deux ans, il sera retraité et devra se rendre compte du monstre avec lequel il partage sa vie. Cependant je le crois aussi très intelligent, contrairement à sa femme. Soit il divorcera et ira dépenser son argent déposé en lieu sûr loin de toi avec une femme qu'il mérite, soit il retrouvera un truc à faire dans les finances et y consacrera le reste de sa pauvre existence.

Elle se mord la lèvre, défaite.

VICTOIRE !

Je bande sévère !

– Tu ne t'en tireras pas comme ça !

– Non, tu as raison. Je vais encore devoir galérer pour récupérer Lou, et c'est la seule chose qui m'importe. Pour le reste, j'ai envie de te dire… Bonne chance. Et surtout bon vent. Dégage de cette maison, maintenant.

– Tu…

Je traverse la cuisine sans l'écouter pour ouvrir la porte d'entrée.

– Dégage !

Elle gonfle la poitrine en tentant de sauver le peu d'apparences qui lui restent, replace une mèche de cheveux dans son chignon, et, pour une fois, obéit et dégage du petit havre de paix qu'est la maison de ma sœur.

Putain, ça fait du bien !

38. Lou

Je réalise en posant le pied sur le quai de la gare que cette ville m'a manqué. Les odeurs nauséabondes, les gens pressés qui ne savent regarder que leurs pieds. Les malpolis aussi, ceux qui se pensent tous seuls et discutent au téléphone en hurlant (ben oui, ils sont en communication avec des gens loin, alors c'est normal).

Peut-être que je suis devenu, avec le temps, un membre à part entière de la grosse pomme après tout.

Comme si je revenais d'un périple interminable, je cherche des yeux JL qui m'a promis de venir m'attendre à mon arrivée.

Parmi la foule, c'est un peu au petit bonheur la chance que j'essaye de retrouver mon français préféré, mais c'est surtout un aboiement qui attire mon attention. Je change donc mon angle de recherche et me concentre sur le bitume pour apercevoir…

Maurice, les fesses posées sur un skate, tenu en laisse par mon JL.

Lorsqu'il m'aperçoit, et sans prévenir, il saute au sol et se met à courir… (courir ? Maurice ?) vers moi, la langue et les babines flageolantes sous le vent lui caressant la truffe.

Bon, dit comme ça c'est presque poétique, mais en vision réelle, le rendu est un peu moyen.

Je l'attrape, le cœur en émoi, dès qu'il arrive à mon niveau, traînant sa laisse mollement derrière lui.

– Mais Maurice ! Tu marches ! Dieu existe.

Il balance une langue rugueuse sur le bout de mon nez en guise de confirmation.

J'adore mon chien. Je le presse contre moi, ému par ces retrouvailles. Il m'a vraiment manqué.

JL nous rejoint, perché sur le skate, en se grattant la tête.

– Bon sang, il marche ! Un truc de fou !

– Comme quoi, tout arrive !

– Ouais, comme toi, par exemple. Tu sais qu'on a vraiment cru que tu ne reviendrais pas ? Rita était dans tous ses états ! On a vécu des temps très compliqués à cause de toi. Alors, pour te faire pardonner, tu vas tout nous raconter. Le conseil t'attend déjà à l'appart…

Seigneur Jésus et la Sainte Vierge ! Je retire ce que j'ai dit. Cette ville ne m'a pas tant manqué de ça.

JL pose une main ferme sur mon épaule, tel un bourreau emportant le condamné à l'échafaud. Ainsi sonne l'heure du glas. Pour le bûcher des damnés, tournez à droite, merci…

– Alors ? Explique ?

Assis sur l'unique fauteuil du salon, face à ma brochette de colocs-amis-patronne, Maurice se léchant les parties assis sur mes cuisses, je me prépare à l'affrontement.

– Expliquer quoi ?

– Alors, déjà, ils sont où nos cadeaux de retour de voyage ? demande Nath d'un air inquisiteur.

– T'es con ou quoi ? le reprend Tyron. Il n'a pas pensé à nous, c'est évident ! Regarde sa tronche toute défaite… On dirait un rescapé d'Alcatraz.

– Ça a cette tête-là un rescapé d'Alcatraz ?

– Bon, les enfants, pourrions-nous recentrer le débat ? les interrompt Rita en haussant la voix. Lou a des problèmes. Il est au bord du suicide, et j'aimerais bien éviter ça.

– Non, Rita, la rassuré-je promptement. Je vais bien.

– Mon petit, n'essaye pas de jouer le dur à cuire avec nous. Nous savons qu'Owen t'a trompé, qu'il t'a fait du mal en jouant avec tes sentiments, et que sa mère t'a torturé. En plus, ta tante a failli mourir. Tu as tous les droits du monde de vouloir en finir. C'est humain. Tu dois te sentir minable, au fond du trou, désespéré… Nous sommes là pour toi.

Euh, c'est maintenant que je songe au suicide, honnêtement. Dans le genre réconfortant, on a fait mieux que Rita, c'est une certitude.

– Non, mais, je surmonte.

— Oui, oui. Je vais quand même condamner ta fenêtre de chambre. Il paraît que les cas de décès par défenestration ont augmenté ces dernières années.

— Rita, on crèche au premier ! Au pire il va se casser une jambe ! rétorque JL en ouvrant une ribambelle de bières posées entre nous sur la table.

— Certes… Lou, ne saute pas par la fenêtre, ce n'est pas la meilleure solution, conclut-elle, soucieuse.

— Ne les écoute pas ! tente de me consoler Leny. Alors, il a fait quoi pour que tu rentres aussi vite, sans lui ?

— Déjà, il n'a pas proposé de rentrer avec lui. Dans un moment pareil, c'est nul ! déclare Nath, catégorique.

— C'est un peu normal, je ne lui ai ni demandé ni expliqué la raison de mon départ.

— Ah ? Et pourquoi ?

— Parce que l'autre était pile en train de batifoler sur le comptoir du pub avec son ex ! Je te l'ai déjà expliqué, Nath ! s'énerve JL. Suis un peu, merde !

— Non ! je me sens obligé de le reprendre. Il ne batifolait pas non plus ! Ils parlaient, simplement…

— Il lui a roulé une pelle, quand même ! ajoute Tyron.

— Mais non !

Ça m'agace qu'ils insinuent de telles horreurs à propos d'Owen. Il n'est pas ce genre de personne du tout.

— Alors quoi ? me répondent-ils tous ensemble.

— Alors rien ! Ils discutaient, c'est tout !

— Oh, là, là ! soupire Rita ! Quel homme sans pitié !

– Oui, bon, alors, ça, c'était après qu'ils aient enfin fait l'amour, déclare JL pour rester sur le sujet. Il a dû faire ça très mal, je suppose…

Il se sentait vraiment obligé de la dire, celle-là ? C'est pas vrai ! On repart dans le feuilleton : « La vie sexuelle trépidante et totalement publique de Lou Collins ». Vous avez loupé des épisodes ? Pas grave ils doivent certainement traîner quelque part sur YouTube, au point où nous en sommes !

– Oh, Seigneur, mon petit Lou a perdu sa gourme ! C'est tellement émouvant ! Je crois que je vais pleurer ! couine Rita en s'éventant. En revanche, s'il t'a fait du mal, ou a brutalisé ton petit fessier, je vais m'énerver ! Tu veux que je regarde ?

– Non, ça va aller merci…

Je ne sais franchement plus où me mettre. Qui m'a donné des potes pareils ? Franchement ?

– Il s'est conduit comme un enfoiré ? demande Leny.

– Mais non !

– Ben alors, on lui en veut pour quoi, à ce type ? ajoute JL, perplexe.

– Ben…

– Sa mère ! déclare Nath, subitement inspiré.

– Owen n'est pas responsable des agissements de sa mère ! m'agacé-je. Owen est parfait, merde ! Et mon cul va très bien, merci !

Ils se taisent tous, apparemment satisfaits. Je crois que je viens de me faire avoir.

Et ce sentiment se confirme lorsque JL reprend la parole.

– Donc, peux-tu m'expliquer pourquoi tu as bloqué ses appels, que tu es parti seul et sans rien lui expliquer, et que tu as même songé à ne pas revenir ?

Je commençais à me demander s'ils avaient perdu des neurones pendant mon absence, mais en fait, ils en auraient presque gagné… Soutenir le faux pour me faire comprendre le vrai, c'est presque du travail d'artistes ! Ils sont impitoyables ! De véritables prédateurs !

– Comment sais-tu tout ça ?

Parce que oui, je lui ai expliqué mon éventuel choix de rester chez ma tante, mais pas le reste.

– Nous sommes en contact, tous les deux. Il a pris de tes nouvelles tous les jours, figure-toi. Je l'aime bien, moi, ce type.

Oh… c'est vraiment… gentil, adorable de la part d'Owen. Vraiment.

Ce qui est fou, c'est que sur le coup, en plein dans l'action, j'ai trouvé son attitude vraiment dure et abominable. Mais en prenant du recul, chaque acte impardonnable que je lui attribuais me semble désuet. Et après cette démonstration de force de mes amis, c'est moi, celui que je trouve minable.

– Lou, mon petit, reprend Rita, sérieuse, cette fois. Je sais que tu as peur. Cette angoisse de ne pas être assez bien pour lui ne t'a jamais quitté depuis le départ. Mais moi, je peux te dire que tu es une personne parfaite. Un petit gars avec du cœur et un cerveau qui fonctionne très bien. Et ton amoureux, cet Owen, il l'a vu, ça. Sinon, il n'aurait pas fait autant de pas vers toi. Il n'aurait pas non plus fait preuve de toute cette patience. Il t'a choisi, toi, en toute connaissance de cause. Tu n'as rien caché de ce que tu es. Laisse-le assumer ses choix, ne pense pas à sa place. Et j'ajouterai, c'est en attendant les choses qu'elles arrivent. Et redouter, c'est attendre. Et à force de le repousser comme tu le fais, tu risques de vraiment le perdre !

C'est vrai qu'Owen s'est montré très patient. Respectueux. Je ne peux pas non plus lui en vouloir là-dessus. Chaque fois, c'est moi qui ai freiné des quatre fers. En choisissant Alec pour le rendez-vous. En lui demandant du temps. En fuyant après le Baseball… Et j'en passe. Il a tout accepté.

– Bon, cela étant dit… Tu as reçu du courrier, déclare JL en me lançant une enveloppe déjà ouverte.

– Tu ouvres mon courrier, maintenant ?

– Ben… Elle vient de l'Université. J'ai supposé que c'était important. Du service des notations, plus précisément. Ouvre, et tu te rendras compte que tu fais vraiment n'importe quoi, parfois !

Owen

39. Owen

J'ai à peine mis un pied dans l'agence que j'ai déjà envie de repartir.

– Owen ! Quelle bonne surprise ! Tu tombes bien, j'ai quelques dossiers à voir avec toi !

Trop tard !

– Oui, Stacy, tu permets ?

Je pose ma valise dans mon bureau en me frottant le visage pour effacer la fatigue du voyage. Quelle idée, franchement, de passer ici avant de rentrer chez moi !

Ma secrétaire m'autorise une petite minute de répit avant de s'engouffrer dans mon bureau, avec, comme promis, une pile de dossiers dans les bras.

– Alors, tu as fait bon voyage ? s'enquit-elle en posant son chargement sur mon bureau. Tu as une sale tête. Compliqué avec ta mère ? Tiens, ce ne sont que des contrats de missions. Tout est en règle, comme d'habitude.

– Super, merci. Rappelle-moi de te faire préparer une procuration de signature.

– Oui, on verra ça. Signe, qu'on passe à autre chose.

– Et cinq minutes pour souffler, j'y ai droit ou nous sommes revenus au temps de l'esclavage ?

– Deuxième solution ! Et arrête un peu de te plaindre, tu rentres de vacances, tu devrais être en forme !

– Ben voyons !

Je signe ses foutus documents et referme le tout.

– Super ! s'enthousiasme-t-elle en récupérant les papiers. Bravo ! Quel professionnalisme, chef ! Du coup, je te paye une bière ? Tu as sans doute plein de choses à me raconter !

– Mouais.

Pas forcément envie de m'étendre sur mon séjour, mais d'une bière, en revanche, ça oui !

Le lounge est relativement plein pour cette heure, un jour de semaine, ce qui est une bonne chose. En revanche, c'est Tigan qui se trouve derrière le bar, à ma grande surprise.

– Eh, salut chef ! Alors, ces vacances ? me demande-t-il en attrapant un verre à bière pour le remplir, habitué à mes rituels de fin de journée.

– Bien, merci. Pourquoi est-ce toi qui sers les clients, exactement ?

– J'avais envie ! me répond-il, tentant de me persuader que tout est normal.

– La vraie raison, Tig !

Son regard dévie rapidement vers l'espace piscine derrière moi puis revient dans ma direction.

– Vraiment, c'est un vrai kiff de jouer les barmen. Tiens, ta bière ! Tu remarqueras mon professionnalisme évident, on croirait que j'ai fait ça toute ma vie !

– Mouais !

Je me retourne pour inspecter la piscine, et découvre Alec et Tom en plein dans ce qui semble être une conversation plus qu'animée.

– OK ! C'est quoi ce bordel ?

– Attends, me conseille Stacy.

– Dans tes rêves ! Cet établissement n'est pas un lieu pour régler ses comptes. Surtout en ce qui concerne le personnel !

Ils arrivent à me foutre en rogne avec leurs petites libertés prises dans mon dos.

Je traverse le lounge pour rejoindre les deux pantins furieux.

– Je n'ai aucun compte à te rendre, Alec !

– Tu n'as pas non plus à accepter de rencard venant d'un client !

– Ce n'était pas un rencard !

– Mon cul, oui ! Les clients ici, payent !

– Justement, je lui expliquais que rien ne serait possible sans passer par GSA ! Je ne suis pas complètement con, Alec ! Je comptais voir ce point avec Stacy.

– Quel point ? les coupé-je après en avoir assez entendu. C'est quoi ce foutoir ?

– Un client m'a proposé un rendez-vous, boss, m'explique Tom. Je gérais le truc, mais ce con d'Alec est venu foutre sa merde.

– Tu veux entrer dans notre catalogue, Tom ?

– Pourquoi pas ?

– Dans tes rêves ! Jamais, tu m'entends, je n'accepterai ça !

Alec semble réellement hors de lui.

– Mais je ne t'ai pas demandé ton avis, tête de nœud !

– Pas besoin, c'est comme ça, c'est tout !

– Donc, toi tu peux, mais pas moi, c'est ça ? En quel honneur ?

– C'est comme ça, c'est tout. Moi, je sais faire la différence.

– Quelle différence ? De quoi parles-tu ?

Bon, ils me fatiguent royalement, pour ne pas dire pire.

– Stop ! Temps mort, les gars ! Alec, tu n'as pas un rendez-vous à préparer par hasard ?

– Dans une heure.

– Alors tu y vas ! Et toi, Tom, tu as un bar qui t'attend. Je ne paye pas Tig pour servir des cocktails !

– Mais j'étais en pause.

– Pas de pause quand il y a des clients au lounge, c'est la règle.

– Et pour mon entrée dans le catalogue, c'est possible ?

– Jamais ! rugit son meilleur ami.

– Toi, la ferme !

– C'est ce qu'on verra !

– Alec ! Dégage ! lui ordonné-je d'un ton sec. Tom, au boulot ! Demain midi, rendez-vous dans mon bureau. Tous les deux ! Et si jamais je vous vois, ne serait-ce que vous adresser la parole ce soir, je vous vire ! Et cette fois, ce ne sont pas des paroles en l'air. Je suis loin d'être d'humeur ! Je ne répète pas non plus !

Je tourne les talons pour retrouver Stacy, soucieuse, au milieu du lounge.

– Ça va ?

– D'après toi ? Tu sais quoi ? Je vais rentrer. Ils me font tous chier !

– Oui, ce serait peut-être judicieux. Tu as besoin de te détendre avant ton rendez-vous, de toute manière.

– Je te demande pardon ?

C'est quoi encore cette histoire ?

– Ton rendez-vous. Ce soir. Chez toi.

– Quoi ? Bon sang, mais je n'ai jamais donné mon accord pour ça ! Je croyais que tu avais retiré ma fiche du catalogue.

– Oui, je l'ai fait il y a des semaines. Mais le client a insisté. Il ne voulait que toi. Et tu as signé le contrat tout à l'heure, au passage !

Voilà pourquoi elle a choisi son moment pour me faire rattraper mon retard de signature ! Cette femme est démoniaque ! Mais ça ne suffira pas à me faire plier !

– Non !

– Il a proposé 4523 dollars et 55 cents pour deux heures, Owen ! Tu étais en plein vol à ce moment, je n'ai pas su dire non. Désolée.

– C'est quoi cette somme ? Depuis quand fait-on dans les centimes ?

– C'est lui qui a donné son tarif. Je n'en sais rien, moi !

– Et chez moi ? Tu as accepté chez moi ?

– Vu la somme qu'il proposait il me semblait délicat de le forcer à te payer l'hôtel en plus…

Elle a réellement pété un câble. Jamais chez moi, putain !

– Annule, je ne veux personne chez moi.

– Il a déjà ton adresse, je lui ai donné, donc, pour la confidentialité sur ta vie privée, c'est trop tard. 4523 dollars, Owen !

– Mais c'est vraiment génial, dis donc ! Et il s'appelle comment le nabab ?

– Aucune idée ! me déclare-t-elle, de plus en plus mal à l'aise.

– Mais de mieux en mieux, sérieux, Stacy ! Et donc, si tu as envoyé chez moi un serial killer, il me zigouillera, puis repartira, ni vu ni connu. Mais c'est pas grave, parce qu'il aura payé 4523 dollars et 55 foutus cents ! J'espère qu'il a déjà payé, au moins.

– Oui, j'ai reçu le virement dans le quart d'heure.

– Donc tu connais son nom ?

– Non, il a réglé par PayPal. Je ne l'ai même pas vu, tout s'est fait par téléphone…

Bon sang ! À croire qu'elle le fait exprès.

– Et son adresse mail, enfin, PayPal, c'est ?

Avec un peu de chance…

– Ah ça je sais ! Elle est ridicule. À mon avis, ce n'est pas son vrai nom ! plaisante-t-elle avec légèreté.

– C'est-à-dire ?

– maurice.noisette@gmail.com.

Bon Dieu ! J'oublie toutes les idées de meurtre qui me traversaient l'esprit et lui saute dessus pour l'embrasser. Comme ça, devant les clients.

– OK, je suis à la bourre, je dois me préparer ! Et avant de partir, commande au traiteur du coin des asperges. Livraison, 21 heures. Tout un tas d'asperges !

– Des asperges ? répète-t-elle en grimaçant. Mais tu comptes faire quoi, exactement, avec ça ? D'autant qu'elles seront cuisinées, donc molles.

– Tu ne veux pas le savoir ! Salut !

Je traverse le lounge en me retenant de sautiller et d'éclater de rire comme un demeuré...

Owen

40. Lou

Bon, alors, comme on dit, ça passe ou ça casse, je crois que c'est ça l'expression.

Je sonne à l'interphone en bas de l'immeuble. La porte s'ouvre sans aucun commentaire.

Super ! Je prends l'ascenseur et me trompe sur l'étage en appuyant sur le bouton. J'arrive au douzième étage alors que Stacy m'avait précisé le second. N'importe quoi.

Je redescends donc de dix étages. Ça commence bien.

La porte s'ouvre enfin sur le bon niveau. J'hésite à me payer un tour gratuit en appuyant sur tous les boutons, histoire de me calmer un peu, mais je crois que ce serait vraiment puéril.

Je sors rapidement de la cabine avant de me laisser aller à la tentation du jeu de l'ascenseur et me dirige vers la porte du fond, numérotée 21.

Cette fois, j'y suis.

La porte s'ouvre avant que j'aie le temps d'appuyer sur la sonnette.

Face à moi se retrouve Owen, en short en coton gris, et uniquement vêtu de ça, son torse incroyable paradant sous mes yeux.

Je suis presque choqué. 4523 dollars et il ne porte qu'un short qui menace d'ailleurs de tomber tellement il le porte bas sur les hanches.

Et d'ailleurs, c'est comme ça qu'il accueille ses clients alors que nous n'avons même pas rompu officiellement ?

Sérieusement ?

Je n'y avais pas songé à celle-là ! Et ça me fout en rogne. Il aurait dû refuser, finalement ! J'ai presque envie de l'insulter.

– Ne fais pas cette tête, Maurice Noisette ! Je savais que c'était toi, déclare-t-il froidement. Ne va pas chercher plus loin !

Il ne m'en laisse pas le temps, tend le bras, attrape mon tee-shirt et m'attire à lui en refermant la porte derrière moi d'un coup de pied.

La musique qui emplit la pièce, *Purple Rain*, provoque une vague de frissons torrides remontant le long de mon échine instantanément.

– Ne me refais plus jamais un truc pareil ! souffle-t-il avant de poser ses lèvres sur les miennes.

J'oublie tout en sentant sa langue forcer la barrière de ma bouche pour trouver la mienne. Je jette mes bras autour de son cou tandis qu'il nous fait pivoter pour me coller contre un mur et se presser contre moi.

Je n'avais pas du tout prévu ce genre d'entrée en matière. Mais alors, pas du tout. Mais après réflexion, ça me convient pas mal. Cependant…

Je le pousse pour le faire pivoter et échanger les rôles en tâtant son ventre ferme et vallonné. Pas besoin de plus pour me rendre dingue. En rompant notre baiser, je saisis ses joues afin de lui relever la tête et embrasser son cou. Longer son corps magnifique. Le lécher. M'amuser avec ses tétons durcis.

– Lou, attends.

– Certainement pas ! refusé-je en passant ma main sur la bosse impressionnante qui déforme son short.

Je sens son corps se détendre alors qu'il n'insiste pas et semble me laisser prendre les rênes.

Le cœur battant à tout rompre, ma raison essayant de décourager mon esprit en lui rappelant que je n'ai jamais fait ça, je continue néanmoins mon chemin sur sa peau lisse et délicieuse. Je tâte, je caresse, je frôle, au rythme de Prince qui passe visiblement en boucle, comme s'il avait prévu que tout se passerait ainsi.

J'embrasse chaque partie du corps de cet homme qui me fait vibrer. Que j'aime à en devenir fou. Celui qui m'a défendu sans même me le dire auprès de Prescott. Celui qui, dans l'ombre, a pris chaque jour de mes nouvelles. Celui que je fais attendre sans ménagement alors qu'il ne le mérite absolument pas.

Celui que j'ai envie de sucer sans jamais arrêter.

D'un geste sec, je tire sur son short et libère son érection magnifique. Je marque une pause, un infime instant, devant ce membre qui m'a tellement fait fantasmer. Mon cœur s'emballe un peu plus, arrivant au bout de ce qu'il peut endurer.

Je n'y porte aucune importance et passe ma langue sur son gland, comme il l'a déjà fait pour moi. Ses cuisses se tendent sous mes mains qui y sont agrippées.

– Lou, tu n'es pas obligé, souffle-t-il alors que sa main s'emmêle à mes mèches pour m'enjoindre de continuer.

– Si tu tiens à parler, guide-moi, lui ordonné-je en enroulant mes doigts et ma langue à ce membre palpitant qui m'hypnotise.

– Mmm…

Je laisse glisser mes lèvres autour de ce pieu qui me paraît tellement immense. Et goûte sa saveur salée avec délectation.

Je le sens réagir sous mes papilles. Au-dessus de moi, son visage se tend, il pince les lèvres en serrant nerveusement sa mâchoire. Ses yeux se voilent de désir. Son ventre se crispe devant mon nez. Ses mains s'accrochent à mon crâne. Ses cuisses s'écartent légèrement. Et j'enfonce son pénis au fond de ma gorge autant que je le peux.

– Ouiii… Lou…

Sa voix ! Bon sang, cette voix. Ce gémissement effleurant mes sens… Partager un moment intime avec Owen, c'est offrir à chaque sens une extase particulière. Sa voix sensuelle, son odeur envoûtante, sa peau satinée ensorcelante… Ce corps torride… Et maintenant son goût addictif. Il lance avec précautions son bassin vers moi, le propulsant plus profondément dans ma gorge. Je resserre les doigts qui caressent la base de son sexe en les tournant.

– Encore, putain ! grogne-t-il en se cambrant contre le mur.

Je passe ma langue sur son méat y récupère son liquide amer, provoquant un ronronnement dévastateur en lui… Accroupi, prosterné devant mon unique dieu, sa queue enfoncée dans ma bouche jusqu'à la gorge, j'ai envie de jouir comme jamais. Je défais ma braguette précipitamment pour sortir mon sexe de mon caleçon et me branler avidement.

Ses yeux suivent mes gestes, presque hypnotisés. Un nouveau soupir, cette fois suppliant, s'échappe de sa bouche.

– Bon sang ! Tu vas me tuer ! Encore… Plus vite… Bouffe-moi !

Je m'exécute, oubliant mes retenues et mon inexpérience. Je veux le voir jouir, juste grâce à moi. Me prouver à moi-même que je sais au moins faire ça.

Il se balance de plus en plus, entre et sort, m'impose son rythme, j'y accorde celui de ma main sur mon sexe, à deux doigts de me perdre dans l'extase.

La pression monte en moi, mais aussi dans ce sexe qui me laboure la bouche avec empressement. J'adore cette sensation, assouvir nos désirs, tenir son plaisir entre mes lèvres, le sentir s'envenimer, s'emporter, grossir, durcir…

– Lou… Putain, Lou, je vais…

Sa voix, rauque, sensuelle, sexy… Je perds le contrôle et laisse l'orgasme qui montait en moi me décapiter la tête. Je crache ce plaisir torride entre mes doigts alors qu'il se fige, ses mains ancrées sur mon crâne, les yeux partant en arrière, pris par un plaisir aussi brutal que le mien.

Par réflexe, je recule la tête, juste avant qu'il expulse sa semence… Cette dernière se déverse sur mon visage, sous ses yeux exorbités. Il gémit douloureusement, secoué par un second spasme aussi puissant que le premier puis s'écroule pour me rejoindre au sol, épuisé et ahuri.

– Bon sang ! Tu m'as fait jouir deux fois en même temps ! T'es juste incroyable !

En quelques gestes paisibles et attentionnés, il relève mon tee-shirt pour essuyer mon visage puis lèche la commissure de mes lèvres pour parfaire le travail, un sourire comblé incrusté sur le visage. Lascivement, il se laisse aller dans mes bras en déposant des baisers le long de mon cou.

– Owen, je…

Il faut que je lui révèle tout ce que j'ai sur le cœur. Je sais que je ne choisis pas le meilleur moment, mais j'en ai besoin.

Il recule la tête en s'asseyant plus confortablement sur le plancher puis m'attire à lui d'un geste épuisé.

– Avant que tu ne te lances dans un de ces discours incroyables dont tu es fan, je vais d'abord parler, moi.

– Non ! J'ai payé assez cher pour que tu m'écoutes !

– Tu as demandé deux heures ! s'esclaffe-t-il ! Tu vas bien trouver le temps.

– Non, justement, pendant mes répétitions, j'arrivais à deux heures vingt-trois en allant très vite ! C'est chaud !

Il éclate de rire en attrapant mes joues en coupe, son regard délicieusement clair plongé dans le mien.

– Alors ne perdons pas de temps. Je n'ai que trois mots à te dire. Je t'aime.

Bon Dieu…

J'ai envie de pleurer.

C'est bon, je chiale !

Son pouce essuie une larmichette ridicule sur ma joue dès qu'elle s'échappe de mes yeux.

– Eh… Je ne voulais pas te blesser, Lou, m'explique-t-il d'une voix tendre.

– Je sais, mais c'était moi qui devais en arriver là le premier à la fin de mon discours ! J'ai l'air ridicule, moi, maintenant !

– Alors commence par la fin…

– Tu crois ?

Il hoche la tête en me souriant. Je me redresse pour poser mes lèvres sur les siennes.

– Je t'aime, Owen Connely. Je veux porter tes bébés.

Un rire de surprise lui échappe avant qu'il laisse passer sa langue pour venir chercher la mienne. Ses bras m'enlacent, il me presse contre son torse, je le laisse me faire chavirer et oublier tout mon discours ridicule.

Owen

41. Owen

– Laisse-moi remplir mon rôle d'escort… Après avoir comblé ton cul magnifique, je me dois de combler ton estomac. Mon job…

Assis entre mes jambes, nu comme un ver après une douche de trente minutes très animée, Lou ouvre la bouche lascivement.

Je porte une asperge jusqu'à ses lèvres et l'observe tandis qu'il croque dedans avec une sensualité qui me fait durcir immédiatement.

L'asperge. Mon nouveau plat favori, même si je déteste ça.

J'attends qu'il la termine avant de le questionner.

– Alors, ce long discours ?

– J'ai oublié. Pose-moi des questions, plutôt, ça va m'aider à me souvenir.

– Très bien. Pourquoi cette somme étrange pour ce rendez-vous ?

– En réalité, je voulais te rendre les cinq mille euros, parce que, je crois ne rien t'apprendre en t'annonçant que ma note de lettres a changé et que j'ai donc droit à mes bourses pour LSNYC.

Je lui adresse un sourire mystérieux.

– Si, tu m'apprends une très bonne nouvelle, au contraire ! Je suis fier de toi.

– C'est ça ! Fais le malin, ronchonne-t-il. Quoi qu'il en soit, je voulais te rendre ton argent. Mais voilà, j'ai craqué sur un ensemble d'hiver très saillant sur le net pour Maurice. Et un nouveau panier aussi.

– Waouh ! Presque cinq cents dollars le tout ! Tu le gâtes !

– C'est-à-dire, j'ai aussi craqué pour un nouveau PC. Et ensuite, je suis allé acheter des boîtes de bonbons pour les gars, ils me gonflaient. Et des sucettes pour m'entraîner.

– Pour t'entraîner ?

Il lève les yeux au ciel en guise de réponse.

OK, j'ai compris.

– Très bon entraînement ! Je valide l'investissement !

Cet homme est fou !

– Bref, reprend-il, je te rembourserai, ne t'en fais pas. J'étais heureux, j'avais besoin de m'exprimer et tu n'étais pas encore rentré.

– Ah… Mais je ne veux pas que tu me rembourses ! J'ai d'ailleurs renvoyé la somme totale sur ton PayPal juste entre le moment où tu as sonné à l'interphone et celui où tu es arrivé. Tu en as mis un temps, d'ailleurs !

– Ah ? Euh… laisse tomber. Mais pourquoi m'as-tu rendu cet argent ?

– Ah ? Euh… laisse tomber.

Il grimace en levant les yeux au ciel.

– T'es chiant parfois ! ronchonne-t-il.

Je lui enfourne une nouvelle asperge dans la bouche. J'adore quand il mange ces trucs.

– Donc, ce que je voulais te dire, reprend-il après avoir englouti sa bouchée, c'est que je croyais, durant tout ce temps, avoir peur de toi. Je me disais que tu allais me quitter et me trouver ridicule. Te lasser très vite.

– Ça c'est ridicule, Lou. Tu es sans doute la personne la moins lassante que je connaisse. On ne sait jamais vraiment ce qu'il va se passer avec toi.

– Oui ? Tu aimes mon côté imprévisible et mystérieux ? s'engorge-t-il en gonflant exagérément le torse, se moquant de lui-même.

– Oui… le rassuré-je en riant. Mais j'aime tout chez toi, alors ce n'est pas trop compliqué.

– Justement, tu t'es montré tellement patient. Je suis désolé d'avoir été si distant et compliqué. C'est simplement que j'ai peur de moi plus que de toi. Peur de te décevoir. Et je ne souhaite pas te décevoir un jour, Owen.

– Ça n'arrivera pas, lui confirmé-je en embrassant son nez. Il faut que tu comprennes que je n'attends rien de toi d'autre que ce que tu es. Je ne suis pas parfait non plus. Ma sœur dit souvent qu'aimer, c'est aussi ne pas être dérangé par les défauts de l'autre. Elle en sait quelque chose, Jimmy est un mec invivable. Alors, si ma sœur et lui arrivent à survivre, à s'aimer et à espérer l'éternité, je pense que nous avons toutes nos chances.

Ses yeux bleus me dévisagent longuement.

– Tu parles de long terme, là ?

– Tu m'as parlé de porter mes bébés, non ? Je suis d'accord, mais je choisis les prénoms.

– Ça roule !

Il se redresse pour m'embrasser. Nous glissons en position allongée, moi sur lui… Il écarte les jambes pour les enrouler à mes hanches, son sexe raidi appuyant contre mon ventre, plaçant ainsi ma queue à l'orée de son intimité. Tout à l'heure, nous n'avons pas utilisé de préservatif, puisque nous sommes clean tous les deux.

Je passe un doigt sur son orifice pour m'assurer qu'il est encore lubrifié… Et sans attendre ni prévenir, j'engage mon gland dans son canal alors qu'il se cambre pour me laisser entrer.

Sans un mot supplémentaire, nous scellons notre avenir en nous unissant, encore une fois. J'ai tout le temps qu'il me faudra pour découvrir son corps, de toutes les façons possibles. Mais l'éternité ne me paraît pas assez longue pour assouvir tous les désirs qu'il m'inspire. Autant commencer tout de suite.

Je plonge en lui pour retrouver ma place. Celle que je ne compte plus jamais quitter… Dans son cœur, dans son cul, *and so on*[9]…

---

[9] And so on : Traduction : Etc.

Épilogue 1 : Lou

– Bon, alors, la niche d'intérieur de Maurice va là ! Dans la chambre de Maurice, forcément !

Nath m'adresse un regard médusé.

– Maurice a sa propre chambre ?

– Bien entendu ! Pour qui tu nous prends ? Tu veux peut-être qu'il dorme sur le canapé ?

– Ben à l'appart il dormait avec toi.

– Peut-être, mais plus maintenant… Le lit est complet. T'es con ou quoi ?

Mon futur ancien coloc ne préfère pas s'étendre sur le sujet et traverse le couloir pour déposer la niche en coton bio de mon chien à sa place.

Rita choisit ce moment pour entrer dans l'appartement, le mouchoir collé au nez, un minuscule sac en papier dans les bras.

– Eh bien, si on t'attend pour vider la voiture, on n'a pas fini !

– C'est bon ! Je suis triste ! Laisse-moi pleurer tranquillement ! Tiens, j'ai fait des cookies… Tu les mangeras demain matin… Quand tu ne viendras pas au café !

Elle s'écroule, en pleurs, dans mes bras.

– Mais Rita, on a juste changé mes horaires. Tu m'as accordé mes dimanches et inscrit au planning du soir. Ce n'est rien du tout.

– Quand même… Tu deviens un homme, maintenant.

– Euh… j'en étais déjà un, je te signale. Je vais simplement à l'école, maintenant, et j'ai besoin de mes matinées. Ce n'est pas moi qui décide, mais l'emploi du temps que j'ai reçu.

Je commence lundi à LSNYC. N'en déplaise à Prescott qui m'a snobé pendant les quelques derniers cours auxquels j'ai assisté à la fin de l'année scolaire, avant les vacances.

D'ailleurs, en ce qui concerne cet odieux personnage, JL m'a annoncé que le bruit courrait qu'il avait tenté d'abuser d'un élève juste après moi, un certain Maxim, inconnu au bataillon, et que des vidéos de lui avaient circulé cet été. Il s'est grillé, automatiquement, auprès des élèves, et pire, de l'université. Et je pense aussi des autres universités auxquelles il voudrait se faire embaucher.

Je soupçonne Owen de n'être pas étranger à cette histoire. Il m'a paru très serein quand je lui ai expliqué le scandale. Comme s'il l'attendait.

Parfois, mon homme me semble un peu louche. C'est comme lorsqu'il me regarde dormir.

Enfin, ça, ce n'est pas louche. C'est cool… Parce que, généralement, lorsque je le surprends en pleine contemplation de moi-même, l'histoire se termine en projet X. XX. XXXXXXXXXXXXX.

Bref, vous avez l'idée.

– C'est rien, Rita, la consolé-je en lui tapotant le dos. Ça va passer.

Mes amis nous rejoignent tous en se frottant les mains.

– Bon, cette fois, je crois que tout est descendu. Tu vas me manquer mon berlingot !

Seigneur Jésus et tous ses apôtres réunis… Pourquoi ai-je commis cette erreur ? Hier soir, nous avons fêté mon départ de la coloc, et j'ai invité Brute. Et Brute m'appelle affectueusement « berlingot ». Imaginez bien que ce n'est pas tombé dans les oreilles de sourds. Même Owen s'y met.

La barbe.

– OK, super ! Merci les gars. Bon, vous partez, maintenant ?

– Euh…

Tyron semble sceptique. Rita, elle, moins.

– Oui, on y va !

– Ben oui ! Je vais m'installer dans ta chambre, elle est plus grande et plus proche de la cuisine ! déclare Nath en me serrant la main. Cool que tu te casses !

– Ah, non, bonhomme, ça c'était mon idée ! grogne Leny en attrapant sa veste sur canapé. Donc, je vous laisse, premier arrivé !

– On est tous venus dans la même voiture ! soupire JL, éreinté. T'es certain que tu veux vraiment nous quitter ? Je ne vais pas survivre !

– Désolé !

Il m'enlace affectueusement et ébouriffe mes cheveux.

– Et dire que si j'avais accepté de coucher avec toi, on n'en serait pas là ! Rappelle-moi de te refuser tes caprices plus souvent, berlingot !

– Arrête de m'appeler comme ça !

– Ouais, j'y songerai…

Ils disparaissent tous et je me retrouve seul. Seul dans cet appartement que je commence à connaître. Entre ces murs qui lui ressemblent.

J'observe notre chambre. La moitié du dressing qu'il a vidé pour moi cette semaine. Ma brosse à dents qui côtoie la sienne dans le verre sur le lavabo. Le petit post-it qu'il a laissé sur le frigo ce matin en partant bosser. Un « je t'aime », griffonné à la va-vite, comme tous les matins depuis que j'ai déserté non officiellement la coloc. Enfin, parfois, c'est moi qui lui écris. Moi, je fais des dessins en plus. Mais ça revient au même.

Je décroche le petit mot, ouvre la boîte en fer qui trône sur le comptoir de la cuisine et y ajoute ce petit morceau de son cœur. La boîte se remplit très vite. Ses mots. Les miens… Tout se mélange à présent et c'est incroyable. Déjà 94 petits messages. 94 réveils parfaits. 94 jours exceptionnels.

Les griffes de mon chien, qui marche maintenant très bien (je crois qu'il est heureux aussi), se font entendre depuis sa chambre jusqu'à mes pieds.

Je le récupère dans mes bras et l'emmène sur le balcon tandis qu'il me lèche le cou.

C'est étonnant comme j'ai l'impression de nager dans l'amour… Les amis, mon chien, ma tante qui roucoule sévère avec Steeve, et bien entendu…

La porte de l'entrée claque à l'autre bout de l'appartement.

– T'es là ?

Je relâche Maurice qui en profite pour trottiner jusqu'à Owen pour lui lécher la chaussure. Il va falloir que je fasse attention, je suis certain qu'il aime les chaussures italiennes. Et Owen ne blague pas avec ses pompes. Si jamais il les prenait pour des hochets, je crois que nous aurions des problèmes.

Le regard d'Owen inspecte les alentours.

– Déménagement terminé ?

– Oui… Ils sont repartis. Enfin, je les ai un peu virés…

– Donc, vraiment, nous vivons ensemble ? Officiellement ? demande-t-il d'un ton froid.

– Euh, oui ?

Un sourire éclaire subitement son visage puis il se précipite vers moi pour me soulever et me dévorer le cou.

– Tant mieux ! Je suis trop content, berlingot !

– Ah, non ! m'emporté-je en essayant de m'extraire de ses bras, sans succès. Ne t'y mets pas !

– Non, j'ai d'autres projets. J'attendais que tu n'aies plus le choix ! Maintenant c'est le cas.

– Euh, c'est-à-dire ?

– J'instaure… Dans cet appartement, nous vivrons nus. Totalement à poil…

– Hein ? Mais on ne peut pas faire ça !

– Bien sûr que si ! Parce que je compte te faire l'amour dès que l'envie m'en prend ! Devant la télé, en cuisinant, quand tu chercheras tes fringues dans le dressing. Et j'en ai marre de ces foutus boutons. Perte de temps inutile.

– Mais Maurice ?

– On lui bandera les yeux ! Allez, tout nu, Lou ! Ça commence maintenant !

Il m'emporte dans notre chambre pour me jeter sur son lit.

– Je vais t'aider à retirer tout ça ! souffle-t-il en se ruant sur moi.

Bon sang, je vais passer ma vie entière au bout de la queue de cet homme !

J'adore !

Épilogue 2 : Owen

– Bon, je crois que cette fois, nous avons fait le tour.

– Je ne vous mentirais pas en vous certifiant que j'en suis ravi !

– De même. Je vous fais parvenir les rapports mensuels dans la semaine. Très bon week-end, Owen.

– À vous également.

Je mets fin à mon appel, plus que satisfait d'enfin apercevoir la fin de cette journée totalement réservée à mon comptable. Déjà 19 heures et je n'ai rien vu passer.

D'un geste las, je détache les boutons de mes manches pour les relever et me détendre, avant d'aller me chercher une bière au lounge pour fêter la fin de semaine.

Pour un vendredi soir, le bar me semble anormalement calme. Voire, carrément désert. Seul, Tom nettoie ses étagères en chantonnant sur le tube du moment, serein et tranquille.

– Eh ! Salut boss. Une bière ?

Je confirme d'un geste de la tête en m'installant au comptoir, perplexe devant l'absence d'activité autour de moi.

– Il se passe quoi ? Tout le monde est déjà parti en rendez-vous ? Les clients ?

– Non, ils sont tous là ! me répond-il en posant un verre devant moi.

– Ils jouent à cache-cache ?

– Non plus, s'esclaffe-t-il. Tout le monde s'est réuni dans la salle de fitness.

– En quel honneur ? m'étonné-je.

– Le concours.

– Quel concours ?

Mon barman penche la tête en retenant un rire, amusé.

– Le mieux c'est d'aller voir par vous-même…

Il en a trop dit. D'un geste las, je me laisse glisser de mon tabouret en me demandant bien ce qui m'attend encore. J'ai réellement besoin que cette semaine se termine, de rentrer et de retrouver Lou. Vraiment.

Plus j'approche de la salle de fitness, plus des cris d'hommes virils emportés parviennent distinctement à mes oreilles. Des hurlements presque bestiaux.

J'espère qu'ils n'ont pas organisé une partouze chez moi. GSA n'est pas ce genre d'endroit.

Un attroupement m'attend dès que je pénètre dans les lieux. Des clients, mes employés, tous tournés dos à moi, autour d'une machine, levant les bras et scandant des encouragements à tout-va.

Bordel, mais qu'est-ce qu'ils foutent ?

J'écarte les hommes de mon chemin pour aller vérifier la raison de cet attroupement.

Et je reste sans voix lorsque je découvre…

Maurice.

Maurice sur un tapis de course, trottinant joyeusement, la langue pendante…

Et mon Lou, accroupi devant lui, lui susurrant des encouragements mielleux.

– Vas-y, bonhomme ! Encore un kilomètre, et tu gagnes ! J'ai confiance en toi, Maurice !

– Cinquante billets qu'il s'écroule dans les deux minutes !

– Trente qu'il y arrive !

– Ce chien est sensationnel !

– Lou, je t'achète ton cabot !

Et je passe sur les autres commentaires proférés autour de nous.

Tout à coup, Lou lève le bras, triomphant.

– C'est bon, Momo ! T'as gagné ! Tu peux arrêter !

Le chien se pose aussitôt sur ses fesses, se laissant ainsi glisser jusqu'au bout du tapis, Lou le stoppant juste avant que son Maurice dégringole. Puis il récupère amoureusement son chien, fier et content.

– Amenez les billets, les gars ! Maurice, champion du monde !

Mes clients et certains de mes employés dégainent la monnaie, arborant des mines dépitées, puis tournent les talons pour reprendre une activité normale.

Seul Alec me repère, alors que je ne me cache même pas, amusé, ou attendri par le spectacle de mon homme embrassant son chien affectueusement. Lequel semble d'ailleurs fier de lui-même.

– Eh, boss… Je voulais te voir pour te demander si tu pouvais accorder à Tom un jour de repos la semaine prochaine.

– Pourquoi ? Il ne sait pas me demander lui-même ? je rétorque, agacé de réaliser que je me trouve encore ici, alors que j'aimerais être chez moi, avec Lou, en mode « nous, rien que nous et encore nous ».

– Non, mais c'est pour lui faire une surprise.

– Pourquoi ? j'insiste un peu sèchement.

– Parce que ! me répond-il, légèrement borné, comme souvent.

– C'est bon pour moi. Arrange-toi avec Stacy lundi. Et après, tu es viré.

– Hein ? Mais pourquoi ?

– Parce que tu me gonfles, j'ai terminé ma journée, je ne veux plus te voir, dégage !

– Ouais, OK ! Merci chef ! Ciao !

Il déguerpit, pas du tout perturbé par son énième licenciement.

Et je me retrouve enfin, seul avec Lou et son chien, qu'il pose d'ailleurs au sol en m'apercevant.

– Euh… Je crois que je te dois quelques explications ? commence-t-il d'un air penaud.

– Je suis d'accord… Maurice s'entraîne sur une machine maintenant ?

– Ben, en réalité, il en a toujours rêvé. Et c'est Tig, aussi, qui m'a lancé le défi…

– Tig ? Comme si tu n'étais pas capable d'y songer par toi-même.

J'adore jouer au boss avec lui. Il plonge chaque fois, comme un gamin pris en faute. D'habitude, ce genre de petit jeu se termine à l'horizontale, ou même à la verticale, son air espiègle gravé sur son visage et ma queue plantée tout au fond de son cul…

Bordel, j'en bande, juste par anticipation.

– Bon, OK, c'est moi qui ai proposé. Mais, je t'attendais, et tu as terminé tard.

– Tu devais attendre à l'appart, non ? le questionné-je en m'avançant vers lui.

– J'étais pressé… avoue-t-il en reculant jusqu'au mur derrière son dos.

– Pressé de quoi ?

Je continue ma progression jusqu'à ce que mon torse effleure le sien. Et pas uniquement mon torse. Nos membres, tous les deux dressés sous nos pantalons s'attirent comme des aimants eux aussi.

– De te voir, souffle-t-il en plongeant son regard dans le mien.

– Simplement me voir ?

Mon bras s'enroule à lui. Ma main s'aventure sous son tee-shirt, puis sous son caleçon afin de caresser le haut de son divin fessier.

– Pas exactement te voir, toi ! précise-t-il en se mordant la lèvre inférieure avec indécence. J'étais plutôt intéressé par une vision ciblée. Très ciblée… Un peu plus au sud.

D'un geste sec j'appuie sur ses fesses pour presser nos deux érections l'une contre l'autre.

– Ce genre de cible ?

– Exactement celle-là ! Embrasse-moi et on rentre, boss… J'ai très envie de te voir…

– Vos désirs sont des ordres, Monsieur Collins…

Nos lèvres se soudent, encore et toujours aussi passionnément que la première fois. Mes mains, qui n'ont clairement pas compris que rien ne se passera dans l'enceinte de GSA, s'approprient son corps et le dévalent, palpant tout ce qu'elles peuvent, attisant mon désir et mes fantasmes qui n'en ont pourtant pas besoin…

J'aime cet homme et pas une seconde ne se passe sans qu'il n'occupe mes pensées. Possédé. Totalement possédé. Voilà ce que je suis devenu.

Épilogue Bonus : Lou

– Joyeux anniversaire… Joyeux anniversaire Lou Collins…

Aussi nerveux qu'excité, je fredonne ce refrain qu'Owen vient de chanter en s'allongeant de tout son long sur le lit il y a à peine quelques secondes, m'offrant ainsi son cadeau très personnel pour mes vingt-deux ans et, accessoirement, notre première prise de contact officielle.

Oui, il y a un an, jour pour jour, il déposait sa carte de visite sur le comptoir de At Home, donnant ainsi, sans le savoir vraiment, l'impulsion qui nous manquait pour enfin nous découvrir et nous aimer. Ce cadeau d'anniversaire sera toujours classé en haut du podium de tous les cadeaux que j'ai pu recevoir durant toute ma vie. Maurice arrivant juste derrière.

J'inspire lourdement pour effacer mes dernières craintes en admirant cet homme, offert à mes caresses, détendu et débordant de sensualité. J'embrasse son sourire et soude mon corps au sien.

Ma main glissante et lubrifiée dévale son torse et son ventre, s'attarde sur son pénis entre nous puis s'aventure plus bas. Beaucoup plus bas. Et plus profond.

Ses lèvres s'entrouvrent sous les miennes tandis que ses paupières papillonnent fébrilement.

Mon doigt s'engouffre en lui, au centre de sa chaleur, puis j'ose un second, retrouvant un peu d'assurance face au plaisir qui déferle sur les traits de mon amant.

Emporté, il pose une main sur mon épaule et y crispe ses doigts.

– Encore, Lou… Baise-moi.

Il accompagne son encouragement d'un vif mouvement de hanches, s'empalant lui-même sur mes doigts intimidés.

Timides, mais téméraires. J'en ai trop envie. Depuis des mois. Mon sexe, palpitant contre le sien, me rappelle qu'il attend son tour et qu'il serait bon de m'activer un peu.

Owen se redresse pour mordre mon cou, ce fameux endroit qu'il adore et qu'il s'est approprié depuis le tout premier contact entre nous.

Une bouffée de chaleur grignote mes reins et picore mon cerveau. J'en ai marre des précautions.

D'un geste, j'enfonce un troisième doigt presque brutalement.

Owen se cambre sous moi, proférant un gémissement engageant, encore plus beau sous son plaisir.

– Lou… Plus…

J'aime qu'il supplie. J'aime être celui qui provoque ce frémissement dans sa voix. Et j'aime l'idée de le pénétrer, de le faire mien. J'aime l'idée de l'aimer et de lui montrer.

Incapable d'attendre davantage, oubliant l'appréhension et mes réserves, j'ôte mes doigts de son orifice, et présente ma queue devant son entrée, presque tremblant devant cette toute première fois et toute la sensualité qu'elle représente.

Mon homme attrape mes joues pour m'embrasser avidement, impatient, prêt pour l'orgasme qui nous attend, tout près de nous, juste là... caché dans ce mélange de nos deux corps que nous nous apprêtons à débuter.

– Prends-moi, Lou... Profond et fort... Revendique-moi... Je suis à toi...

Ses paroles suaves et excitantes agissent sur moi comme de la dynamite. J'envoie un coup de reins puissant et plonge dans son intimité comme si je l'avais toujours fait.

Sa chaleur m'enveloppe, son corps, ses muscles m'accueillent et je me retrouve au centre de tout son être, en lui, bien... si bien...

Il se cambre en soupirant, soulevant une nouvelle fois ses hanches pour me faciliter l'accès... Je tremble, transpire et perds pied. L'extase prend le relais alors que mon cerveau disjoncte.

Je m'enfonce en lui, embrasse ses lèvres, m'y accroche un moment puis me redresse, attrape ses hanches et plonge, encore et encore dans son univers, m'approprie ce corps, me délecte de ses muscles ondulant sous mes attaques. Il soupire, gémit, se cambre, m'accompagne, me reçoit et vient à ma rencontre. Les mains enroulées aux barreaux de notre lit, les talons plantés dans le matelas, il m'accueille et s'adapte, laisse le plaisir l'envahir et un sourire béat s'installer sur ses lèvres.

– Encore, Lou... Bon Sang... Baise-moi...

Cette voix… Celle, totalement lubrique, qu'il me réserve à moi seul. Elle me rend dingue !

Je le pilonne et l'empale sur mon membre sans ménagement. Mes muscles sont tendus au maximum, retenant le plaisir encore un peu, encore quelques instants…

Je lâche une de ses hanches pour empoigner son sexe raide et incroyablement tendu sur son ventre.

– Bon Dieu !

Il se cambre violemment alors que je le fais coulisser entre mes doigts. Je balance une nouvelle fois mon bassin, puis encore.

– Lou… Bordel !

Mon amant se tend, cambré au-dessus du matelas, pousse un cri douloureux de plaisir, figé en plein orgasme… Tellement beau.

Je le pilonne une dernière fois, happé par le spectacle tellement porno et décadent qu'il m'offre au milieu de sa jouissance. Et la mienne explose. Nuages, feu d'artifice et tout ce qui va avec. Je perds pied et l'équilibre, m'écroulant sur son corps solide et parfait, encore planté au fond de lui, hors d'haleine et en plein milieu du septième ciel.

Ses bras m'entourent et ses cuisses s'enroulent à mes hanches. Ses lèvres se posent sur mon crâne avec tendresse.

– Joyeux anniversaire… Je t'aime.

– Merci, je souffle contre sa peau. Je t'aime.

Bon, après réflexion… Je crois que mon podium des super cadeaux d'anniversaires va avoir besoin de plus de marches… Parce que comme cadeau, celui-là aussi était de taille.

Vivement le prochain…

J'enlace mon homme en ronronnant.

Je suis heureux.

FIN

Owen

Blablas et remerciements

C'est avec regret que je clos le premier tome de cette nouvelle série. Pour tout vous dire, j'y pensais depuis plusieurs mois, mais les projets s'enchaînant, je ne trouvais pas le temps de me pencher sérieusement sur cette histoire (et quand je dis sérieusement, tout est relatif, bien entendu).

Puis, le confinement est arrivé. Et avec lui, une sorte d'angoisse planant étrangement sur tous mes contacts, ma famille et moi-même. La période s'avère trouble, incertaine et franchement anxiogène. Impossible de réfléchir et de retrouver les bases de toujours…

J'ai eu besoin de rire. De m'échapper. Et j'avoue que Lou et Owen, ainsi que tous les employés amis de GSA et At Home m'y ont formidablement aidé…

Je ne sais pas si, lorsque vous lirez ces mots la situation aura évolué ou non. Dans tous les cas, j'espère que, comme il l'a fait pour moi et toute l'équipe qui en a suivi l'écriture, ce roman vous aura fait au moins sourire, et peut-être oublier une réalité justement trop « réelle ».

Ceci étant dit…

Quelques explications me semblent essentielles sur ce roman. Des inspirations. Par exemple :

Pourquoi « Lou » ? Pour Lou Reed, parce qu'une bêta-amie-confidente nommée I. me l'a demandé.

Pourquoi Owen ? Parce que je suis faaaaannnn de Owen Hunt, Grey's anatomy et que ce prénom me paraît super sexy depuis que je me gave des rediffusions de cette série (vive le confinement !) (non, en fait, je le faisais déjà bien avant, le confinement ne peut être une excuse à tous mes défauts !).

Pourquoi Maurice ? Alors… Encore une demande de la même personne susnommée I. Oui, oui, elle a beaucoup sévi sur ce roman. Et Maurice a été inspiré par un vrai chien… Oui oui… Et m'a surtout donné envie d'en adopter un… (petite dédicace à mon Brook)

Pour le reste, je n'ai aucune excuse valable pour avoir commis ce roman… Il est venu, m'a percuté le cerveau pendant un long moment et a dégouliné sur le papier (enfin, sur mon PC, mais c'est moins poétique)…

J'espère qu'il vous a plu…

Un tome 2 est déjà envisagé, et peut-être un 3, allez savoir… J'ai déjà les couvertures de prêtes, d'ailleurs…

Bref, je m'arrête là pour le blabla et passe aux remerciements, bien entendu…

✳✳

Tout d'abord, la team bêtas… Alex et Alex, Carine, Christine L, Corine, Isabelle, Sévérine et Sonia. Vous êtes géniaux et j'ai une chance incroyable de vous avoir dans mon équipe…

Je rappelle toutefois les règles, comme ça… LES LECTURES À MIDI C'EST NOOOOOONNNN !

Bon, voilà, fallait que ça sorte !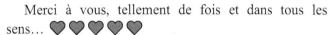

Merci à vous, tellement de fois et dans tous les sens…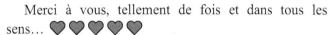

Ensuite… Delphine… Très belle rencontre dû au confinement… Une oreille, un conseil, une auteure, mais aussi une grande analyste de mon moi profond… (je n'aurais jamais soupçonné ! mdr) et enfin, une correctrice que j'écoute sagement me dire que les auteurs abusent à lui filer des trucs en urgence pour mieux lui demander de prendre mon texte en catastrophe 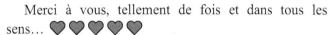, alors qu'elle est déjà débordée… Merci à toi aussi, miss… Tu es un ange…

Merci aussi à Agnès pour sa compréhension et son soutien.

Merci à Topie, Christine, Leila et toutes celles qui liront ce texte avant publication pour gommer ou non certains points défaillants résiduels.

Merci aux blogs, aux amis, aux connaissances qui me soutiennent depuis longtemps ou pas, d'être toujours présents et cools avec mes changements de dernières minutes… Elles sont nombreuses et les citer serait long et dangereux, car si j'en oublie… Aïe, aïe… Mais chacune a sa place de choix…

❤️ ❤️ ❤️ ❤️

Et bien entendu, je n'oublie pas ma famille, qui a dû supporter mes absences dans ce moment de confinement. Ils ont découvert l'envers du décor, les moments où mon corps est le seul présent, mon esprit perdu loin, très loin d'eux, dans un autre univers… Merci pour votre patience… Je vous aime tellement… Et cette situation, alors que j'ai peur que quelque chose vous arrive, a au moins le mérite de nous avoir donné du temps. Du temps qui manque cruellement au quotidien…

❤️ ❤️ ❤️ ❤️

J'ajoute également un merci de dernière minute à Monsieur Mitaines en chef… Parfois, un détail, des photos, prennent vie et deviennent primordiaux. Donc, merci à toi, Romain, pour ces foutues mitaines que tu portes au rang d'accessoire sexytude absolu avec une nonchalance presque agaçante… Sans tes stories, sans ces mitaines, Owen n'aurait pas été Owen… À très bientôt pour un vrai travail ensemble. Il me tarde déjà… En ce qui concerne les mitaines, on verra…

❤️ ❤️ ❤️ ❤️

Et enfin… Merci à vous, lecteurs, de me suivre et de m'autoriser cette aventure incroyable, pouvoir partager mes petites histoires... Merci pour vos commentaires, merci pour vos notes et vos avis.

J'attends donc vos retours sur Lou et Owen... Surtout n'hésitez pas...

Je vous embrasse

Marie

Owen

Du même auteur

Auto-publication
(Homoromance à l'exception de Storm)
Storm
With Love, tome 1 : Vadim
With Love tome 2 : Joachim
With Love tome 3 : Zachary
With Love tome 3,5 Bonus : Nino
With Love tome 4 : Jérémy
Sweet Summer Livre 1 : Marlone
Sweet Summer Livre 2 : Milan
Sweet Summer Livre 3 : Valentin
Sweet Summer livre 4 : Dorian
Turn me Wild. (Intégral)
Pray For Me
Jonah's Words

Éditions Addictives
Play with Fire

Editions Lips and Roll (Romance MxF)
Broken
Blackbird (2 tomes)

Scars (2 tomes)
The Jail (4 tomes)

Où Me Trouver ?

<u>Facebook</u>
Marie HJ auteur
Groupe Private Romance

<u>Instagram</u>
Marie HJ auteur

Gayscort Agency

Printed in Great Britain
by Amazon

39946083R10221